Az örök élet titka
(Mayweather-krónikák II.)

Arte Tenebrarum Könyvkiadó

Copyright

Írta:

Kiadó:
Arte Tenebrarum Könyvkiadó
www.artetenebrarum.hu
artekiado@gmail.com

Szerkesztették:
Farkas Gábor, Farkas Gáborné
és Mészáros Péterné

Fedélterv:
Gabriel Wolf

A regény előző része:
Gabriel Wolf: Felvonó a pokolba ©2022
(Mayweather-krónikák I.)

Könyv verziószáma: 1.0
Utolsó módosítás: 2022.07.23.
ISBN: 9781318239467

Fülszöveg

Ez a regény Gabriel Wolf „Felvonó a pokolba" című regényének közvetlen folytatása:

Dallas Mayweather a paranormális jelenségeket okozó, úgynevezett „Liftes játékkal" már kétszer is sikeresen átjutott a túlvilágra abból a célból, hogy visszahozza onnan szeretett, balesetben elhunyt feleségét. Ám a mennyország helyett a pokolban találta magát, ahonnan második alkalommal csak borzalmas teremtményekkel való élethalálharc árán menekült ki, ami nem sikerülhetett volna, ha a felesége az utolsó pillanatban a mennyből le nem száll, hogy a segítségére siessen.

Dallas a történet folytatásában tovább kutatja a természetfelettit. Ezúttal újabb városi legendát vizsgál: Egy úgynevezett „szellemdobozzal" próbál kapcsolatot teremteni a másvilággal. Az említett készülék egy fehér zaj generálására is képes, átalakított rádióberendezés, ami szélsebesen váltogatva az adások között szótöredékeket játszik le különböző rádióműsorokból. A legenda szerint ezekből a szófoszlányokból értelmes, összefüggő szöveg is kihallható, amely nem más, mint a holtak beszéde odaátról.

Mayweather szert tesz egy valódi szellemdobozra, amin valóban beszélni kezd hozzá valaki... Valaki, aki elárulja neki, hogy hogyan kerülhet át ismét a túlvilágra. Dallas a hangja alapján felismeri az illetőt: egy elhunyt szerette az, akit mindenáron vissza akar alkalom hozni az élők közé.

„Szerette" egy gyanúsan veszélyes módját javasolja a férfinak az átjutásra:

Fel kell mennie tízemeletes lakóházuk tetejére, és önként bemásznia az ott található víztárolóba. Az ötlet öngyilkosságnak tűnik, mert ha beugrik a háromméteres vízbe – aminek csak úszva tud a felszínén maradni –, közben magára is kell rántania a tartály tetejét, ami belülről nem nyitható, ezért a végső kimerülésig egy helyben tempózhat, míg meg nem fullad.

Azonban ez a szellem ígérete szerint nem történhet meg, mert ő fogja kinyitni kívülről a tartályt „odaátról". Ez az egyetlen mód arra, hogy Mayweather átjusson a másvilágra: Egy holtnak kell kinyitnia ahhoz a – valójában – dimenziókaput, hogy a férfi a vízből kimászva a birodalmukba léphessen.

Kérdés, hogy Dallas hihet-e a szellemnek? Ugyanis ha az átveri őt, akkor Mayweather-re a fedél magára zárásával a biztos halál vár. Ennek ellenére bátran belevág, ám egy dologgal nem számol:

Még ha sikerül is neki újra átjutni, nem tudja, mit okoz az – akár önmagára nézve, vagy az őt körülvevő világra –, ha egy halandó háromszor is élve visszatér a másvilágról... Ugyanis az többé már nem lesz ugyanaz, aki egykoron volt:

Ha ismét túléli az utazást, olyan képességekre tehet szert, melyekkel senki sem rendelkezik. *Halandó* ember legalábbis nem.

Tartalom

Prológus

...Nyílt az ajtó, és engedelmesen kiléptem a felvonó fülkéjéből. Hiszen ez volt a cél: hogy épségben hazajussak. Mary ezért segített, ezért rohant végig az emeleteken elképesztő iramban, pontosan olyan sorrendben, ahogy a lift haladt, hogy meggátoljon minden próbálkozást arra nézve, hogy feltartsák a szerelvényt vagy beszálljon hozzám valaki. És sikerült is neki! Épségben visszaértem, és már az első emelet padlójára lépve éreztem, hogy a nejem fáradozásai nem bizonyultak hiábavalónak:

Ez valóban az a világ, ahonnan a legelején elindultam! – Ezt abban a pillanatban már biztosan tudtam, amikor nagyot sóhajtva tüdőmbe szívtam az ismerős – linóleumból származó – műanyag, valamint a tompa ételszagot, ami mindig valamelyik szomszédom éppen aktuális étkezésének árulkodó jele volt.

Otthon voltam. Ismét a saját világomban: mindössze néhány méterre a lakásomtól. Mary pedig... az élő, eleven, habár sérült és karmolásokkal – talán még harapásokkal is – borított testű nejem ott állt mögöttem a liftbe húzódva, fáradtan a hátsó falnak dőlve, arra várva, hogy visszacsukódjon az ajtó, továbbutazzon, és Mary két emelet között ismét – ezúttal örökre – eltűnjön az életemből.

Egy hirtelen jött, őrült ötletnek engedelmeskedve, amit végiggondolni sem volt időm, sem a következményeit nem tudtam felmérni, váratlanul kinyújtottam a kezem a feleségem felé – aki a liftben ácsorogva erre meglepett arcot vágott –, és így szóltam:

– Emlékszel? Álmomban mindig azt mondogattuk, hogy egyszer úgyis együtt leszünk. Látod, tényleg sikerült! Gyere velem! Próbáljuk meg! Végül is mi veszítenivalónk van? Nem tudom, mi fog történni, ha életre kelt emberként, angyalként vagy akár árnyemberként kilépsz abból a fülkéből ebbe, a valódi világba, az élők közé, de ha nem próbáljuk meg, soha nem derül ki. Ne félj, édesem, csak lépj ide, és fogd meg a kezem! Gyere ki onnan, és lépj át az én világomba...!

Első fejezet:
Emlékek

– Emlékszel arra, édesem, amikor először találkoztunk? – kérdezte Mary.

– Persze. Én tizenhárom éves voltam, te pedig tizenkettő. Sosem felejtem el. Semmit sem felejtettem el, ami valaha is köztünk történt, vagy amit *te* mondtál nekem. Néha még apró kis megjegyzések is eszembe szoktak jutni, amelyek másoknak semmit sem jelentenének, de számomra mégis az a *minden*. Mert *te vagy* a minden. Az *én mindenem*.

– Ezzel én is így vagyok, Dallas. Mindenre emlékszem, és a közös emlékeinket kincsként őrzöm a szívemben. Nem nehezteltem rád soha semmiért, és mindenért hálás vagyok, amit valaha is tettél értem.

– Egészen biztos vagy ebben? *Semmiért* sem neheztelsz?

– Semmiért – ismételte el Mary ugyanazt.

– Pedig lenne miért. Végül is miattam haltál meg. Nagyon jól tudod, hogy felelőtlen voltam aznap este, amikor az autóbaleset történt. Ha leellenőrzöm a biztonsági övedet, akkor valószínűleg te is túlélted volna az ütközést, és a mai napig élhetnél.

– Igen – felelte Mary nyugodt, kedves hangnemben –, de azóta is bánod a figyelmetlenségedet, jobban, mint bármi mást a világon. És tudom, hogy ha előre láthattad volna a tetted következményeit, te olyan vagy, hogy inkább végeztél volna magaddal, mint hogy balesetet okozz, amiben a halálomat lelem. Igen... – merengett el a nejem egy pillanatra. – Előbb haltál volna meg, mint hogy bármivel is árts nekem.

– Ez igaz – feleltem kissé megkönnyebbülten. – Szándékosan soha nem tettem volna ellened semmit. Valószínűleg még akkor sem, ha rosszul alakul a házasságunk, és akár megcsalsz vagy anyagilag megkárosítasz. Túlzottan szerettelek ahhoz, hogy bármiért is neheztelejek rád. Ahogy mondod: valóban előbb öltem volna meg magam, mint hogy neked ártsak.

– De akkor most miért te vagy az – kérdezte Mary –, aki mégis életben van, és miért *én vagyok halott*?

Második fejezet:
Következmények

„Miért *én vagyok halott?*" – hangzott el ismét a kérdés álmomban. Az utolsóban, ami Maryvel volt kapcsolatos, amiben még szólt hozzám és kommunikálni tudtam vele a másvilágról azok után, hogy a Liftes játék segítségével nem sikerült áthoznom őt a mi világunkba.

Amikor arra kértem, hogy lépjen ki a felvonóból a folyosóra, mert úgy talán van arra esélye, hogy visszatérjen az élők közé... Mary egyszerűen *szertefoszlott!*

Nem mondott semmit. Elbúcsúzni sem volt időnk. Még megköszönni sem tudtam azt, hogy segített nekem kijutni a pokolból. Neki *nem* sikerült. Abban a pillanatban, hogy megpróbálta elhagyni a világok között közlekedő szerelvényt, úgy esett szét, füstszerűen kavarogva, csupán fehér ködfoltot hagyva maga után, mintha csak pára lenne. Akkor, abban a világban – azaz a valóságban, amiben azóta is élem nyomorult mindennapjaimat – ő nem volt képes ismét létezni, újjászületni, vagy akárcsak egy másodpercig is élő ember maradni. Eltűnt. És sajnos nemcsak a liftből kilépve a házunk folyósójáról, *de az álmaimból is.*

Az eset után, amikor Mary segített kikeverednem arról a borzalmas helyről, már csak egyszer szólt hozzám. Korábban minden éjjel vele álmodtam, de ez – amióta sikertelen volt a túlvilágról való kiszabadítása – véget ért.

Az utolsó álomban elmondta, hogy nem neheztel, azt is, hogy mindenért hálás, tehát nem haragudott meg azért, mert megpróbáltam áthozni a valóságba, amiben végül kudarcot vallottam. Azonban mégsem kommunikál velem azóta. Akár akarom, akár nem: nem tudok kapcsolatba lépni vele éjszaka. Sőt, nappal sem. Próbáltam már meditációval és a szokásos módon, alvás közben is, de egyik sem működik többé.

Köddé válása után még volt ez a furcsa, utolsó beszélgetésem vele, de azóta teljesen eltűnt az életemből. Ráadásul azon az utolsó találkozáson alig tudtam meg bármi érdemlegeset is. Mindössze annyit mondott, hogy nem neheztel rám, és mindenért hálás. Ez is nagy dolog, és rendkívül sokat segített abban, hogy ne őrüljek bele a tudatba, hogy a szemem láttára foszlott szét a semmibe, akár a cigarettafüst, amikor az ember viharban dohányzik. Valamiért azóta már nem álmodom vele, és ahhoz képest, hogy az volt az utolsó alkalom, alig tudtam meg általa olyat, amit már amúgy is ne tudtam volna... legalább a lelkem mélyén. Azaz *egy dolgot* mégis! Mikor ébredezni kezdtem, Mary elhaló, távolról zengő hangon kiáltott valamit, amit már nagyon nehezen értettem, de még volt annyira kivehető, hogy átjöjjön az üzenet lényege. Valami olyasmit mondott nekem szánt, utolsó szavaiként, hogy:

„Ne próbálkozz többé a lifttel! Soha nem fog már működni! A pokol odaátról lezárta azt az átjárót. Nem hozhatsz ki többé, sajnálom! Folytatnod kell az életedet, Dallas! El kell engedned...! El kell engedned...". – És ekkor ébredtem fel. Azóta sem hallottam felőle, akármennyire is szerettem volna. Mert annak ellenére, hogy erre kért, erre szólított fel, akkor sem tudtam elengedni őt. Számomra csak ő létezik, *ő* az igazi és az egyetlen. Akár él, akár csak egy emlék, de akkor is. Egyébként sem tudom, hogy miért kért ilyesmire. Azért, mert már nem akart rólam többé hallani? Vagy belefáradt a harcba, hogy újra megpróbáljam visszahozni az élők közé? Esetleg csak azért, mert lemondott arról, hogy sikerülhet?

Én azt gondoltam, hogy ez utóbbiról van szó. Ha ő nem is, de én azóta is hittem abban, hogy valahogy visszahozhatom.

Ha már kétszer is megjártam a poklot úgy, hogy épségben tértem vissza, és másodszor még őt is magammal hozva, *majdnem* átjuttattam a való világba, akkor nem tudom elképzelni, hogy ez volt ez egyetlen módszer arra, hogy valaki visszatérhessen az élők közé. Még akkor is, ha odaátról valóban lezárták azt az átjárót. Ezért is próbáltam meg *ismét* a Liftes játékot.

Nos, valójában nemcsak egyszer próbáltam meg, hanem legalább *tízszer*, de azt kell, hogy mondjam: sajnos valóban nem volt semmilyen következménye a gombok végignyomkodásának. Nemhogy túlvilági, természetfeletti dolog nem történt, de még olyan esemény sem, ami egy kicsit is rendellenesnek tűnt volna. Néha beszállt egy-egy szomszéd, néha nem. Az eredmény mindig ugyanaz volt: A „menet" véget érésekor a felvonó ajtaján keresztül mindig a saját világomba léptem ki. Soha többé nem jutottam vissza arra a – szó szerint – *pokoli* helyre, ahol Maryvel együtt harcoltunk a szabadulásért.

A történtek után beláttam, hogy már felesleges ezzel tovább próbálkoznom. Más megoldás után kellett néznem ahhoz, hogy ha a nejemet a túlvilágról hazahozni talán nem is tudom, de legalább ismét beszélhessek vele, velem legyen az álmamimban, mert számomra ő volt az egyetlen lény – még holtában is –, akire kíváncsi voltam, mert minden percben hiányzott, amikor nem volt velem, mindig érdekelt a véleménye, és az elvesztése elevenen emésztett fel belülről.

∗∗∗

Az első ötletem a holtakkal, azaz konkrétan a nejemmel való kommunikációra az volt, ami valószínűleg másnak is egyből eszébe jutna:

Elkezdtem médiumot keresni, aki képes kapcsolatba lépni a szellemekkel, megidézni őket, és amikor azok ideiglenesen megszállják a testét, a lelkek képesek a médium száján keresztül beszélni, válaszolni egykori szerettük kérdéseire.

Habár tudtam, hallottam arról, hogy rengeteg a csaló ebben az „iparágban". Ezért például egy szomszéd vénasszonytól semmiképp sem fogadtam volna el tanácsot – vagy akár névjegyet – azzal a kísérőszöveggel, hogy „Fordulj te is hozzá, Dallas! Nekem is sokat segített! Végre tudtam beszélni az elhunyt urammal. Sok mindenre választ kaptam. Keresd fel! Ő *képes* segíteni!".

„Na, persze!" – gondoltam volna magamban. „Tud segíteni... Tud a francot! Legfeljebb abban segített neked, hogy odaadd neki a félhavi nyugdíjadat, vagy akár az egészet azért cserébe, hogy csak idióta *általánosságokat* közöljön, klisé válaszokat adjon kizárólag arra alapozva, amit te magad meséltél el neki az eltávozott férjedről *öt perccel* azelőtt!"

Ezeknek a csalóknak ugyanis ez a módszere: Jó alaposan kikérdeznek, hogy kivel akarsz beszélni a túlvilágról, mit kell róla tudni, milyen kapcsolatban voltál vele, mikor beszéltetek utoljára, mik voltak hozzád az elhunyt utolsó szavai. A „profi" – azaz szélhámos – médium pedig ezekből az információkból könnyedén összerakja – mivel kiváló emberismerő, és sikeres csaló lévén meglehetősen rafinált és intelligens –, hogy tulajdonképpen mit is szeretnél *szó szerint* hallani „odaátról". Ő pedig *pontosan* azt fogja mondani neked azért, hogy ne kérd vissza a pénzedet, és elégedetten távozz a hamis, műanyagból készült – Kínában gyártott – varázsgömbbel és játékboltban vásárolt, mágikus tárgyakkal teli, bérelt lakásból, ahonnan amikor a csaló már elég ügyfelet sikeresen átvert, sietősen elköltözik, és reklamálni sem áll többé módodban, *mert nincs kinél*!

Ezért én egy hiszékeny embernek, egy kicsit is butuska nénikének sosem adtam volna a véleményére, hogy milyen médiumhoz forduljak. Ők csak azt akarták hallani, amire a legjobban vágytak: „Hogy az elhunyt férjüknek nagyon hiányoznak, odaát minden gyönyörű és nyugodt, később majd ők is ugyanoda kerülnek, és a túlvilágon ismét együtt fognak élni a legnagyobb szeretetben." – Ezt akarták hallani, ezért *ezt* mondták nekik. Ők pedig fizettek érte, és még meg is köszönték... *a hazugságot.* Ugyanis ezeknek a csalóknak általában semmilyen különleges képességük nincs. Nemhogy a holtakkal, de még az élőkkel is alig tudnak kommunikálni. Olyan értelemben legalábbis, hogy őszinték legyenek velük, mert minden szó, ami a szájukat elhagyja, többnyire ámítás.

Nem, én más megoldást kerestem: egy valódi médiumot. Már ha létezik olyan egyáltalán...

Harmadik fejezet:
A médium

Tehát nem szomszédoktól kértem tanácsot, hanem az interneten kezdtem el utánajárni a dolgoknak. Sok hihető videót néztem végig, amik a végén többnyire sajnos mégis csalásnak tűntek. Olyat is láttam azonban, ami teljesen meggyőző volt... de valahogy *engem* akkor sem vett rá arra, hogy a weboldalon önmagát reklámozó médiummal felvegyem a kapcsolatot. *Pláne* hogy még fizessek is neki.

Aztán egyik délután, egy újabb, nem túl kellemes, dögunalmas munkanap végén, amikor az interneten böngésztem, egy teljesen váratlan helyen bukkantam rá valamire, ami egyből felkeltette az érdeklődésemet. A weboldal címe az volt, hogy „www.tuti-szakember-most.com".

Mármint nem a weboldal címe győzött meg, mert az inkább vásárinak és harsánynak tűnt ahhoz, hogy ilyen ügyben komoly ajánlatokat találjak ott, hanem végül azért kezdtem keresni rajta valakit, mert az oldalon minden egyes szakemberre adtak több száz értékelést, amelyek ráadásul *valódinak* tűntek. Azért gondoltam őket annak, mert nem csupa szépet és jót írtak a vállalkozókról, miután munkával bízták meg őket, hanem némelyik ügyfél úgy szidta a „szakikat", mint a bokrot! Volt amelyik feljelentéssel fenyegetőzött a nulla pontos értékelésében, miszerint átverték. Olyan is akadt, aki azt állította, hogy a villanyszerelő szemezni próbált a feleségével, és hogy a férj szerint, ha ő nincs otthon, akkor valószínűleg ki is kezdett volna a nejével. Azt írta a megbízó férj, hogy ha még egyszer meglátja a szerelőt *akár még a környékükön is*, szó szerint idézem: „levágja a kibaszott faszát".

Tehát ez nem igazán tűnt „feldicsérésnek", hogy úgy mondjam. Ha valaki fel akarja magára nyomni a keresletet álreklámokkal, és hamis értékeléseket írat rokonokkal, vagy ilyesmi, akkor azok nyilván csupa jót mondanának róla. Már az a tény, hogy voltak az oldalon ennyire borzalmasan trágár, vádaskodó, sőt fenyegető értékelések, engem meggyőzött arról, hogy ezeket valós személyek, igazi ügyfelek írták elvégzett munkák után.

Ekkor írtam be a keresőbe – az igazat megvallva rendkívül kíváncsian –, hogy „médium".

Bár azt gondoltam, hogy egy villany-, klíma- és gázszerelőket felvonultató oldal biztos, hogy nem fog természetfeletti szolgáltatásokat kínáló személyeknek reklámlehetőséget adni, megengedni, hogy beregisztráljanak, vagy akár hozzájárulni, hogy a weboldalon ilyen témájú ajánlatokat hirdessenek, ám mellbe vágott a valóság, amikor a rendszer a „médium" kifejezésre már az első rákeresésre kapásból három találatot is kidobott:

1. „*Médium*ra sütve szereted a steak-et?! Akkor hívj minket bizalommal! Cégünk szakemberei olyan pontosan beállítják a kerti sütődet, elmagyarázzák a szakszerű használatát, hogy soha többé nem fogsz kiszáradt, túlzottan átsült húst kínálni a vendégeidnek, abban biztos lehetsz!". – *Nos, igen* – gondoltam. *Létezik olyan „médium" is, ami csak egy szelet véres hús. Finom is az, de én nem egészen erre gondoltam.* – A második hirdetés már közelebb járt az általam keresett témához:

2. „Szakképzett, oklevéllel, működési engedéllyel rendelkező 'halottlátó', 'tisztánlátó', -halló és -érző' szakember nyújt sokféle, magasszínvonalú szolgáltatást pénzvisszafizetési garanciával, két év jótállással."

Két év jótállással? – kérdeztem magamban. *Az a szó nem pontosan ugyanazt jelenti, mint a garancia? Egyébként meg mit fizet vissza, és mire van két év? Nem is értem!*

Eleve az sem volt szimpatikus számomra, hogy egy médium, amely szakma egyfajta szürkezóna a dolgozó emberek világában, mivel köztudottan nem hivatalosan elismert végzettség, így nem oktatják sem iskolában, sem egyetemen, legfeljebb mindenféle kamu-, zugtanfolyamokon, ahol ugyanolyan csalók tanítanak, mint amilyen végzettséget a tanfolyamon lehet náluk szerezni. *Tehát akkor miféle oklevele van az ürgének?* – kérdeztem magamban a bajuszos, szemüveges (inkább bankárnak látszó) férfi fényképét tanulmányozva. A másik dolog az állítólagos „működősi engedély" volt. *Még életemben nem hallottam arról, hogy az FDA[1] működési engedélyt adott volna egy médiumnak! Az ilyen tevékenységek tudomásom szerint sosem minősültek törvényes vállalkozásnak. Ugyanúgy nem, mint a tenyérjóslás vagy akár... a prostitúció! Tehát az, hogy egy ehhez hasonló – hitelesnek tűnő – weboldalon megtűrik, és találni rajta ilyen hirdetést, már eleve meglepő volt, de az, hogy az illetőnek még oklevele és engedélye is legyen minderre...* – Ezt már kizártnak tartottam.

Megnéztem azért az értékeléseit... és nem igazán lepett meg az a négy, amibe elsőre beleolvastam:

1. „Átbasztál, hogy rohadnál meg!"

2. „Ott sem voltál, amikor időpontra mentem hozzád. Akkor meg mi a faszér' hirdetsz, köcsög? A pénzt bezzeg előre kérted átutalni! Azóta sem adtad vissza. Költsd rákgyógyszerre, te beteg fasz! Remélem, most boldog vagy!"

3. „Köszönöm, drága mester, hogy segített beszélni a kedves, elhunyt férjemmel! Maga egy igazi kincs, Agamíni úr!"

4. „Az előttem szóló szerintem kamuértékelés! Ne vegyétek be! Már abból látszik, hogy olyan nevet használ, mint egy gyerek egy szerepjátékban! Mellesleg engem is átcseszett. Remélem, végleg kitiltják erről az oldalról!"

Szóval a fenti értékeléseket látva nem igazán volt kedvem kapcsolatba lépni – pláne előre fizetni – a tisztelt „okleveles",

---

[1] Food and Drug Administration. Magyarul: „Amerikai Élelmiszer- és Gyógyszerfelügyelet", ami hasonló a magyar ANTSZ-hez.

„engedéllyel rendelkező" „Agamíni úrral", aki már egy rakás embert alaposan megkárosított.

Az első hirdetést tehát csak véletlenül dobta ki a rendszer, a második pedig egyértelműen csalásnak tűnt. Még szerencse, hogy voltak rá – még ha trágárak is, de legalább – hiteles visszajelzések, így engem már nem vert át.

A találatok közül a harmadik ajánlat azonban felkeltette az érdeklődésemet. Konkrétan azért, mert az *nem volt harsány.* Annyira nem, hogy olyan szinten unalmasnak, visszafogottnak és hétköznapinak tűnt, akár egy átlagos – nem túl népszerű – gázszerelő hirdetése. Mindössze ennyi állt benne:

„Képes vagyok kommunikálni a holtakkal. Ha médiumra van szüksége, lehet, hogy tudok segíteni. Garanciát azonban nem vállalok semmire: ezt kérem, vegye figyelembe, mielőtt felhív az alábbi számon!"

Hoppá! – gondoltam magamban ezt látva. *Nem kér előre pénzt? Egyből fel lehet hívni? Csupán „lehet, hogy tud" segíteni? Tehát még csak nem is állítja, hogy biztosan képes lenne rá? Ráadásul „garanciát sem vállal"?! No fene! Íme egy korrekt ember!*

Ugyanis a csalók sosem tétováznak, nem mondanak olyat, hogy „talán segíthetnek". Maga a bizonytalanság már annak a jele, hogy önmaga sem teljesen biztos abban, amire képes: ez pedig őszinteségre utal, önkritikára, sőt kétségekre, amit nem szégyell bevallani, és van olyan tisztességes, hogy nyíltan le is írja magáról. Az pedig, hogy nem vállal garanciát, számomra nemhogy nem tűnt eltántorító tényezőnek, hanem szintén arról győzött meg még inkább, hogy korrekt emberrel állok szemben, mert ilyesmire, ami ugyebár természetfeletti – ezáltal pedig megfoghatatlan és tudományosan nem is bizonyítható –, hogy vállalhatna *bárki is* garanciát?

Ez nem villanyszerelés, hogy ha a szerelő távozása után továbbra is villog az izzó, akkor visszajön, és díjmentesen kicseréli neked az egész kapcsolótáblát – tűnődtem el egy pillanatra.

Tehát a „nincs garancia" engem inkább megnyugtatott, mintsem elijesztett volna.

Rá is kattintottam a hirdető adatlapjára. Az előző egy férfi volt. Ez a médium egy középkorú, nagyon átlagos, nagyon semmilyen, hétköznapi nőnek tűnt, aki túlzottan „szürke kisegér" ahhoz, hogy igazán kemény bűnöző legyen, vagy notórius csaló és hazudozó. Inkább unalmasnak és túl szerénynek látszott, mintsem egy önmagát fényező gazembernek, aki szuperhősnek titulálja magát, de valójában semmire sem képes, még arra sem, hogy hitelesen adja elő a hazugságait.

Megnéztem hát az ő értékeléseit is. Meglepő módon még egy sem érkezett rá.

Ez egy pillanatra eltántorított: *Akkor most honnan tudhatnám, hogy nem ugyanolyan szemfényvesztő-e, mint a találatok között az előtte lévő pasas?* – Aztán arra gondoltam, hogy: *Azért kattint mindenki a férfira, mert az a harsányabb. Még akkor is, ha rosszak az értékelései, mégis többet ígér: valódi végzettséget, garanciát stb. A sok birka pedig bedől neki. Újra és újra.*

Továbbá az értékelések hiánya lehet pozitívum is: *Azért, mert a nőt ezek szerint eddig még nem szidta senki* – gondoltam. *Talán ez már önmagában biztató jel lehet.*

Ekkor döntöttem el, hogy felhívom Miss Gray[2]-t. Amikor megláttam a nevét, kissé elmosolyodtam, mert az átlagos külsejéhez, semmitmondó ruházatához, frizurájához és szemüvegéhez a Gray-nél semmilyen név nem illett volna jobban a világon. Valószínűleg nekem is ezért ugrott be róla a „szürke kisegér" jelző. Még az is klappolt, hogy habár negyvenesnek tűnt, mégis „Miss" állt a neve előtt, azaz középkorú, felnőtt létére még nem volt férjezett.

Ez a nő – gondoltam magamban – *tuti, hogy nem csaló. Ahhoz túl elesett és vénkisasszonyos. Szerintem segíteni fog kapcsolatba lépni Maryvel!*

---

[2] Gray: angol szó. Jelentése magyarul: szürke.

Bárcsak már akkor tudtam volna a teljes igazságot Miss Gray-jel kapcsolatban!

Negyedik fejezet:
A profizmus ára

Felhívtam a nőt, és időpontot kértem tőle. Meglepetésemre már aznap fogadni tudott volna, de én ezt túl korainak éreztem. Fel akartam készülni lelkiekben arra, hogy ha valóban képes kapcsolatba lépni Maryvel és megszólalni a hangján, vagy akárcsak üzenetet továbbítani tőle a túlvilágról, akkor az mindenképp megrázó lesz számomra ...jó értelemben. Arról nem is beszélve, hogy még azt sem tudtam, mit kérdezzek tőle. Össze kellett szednem a gondolataimat. Így hát, inkább másnapra beszéltem meg a konzultációt, akkor azonban rögtön munka utánra. Annál tovább egyetlen percet sem akartam várni.

Másnap az irodából egyenesen hozzáindultam. Miss Gray egy külvárosi panelházban lakott, ami igencsak hasonlított ahhoz, amelyben én éltem, csak az övé még az enyémnél is lepusztultabb volt.

Miért él egy sikeres, tehetséges, valódi médium egy ilyen lepratelepen? – merült fel bennem a kérdés. *Talán mert nincsenek értékelései és túl szerény! És mert ő nem hazug reklámokkal csábítja ide az ügyfeleit* – válaszoltam meg a saját kérdésemet –, *hanem ritkán fogad bárkit is, de annak viszont korrekt szolgáltatást nyújt.*

Ilyen érzésekkel nyomtam meg a kaputelefon gombját, amire rövid berregés után egy igencsak semmitmondó, unottnak és kissé álmosnak tűnő, női hang felelt:

– Jöjjön csak, Mr. Mayweather! Már vártam. – És rögtön nyitotta is ki nekem a kaput.

Először meglepett, hogy bemutatkozás nélkül is tudta, hogy én csengettem fel. Aztán rájöttem, hogy: *Ha kevés ügyfele van, akkor lehet, hogy erre a napra én vagyok az egyetlen. Úgy nem kellett sokáig találgatnia, hogy ki lehet az.*

A házban nem működött a lift, úgyhogy gyalog kellett felmennem a hatodik emeletre, közben szó szerint átlépve két, lépcsőn ücsörgő, titokban cigarettázó kamaszt, akik – lehet, hogy ezt udvariasságnak szánták, de – „Szia!"-val köszöntek nekem, ám az előre köszönés ellenére egy milliméterrel sem húzódtak volna arrébb, hogy átférjek köztük. Hagyták, hogy esetlen mozdulattal átlépjek felettük, mint *Gulliver a törpék országában*[3]. Én először reflexből visszaköszöntem nekik, hogy „Sziasztok!", aztán utólag már kicsit megbántam:

Hogy veszik ezek a bátorságot ahhoz, hogy egy vadidegen felnőttet letegezzenek?! – gondoltam felháborodva.

Több atrocitás nem ért, mialatt felértem a hatodikra, de a szívem addigra már úgy kalapált, hogy azt hittem, médium helyett lehet, hogy inkább mentőre lesz majd szükségem. Nem voltam éppen a legjobb formában, ez tény.

Miss Gray már odafent állt, a hatodikon emelet folyosóján. A lépcsőház felé, azaz felém fordulva várt rám. Nyilván tudott arról, hogy a lift nem működik, és ezért nem abból az irányból számított kuncsaftra.

Alaposan végimért. Kissé bizalmatlannak tűnt.

– Mr. Mayweather-höz van szerencsém? – kérdezte felvont szemöldökkel.

– Szolgálatára! – próbáltam meg enyhe viccel elütni a helyzet kínos mivoltát. Ugyanis lehet, hogy valamiért csalódást okozott neki a külsőm. *Hiszen már a kaputelefonon keresztül is tudta, hogy én vagyok az!* – Nem tűnt indokoltnak, hogy felérkezésemkor mégis megkérdőjelezze a kilétemet.

---

[3] Jonathan Swift 1726-ban írt regénye.

– Hm... – vonta össze a nő a szemöldökét. – Nem ilyennek képzeltem – mondta ki nyers őszinteséggel azt, amit már magamtól is sejtettem.

– Nem ilyennek? – kérdeztem vissza. – Pedig csak *ilyennel* tudok szolgálni – próbáltam meg valamiért mindenáron mosolyra késztetni. Magam sem tudom, miért. Azaz általában azért, mert a karót nyelt emberekkel többnyire így viselkedem, ugyanis meglehetősen zavar a feszült légkör, ami őket körüllengi. – Milyennek képzelt? – kérdeztem vissza, csak hogy reagáljak valamit a fura kijelentésére.

– Hát... nem ilyennek – intézte el ennyivel, majd kitárta előttem a folyosóajtót, és mutatta az utat a lakása felé.

Én viszont pontosan ilyennek képzeltelek! – vigyorogtam magamban. Még arra is ráhibáztam, hogy a nő valószínűleg parfümöt sem használ. Bár nem volt testszaga, ápoltnak tűnt, de semmilyen illat nem érződött a közelében. Ez is arról árulkodott, hogy *egyetlen árva udvarlója sincs*. Azok a nők, akik érdekelnek férfiakat, mindig illatoznak, mert kívánatosak akarnak lenni.

A továbbiakban nem firtattam, hogy eredetileg milyennek képzelt, mert őszintén szólva nem igazán érdekelt rá a válasz. Akár kínainak gondolt, akár feketének, egy háromszázkilós mutánsnak, vagy csak egy mélyhangú, nagyra nőtt gyereknek, én *nem azért* léptem vele kapcsolatba, hogy barátkozzunk vagy véleményt mondjon rólam. *Válaszokért* jöttem hozzá. És tudni akartam, hogy képes-e akár egyet is megadni közülük számomra.

– Üljön le! – kínált hellyel, amikor a nappalijába értünk. Hangja részben udvarias, részben kissé túlzottan parancsoló volt, ami meg is lepett, mert szerintem ügyfeleknek nem igazán illene utasításokat osztogatnia. Ettől függetlenül helyet foglaltam a viszonylag rendes, tiszta, de – szintén – unalmasan átlagos ülőgarnitúrán.

Odahúzott közvetlenül elé egy karosszéket, és a szemembe nézett, majd így szólt:

– Azért jött ide, hogy a feleségéről kérdezzen. Hogy beszéljen vele.

– Így van – nyugtáztam. – De ezt már a telefonban is mondtam önnek.

– A feleségét Marynek hívták – folytatta.

Hoppá! – csillant fel a szemem. *Ezt viszont nem mondtam neki! Vagy lehet, hogy mégis?* – Egy pillanatra elbizonytalanodtam.

– Valóban ez volt a neve... – feleltem neki gyanakvóan.

– A nejét autóbalesetben vesztette el. Ön vezetett, és elfelejtette leellenőrizni, hogy Mrs. Mayweather biztonsági öve is megfelelően a helyére kattant-e – folytatta a nő a... *Gondolatolvasást? Vagy mit is?* – zavarodtam kissé össze. Úgy tűnt, szinte mindent tud rólam csupán annyiból, hogy mereven a szemembe bámul.

Aztán beugrott:

Lehet, hogy valamelyik újságban olvasott az esetről! – gondoltam csalódottan. *Több napilap is lehozta a hírt. Még fényképek is voltak a cikkekben az autónk roncsáról. Igen, valószínűleg erről lehet szó! Egyszerűen csak rám keresett a neten. Ez önmagában még nem látnoki képesség vagy isten ajándék. ...Hacsak a Google annak nem számít.*

– Jól mondja – erősítettem meg az elhangzottakat. – De honnan tud rólam ennyi mindent? Még csak tegnap beszéltünk először.

– Mindenkinek utánanézek – felelte tömören.

Na igen, jól gondoltam! Rám „Guglizott"! – legyintettem rá gondolatban.

– És a holtak is sok mindent elmondanak – tette hozzá. Ez viszont felettébb érdekesen hangzott.

– A holtak? Rólam? – kérdeztem meglepetten.

– Akárkiről. Ők sok mindent tudnak. Van rálátásuk a múltra. Sőt, sok esetben még a jövőre is.

– És kitől érdeklődött felőlem? – kérdeztem kíváncsian.

– Sajnálom, Mr. Mayweather, de nem adhatom ki a forrásaimat.

Na, ez viszont gyanús! Miért ne adhatná ki? Fél, hogy a „besúgót" letartóztatják, esetleg a maffia bosszút áll rajta, vagy mi? Az illető már úgyis halott! Nem tökmindegy, hogy kiről mit hord neki össze? Miért ne adhatná ki? Ez nevetséges! – Kezdett komolyan gyanús lenni nekem ez a nő. Az, aki túlmisztifikál dolgokat, általában mellébeszél. Vagy konkrétan el akar hallgatni valamit, amiről az ügyfélnek viszont nem ártana tudnia... *mielőtt fizet!*

– Rendben, akkor nem faggatom erről – nyugtattam meg, bár én innentől kezdve nem igazán voltam nyugodt. – Hogyan vágjunk bele? – kérdeztem rá a munkamódszerére. – Hogyan csináljuk? Mivel már amúgy is tudja, hogy kivel szeretnék beszélni, így gondolom, nem kell túl sokat magyarázkodnom. Igen, az elhunyt nejemmel szeretnék szót váltani, Maryvel. Tudom, hogy odaát van. Korábban már beszéltem vele, sokszor álmodtam róla, de valamiért megszakadt köztünk a kapcsolat. Tudni szeretném az okát, és azt, hogy jól van-e. Valamint lennének egyéb kérdéseim is hozzá, amit lehet, hogy ön kissé furcsának fog majd találni.

– Ja, értem – mondta a nő kissé csalódottan. – Tehát „beszélt már vele". Akkor hát nem először jár médiumnál.

– Nem, nem erről van szó. Ezt bonyolult lenne elmagyaráznom. – Nem akartam a nőnek elmondani, hogy már kétszer is jártam a pokolban, és másodszor személyesen is találkoztam a nejemmel, csak nem sikerült kihoznom onnan. Ha ezt elmondom neki, valószínűleg vagy kiröhögött volna, vagy ijedtében keresztet vetve, azonnal kiűz a lakásából. – Mint ahogy mondtam is – folytattam –, sokszor álmodtam vele, és abban a „világban" beszélgettünk.

– Az nem minősül túlvilági kommunikációnak – vágta rá a nő kissé lekezelően. – Azok *csak* vágyálmok. Az ember olyankor csupán azt képes hallani és látni, amit már amúgy is tud. Külső féllel nem lép kapcsolatba, mert álmunkban a másik fél mindig azt mondja, amit mi szeretnénk hallani tőle, vagy amit szerintünk mondana – oktatott ki olyan hangnemben, mint egy gyereket.

– Értem – mentem bele a dologba. Inkább nem magyaráztam el neki, hogy miért gondolom valósnak azt, amilyen módon beszéltem vele. Azért, mert később a pokolban is pontosan azt tettük, és aszerint viselkedtünk, mint ahogy álmomban korábban megbeszéltük. Mary valóban ott volt olyankor, és nem csak önmagammal folytattam valamiféle idealizált párbeszédet. *Tehát Miss Gray – gondoltam magamban – lehet, hogy semmit sem tud az álmokban rejlő lehetőségekről, vagy még nem tapasztalt meg ilyesmit, amit nekem már számtalan alkalommal volt szerencsém. Bár még az is lehet, hogy azért nem hallott ilyen, valós kapcsolatfelvételről, mert más nem képes rá, csak én. ...bár ez utóbbi meglepett volna.* – Biztos igaza van! – adtam alá a lovat ahelyett, hogy megindokoltam volna, miért hiszem, hogy tényleg a nejemmel beszéltem. – Talán azok csak egyszerű, hétköznapi álmok voltak. De akkor is érzem, hogy odaát van, és a lelke valahol még létezik. Önálló öntudattal rendelkezik, és képes kommunikálni. Ezt azért elhiszi nekem, ugye?

– Persze – adott a nő most először pozitív választ azóta, hogy betettem a lábam a lakásába. Nem tűnt túl segítőkésznek. Ami kissé meglepett ahhoz képest, hogy fizetős szolgáltatásért jöttem hozzá.

Ez kicsit olyan – gondoltam szarkasztikusan –, *mint amikor az ember felmegy egy prostihoz nyilvánvaló okokból, de a nő félórán keresztül azt ecseteli, hogy mennyire ki nem állhatja a szexet, és semmi pénzért nem feküdne le egy idegennel.* – Szóval a médium annak ellenére, hogy szolgáltatást hirdetett az interneten, nem tűnt túlzottan „szolgálatkésznek", sem együttműködőnek.

– Hogyan csináljuk? – kérdeztem rá újra. Erről valamiért megint a prostis hasonlat jutott eszembe: Mint aki még szűz, és egy utcalánnyal, pénzért akarja elveszteni a szüzességét, de fogalma sincs, mit kell csinálni ilyenkor, hogy ki kezdi, és mi fog egyáltalán történni. Úgyhogy kezdtem magam egyre furábban érezni. Ugyanis: *Nem vagyok már sem kamasz, sem szűz! Miért húzza itt a drága időt, amiért még fizetek is neki?!*

– Már elkezdtük. Csináljuk – közölte a nő továbbra is mereven a szemembe nézve. Ha jól láttam, még csak nem is pislogott közben.

– Mármint...?

– Éppen a feleségét keresem a túlvilágon. Miközben a maga lelkébe nézek, ami segít felismerni őt odaát, egyszerre keresem is, és próbálok kapcsolatba lépni vele.

– Komolyan mondja?! – Ezen teljesen elképedtem. A médiumok általában óriási hókuszpókuszt rendeznek az esemény körül. Leoltják a villanyt – *tudnám, minek(!)* –, gyertyákat gyújtanak, mindenkinek meg kell fognia egymás kezét, kifordítják még a szemüket is, mintha befelé néznének, aztán síron túli hangon kezdenek el beszélni, ami a legtöbb esetben csak röhejes színjáték és hangutánzás.

– Igen, már a közelében járok a másvilágon – erősített meg Miss Gray arról, hogy jól halad. – Érzem a jelenlétét. Ön valóban jól sejtette: A lelke létezik, és az önálló öntudata is megmaradt. A neje nem egy céltalanul bolyongó, elveszett lélek, aki már nem emlékszik egykori, földi életére. Ő valami... egészen egyedi... különleges!

– Tudom – feleltem mosolyogva, és melegség járta át a szívemet, amikor felidéztem az én drága Marymet. Azonban a hirtelen rám törő, jó érzést valami váratlanul úgy szétoszlatta, mint a cigarettafüstöt, ha zavar valakit a szaga, és köhögve elhessegeti:

– Te vagy az, Dallas? – kérdezte a médium fura, a sajátjától merőben eltérő hangon, ami gyanús módon kicsit sem hasonlított Maryére. De azzal nyugtattam magam, hogy ha a feleségem más száján keresztül beszél, akkor az egyszerűen csak másképp hangzik. *Az azonban*, hogy *Dallasnak* szólított, nagyon nem tetszett. A nejem általában „édesemnek" hívott még életében... és halálában egyaránt. Nem nagyon „Dallasozott" engem soha.

– Én vagyok az – feleltem kissé kételkedve. – És ön? – Valamiért nem vitt rá a lélek, hogy letegezzem a „túloldalról megszólaló illetőt", mert nem éreztem úgy, hogy szeretett feleségem lenne az.

– Mary vagyok, Dallas, a feleséged.

Ismét ez a Dallasozás! Ez nem vall rá!

– Örülök, hogy hallom a hangodat, édesem – mondtam neki úgy, mintha tényleg hozzá beszélnék. Azért egy kicsit reménykedtem abban, hogy csakugyan így van, és ő az.

– Én is örülök, édesem – ismételte meg a hang ugyanazt az általunk *valóban* használt megszólítást.

Vajon most csak utánoz engem a médium, vagy tényleg Mary lenne az? – merült fel bennem. Kezdtem elhinni, hogy Gray-nek sikerült elérnie őt, úgyhogy gondoltam, egyből a tárgyra térek:

– Sajnálom, hogy legutóbb nem sikerült.

– Mire gondolsz, Dallas?

– Tudod... – Nem akartam Miss Gray előtt kimondani. – Amikor a liftnél voltunk...

– Még az autóbaleset előtt? – kérdezte az egyre idegenebbül csengő hang.

– Utána – közöltem reszelős hangon, mert kezdtem dühbe gurulni. *Ha ez a nő valóban médium... És ha ez a hang valóban a feleségemé, akkor emlékeznie kellene arra, hogy megpróbáltam kihozni őt a liftből az élők világába! És az kurvára nem a baleset előtt történt! Miről beszél ez itt összevissza?*

– Sajnos nem tudom, miről beszélsz, édesem – mondta „Mary". – Én autóbalesetben haltam meg. Utána többé nem beszélhettünk. Hallottam, amit Miss Gray-nek mondtál az imént, hogy állítólag álmodban beszélgetni szoktunk. De olyasmi nem létezik. Holtakhoz csak médiumokon keresztül szólhatsz, Dallas. Nem tudom, mire célzol, de biztosíthatlak arról, hogy amit a tragikus karambol után éltél meg velem kapcsolatban, az már csak a te fejedben létezik. Én mindvégig ideát voltam.

Egy francokat! – dühödtem fel ekkor már végképp. *Ez a nő egy szemét csaló! Még hogy csak az én fejemben! De hiszen találkoztunk! Személyesen is! A pokolban!*

– Maga csak játszik velem! – közöltem a véleményemet ezúttal már hangosan is kimondva az állítólagos médiumnak. – Bizonyítékaim vannak arra, hogy beszéltem a nejemmel a túlvilágon! Sőt, bizonyos értelemben jártam is ott! – fakadtam ki. Már az sem érdekelt, hogy kiborítom-e ezzel a vallomással, vagy sem, csak végre le akartam buktatni. – Ne mondjon nekem olyanokat a feleségem kamuhangján, ami még csak nem is hasonlít az övére, hogy nem beszéltem vele, hiszen még személyesen is találkoztunk odaát!

– Nyugodj meg, édesem! Nincs semmi baj! – mondta a médium továbbra is az idegen hangon. – Csupán kímélni akartalak, ennyi az egész. De rendben, őszinte leszek veled. Én is sajnálom, ami a liftnél történt. De mint ahogy sejtettük is, holt lélek nem térhet vissza az élők közé. Ezért váltam köddé, amikor kiszálltunk együtt. Ezért nem sikerült a menekülési kísérlet. Ne magadat okold miatta!

– Tessék?! – Azt hittem, nem hiszek a fülemnek. *Ezeket a részleteket egy csaló médium nem tudhatta rólam! Ilyeneket biztos, hogy nem mondtam neki a telefonban!* – De akkor eddig miért állítottad azt, hogy sosem beszéltünk? – Ekkor már ismét Maryhez beszéltem a médiumon keresztül: az én drága, egyetlen szerelmemhez.

– Mondom: kímélni akartalak. Titkon abban reménykedtem, hogy azóta már elfojtottad magadban azokat a szörnyű emlékeket, és talán túltetted magad rajtuk. Vagy legalább azon a részén, hogy azóta nem tudunk kommunikálni. Azt reméltem, hogy esetleg nem hiszel többé abban, hogy álmaidban valóban velem beszéltél, mert akkor könnyebb lett volna továbblépned, és csak élni az életed.

Ez hitelesnek tűnt. Mary a Liftes játék utáni, végső álmomban, az ébredés előtti, utolsó pillanatban azt mondta, „Folytatnod kell az életed, Dallas! El kell engedned...! El kell engedned...". Tehát valóban abban reménykedhetett, hogy ez lehetséges, miszerint el tudom felejteni mindazt, és tovább élni az életem oly módon, mintha az az egész meg sem történt volna.

– Mary... – mondtam neki. – Én *azokat* sosem tudnám elfelejteni! Ott voltam. Én is láttam a túlvilágot. Kétszer is. Veled is találkoztam. Együtt voltunk. Sosem leszek többé a régi. Tudod... – vallottam be neki, mert már bíztam abban, hogy valóban ő az – néha azt sem tudom, élek-e még egyáltalán. Végül is kétszer megjártam a poklot. Szerinted számíthat az élő embernek a Földön, aki onnan jött vissza?

– Élsz, édesem! Jobban, mint hinnéd. Egészséges vagy. Veled nincs semmi baj. Kérlek, engedj el! Legutóbb is ezt kértem. Emlékszel?

Igen, most már biztos, hogy ő az! – ébredtem rá.

– Tudom, hogy ezt kérted, de nem vagyok rá képes! Kell, hogy legyen valamilyen mód arra, hogy kihozzalak. Biztos vagy abban, hogy lezárták azt az átjárót? Nem lehet, hogy esetleg másik lifttel kellene próbálkoznom? Vagy ha egy másik számkombinációt ütnék be ugyanabban a felvonóban, és más sorrendben utaznám végig az emeleteket? Egyik sem működne?

– Nem – felelte Mary. – Végleg lezárták. Kérlek, felejts el engem, Dallas! – tért vissza ismét ahhoz a névhez, amit nem nagyon használt annak idején. – Csak éld az életedet, és ne törődj a túlvilággal! Ideát úgyis majd találkozunk. Csak várd ki! Nem kell mást tenned. Légy türelemmel!

– Tessék?! „Várjak" a halálomig? Ezt nem mondod komolyan! Én láttam a túlvilágot! Na jó, lehet, hogy az a rosszabbik hely, azaz a pokol volt, de azok után nem tudom, *most miféle* helyen lehetsz. Valahogy nem igazán vágyom oda sem, már ne is haragudj! És igen, élni akarok, de nem nélküled, hanem veled! Itt, a Földön! Vissza akarlak hozni. Kell, hogy legyen módja!

– Pedig nincs, édesem – mondta a nő lágyan, ekkor már inkább Miss Gray hangján, mintsem azon a másikon, ami állítólag a feleségemé volt. – Csak engedj el! Ennyit kérek. És sajnos egyébként sem tehetsz mást... – halkult el a hangja, majd a médium lehajtotta a fejét, és becsukta a szemét. Mélyen szuszogott. Úgy tűnt, mintha elaludt volna.

– Mary?! Mary! Ne menj el! Még beszélnünk kell! – próbáltam fenntartani valahogy a kapcsolatot, mintha a felemelt hangom képes lenne eljutni egészen a túlvilágig.

– Khm... – köszörülte meg a torkát a médium. – Sajnálom, uram! A kapcsolat megszakadt. Azt hiszem, elvesztettük. A kedves felesége, amikor az utolsó szavakat mondta, nagyon messzire távozott. Úgy érzem, messzebb, mint valaha. Soha többé nem fogja tudni elérni. Még rajtam keresztül sem. Azt hiszem, valóban nem tehet mást, mint hogy kivárja, amíg egyszer majd, sok év múlva találkozik vele a túlvilágon.

Ekkor férfi létemre, a szégyennel sem törődve... zokogásban törtem ki. Egyszerűen nem tudtam, nem akartam elhinni, hogy vége. *Pedig már szinte a karjaimban volt!* – őrjöngtem magamban a kétségbeeséstől. *Ott, a lift előtt! Nyújtottam érte a kezem, hogy szálljon ki hozzám. Még ha akkor nem is sikerült, de majdnem kijutott! Tényleg csak egy pillanat műve volt minden. Lehet, hogy más módon sikerült volna!*

– Sajnálom, uram! – ismételte meg a nő rendkívül kevés részvéttel a hangjában. Úgy tűnt, csak rutinból mondja, de egyáltalán nem érzi át a helyzetemet. – Én csupán ennyit tudtam segíteni. Remélem, azért értékeli. Végül is megtaláltuk őt, nem igaz?

– De – vallottam be. – És nagyon hálás vagyok érte. Nem mondom, hogy a semminél ez nem sokkal több. Biztos nehéz is volt kapcsolatba lépnie vele.

– Azt maga el sem tudja képzelni, hogy mennyire...! – felelte a nő nagyot sóhajtva. Olyan nagyot, hogy megsajnáltam érte.

Talán ez a szegény nő komoly kínokat élt át azért, hogy összehozza nekem ezt a beszélgetést – kaptam végre észbe, miután olyan sokáig kételkedtem a képességeiben és szándékaiban.

– Tényleg köszönöm! – mondtam neki. – Bár én ebbe nem nyugszom bele. Kell, hogy legyen megoldás. Ha még messzebbre került, akkor onnan is kihozom! Bárhonnan! Egy Mayweather nem adja fel! Megjártam már a poklok poklát. Kétszer is. Megjárom harmadszor is, ha kell! Meg fogom őt találni.

– Ez nagyon rossz ötlet, Mr. Mayweather. Én semmiképp sem javasolnám.

– Köszönöm, hogy aggódik, de sajnos én ilyen vagyok: senkire sem hallgatok, ha a feleségemről van szó. Még a *saját józan eszemre* sem! Folytatni fogom a kutatást, és meg fogom találni. Ha jóval lejjebb kell ereszkednem a pokolba érte, azt is vállalom. Akár még annak kockázatát is, hogy én is ott ragadok örökre. Vissza fogom hozni. Vagy belehalok a próbálkozásba!

– Ahogy gondolja – vonta meg a nő a vállát. – Én elmondtam, amit el kellett. Úgy érzem, elvégeztem a munkámat.

– Igen – értettem egyet. – És ne haragudjon, hogy korábban felemeltem a hangom! Nem ön ellen irányult. Maga egy csodálatos képesség birtokában van! Hihetetlen, hogy sikerült egyáltalán kapcsolatba lépnie vele.

– Ne gondolja, hogy ez áldás – legyintett a nő komor arckifejezéssel. – Ilyennek születtem. Pénzt néha keresek vele, de ez az adottság boldogságot még sosem hozott az életembe, csak keserűséget. Ennek ellenére én is ember vagyok. Valamiből meg kell élnem. Ezért csinálom, és hogy néha segítsek annak, akinek szüksége van rá. Sajnálom, hogy önért nem tehettem többet, és azt, ha esetleg nem jött rá rajtam keresztül semmi egyébre, mint amivel már amúgy is tisztában volt.

– Semmi gond! – nyugtattam meg. – Ön mindent megtett. Létrehozta a kapcsolatot. Elérte Maryt. Már ez is elképesztő teljesítmény. Azóta nem tudtam beszélni vele, amióta a liftnél elváltunk! És maga megcsinálta! Nagyon hálás vagyok érte. Mennyivel tartozom?

– Ezerötszáz dollár lesz, uram.

– Tessék?! Jól értettem, hogy *egyezerötszáz* amerikai dollárt mondott?

– Igen, pontosan. Miért? Úgy gondolja, hogy nem érdemlem meg? Nem végeztem el azt, amire felkért?

– De igen... csak mások azon a weboldalon száz dollárokért vállalják ugyanezt. Azért sem kérdeztem rá telefonon az árra, mert feltételeztem, hogy ön is hasonló összeget kér.

– Eszem ágában sincs! – mondta a nő határozottan. – Ezért is van kevés ügyfelem. Gondolom, ezt ön is észrevette. Azért nem tolonganak az ajtóban, mert ez nem olcsó mulatság. És tudja, hogy miért nem az?

– Miért...? – kérdeztem letörten, ugyanis ez az összeg, amit kért, tudtam, hogy gyakorlatilag lenullázza majd az egész bankszámlámat.

– Azért, mert a többiek *csalók*. Az összes! Én vagyok az egyetlen valódi médium. Mondom: el sem tudja képzelni, milyen erőfeszítéseimbe kerül és mekkora áldozatokat hozok lelkileg, idegileg és fizikailag ahhoz, hogy kapcsolatot teremtsek élők és holtak között. Gyakorlatilag az életemet kockáztatom minden egyes alkalommal. Ritkán merem megtenni. Ezért is kérem meg az árát, mert őszintén szólva nem is szeretnék ennél több ügyfelet. Az túl veszélyes lenne. – Majd kis szünet után megkérdezte: – Tehát vegyem úgy, hogy nem hajlandó fizetni?

– De – nyögtem vonakodva, mintha a fogamat húznák. – Tudom, hogy megdolgozott érte. Az én hibám, hogy nem kérdeztem rá előre az áraira. És megértem, hogy a munkája mivel járhat. Vagy legalábbis el tudom képzelni. Ha a többiek mind csalók, akkor valóban nem lenne fair, ha ön is, aki az egyetlen valódi médium, „centekért" vállalná ugyanazt. Megértem, ha komoly összeget kér egy ilyen veszélyes, de hiteles szolgáltatásért cserébe. Azonban jelenleg nincs nálam ennyi készpénz. Tud átutalást fogadni? A bankszámlámon, azt hiszem, azért van ennyi pénz. Átutalom most a telefonomról, ha megadja az adatokat az utaláshoz.

A nő odanyújtott egy kártyát. Valami olyasmit, mint egy névjegy, csak ezen banki adatok voltak: név, bankszámlaszám és a bank neve.

Én pedig kínkeservesen, úgy, hogy minden egyes érintés a telefonom kijelzőjén felért egy tűszúrással, benyomkodtam a banki applikációba az összeget és a nő adatait, aztán rányomtam a jóváhagyásra. A pénz átutalásra került.

Ekkor egy telefon pittyenését hallottam meg valahonnan, a kanapé felől.

– Meg is jött – közölte a nő. – Köszönöm szépen! Hálás vagyok azért, hogy értékeli a munkámat, és hogy hajlandó volt fizetni.

– Ez így fair – vontam meg a vállam szomorúan. Ezzel a kis „uzsonnapénzzel", amit küldtem neki, gyakorlatilag lenulláztam a bankszámlámat, úgyhogy el sem tudtam képzelni, miből fogok megélni hó végéig. – Köszönöm! – tettem hozzá, és elindultam az ajtó felé.

– Nincs mit! – felelte Miss Gray, de nem állt fel a fotelból. Úgy tűnt, nem szándékozik kikísérni.

Jellemző! – gondoltam magamban. *Most, hogy megkapta a pénzét, már nem kell udvariaskodnia. Ezerötszáz dollárért azért tehetne kettő lépést az ajtóig, hogy legalább kilökjön rajta egy „Viszlát!"-tal!*

Valóban nem kísért ki. Egyedül nyitottam ki az ajtót, majd némileg dühösen, köszönés nélkül csuktam be magam után. A médium sem köszönt el.

Gondolom, örül a pénzének, és már azt számolgatja magában, hogy mire költse: Még szürkébb ruhákra? Vagy még átlagosabb kanapéra? – dühöngtem magamban gúnyolódva. *Na, jó! Legalább nem volt csaló* – tettem hozzá. *Végül is elvégezte azt, amire kértem.*

Nem az ő hibája, hogy nem tudott segíteni. Valóban Maryvel hozott létre számomra kapcsolatot. Nincs jogom hibáztatni.

Ettől függetlenül a bennem fortyogó harag valamiért nem akart csillapodni. Úgy éreztem, hogy valami nem stimmel: *Vagy a nő kért irreálisan sok pénzt, vagy Mary nem mondott igazat. De vajon mi számít „irreálisnak" a szellemidézésben? Hiszen az egész dolog az! És Mary miért hazudott volna bármiről is? Hiszen szeret! Az én oldalamon áll. A nejemnek nincs oka félrevezetni engem, és miután tisztáztuk a helyzetet, hogy mindenre emlékszem, már semmi olyan kijelentést nem tett, ami ellentmondott volna a történteknek, amit korábban ne említett volna, vagy akár ami sértő lett volna rám nézve.*

Aztán az egyik utolsó gondolatom megragadt az agyamban: „Semmi olyat nem mondott, amit korábban ne említett volna."

Ez fura! – ébredtem rá. *Szerintem, aki segíteni akar, az tud is. Olyan nincs, hogy „erre nem tudok mit válaszolni". Az emberek mondanak ilyeneket, de általában csak akkor, ha nem akarnak felelni. Egy segítőkész ember mindenképp előállna ötletekkel, adna tanácsokat, hogy mivel próbálkozzak. És ha valaki segítőkész kellene, hogy legyen, az Mary, hiszen szeret engem! Ő is ki akart onnan jutni!*

Egyre dühösebb lettem, ahogy ezekbe belegondoltam. A nejem nem viselkedett következetesen ahhoz képest, amilyennek mindig is ismertem. Hiába tudott mindenről, hiába igazolta, hogy ő az, akkor sem volt olyan, mint Mary, mint az *én Marym*!

Ekkor értem le a lépcsőn arra az emeletre, ahol a két tinédzser ücsörgött. Azóta újabb cigarettára gyújtottak, és ezúttal sem tűnt úgy, hogy át készülnének engedni maguk között. Az egyik szóra nyitotta volna a száját, amikor meglátta, hogy jövök lefelé, de én megelőztem:

– Húzzatok arrébb, szarosok! De gyorsan! Még egyszer nem léplek át egyikőtöket sem! Mit képzeltek? Amelyikőtök nem emeli fel gyorsan a seggét, azt úgy fogom felrúgni, mint hanyag gyepmester a kutyaszart!

A két suhanc erre úgy ugrott félre, hogy az egyikük a falnak, a másik a korlát fémhálóbetéttel megerősített üvegének csapódott. Ez utóbbi fel is jajdult fájdalmában. De nem mertek válaszolni. Egyikük sem szóltalt meg.

Ekkor egy kicsit már enyhült irántuk – és az egész világ ellen – a haragom, de ennyit még visszaszóltam nekik, miután ezúttal sikeresen álhaladtam közöttük:

– ...Továbbá a felnőtteket nem illik letegezni! Csak attól, mert cigarettáztok, még nem vagytok sem ti felnőttek, sem én nem vagyok az osztálytársatok! Tanuljatok jó modort! Attól a szartól pedig rákot fogtok kapni, ha ilyen korán elkezditek – mutattam a cigarettára. – Pláne ha egy életen át szívjátok. Ne higgyétek, hogy menők vagytok vele! – Majd miközben leértem a földszintre, és kiléptem a kapun, jól becsaptam magam után, hogy valamin még kiélhessem a frusztrációmat.

Ezerötszáz dollár! – üvöltöttem magamban. *Minden pénzem odalett! És semmi érdemleset nem tudtam meg érte. Semmit! Kezdhetem elölről a kutatást, hogy Maryt kihozzam onnan, és most már egyetlen cent nélkül!*

Ötödik fejezet:
„Nem adhatom ki a forrásaimat"

Amire hazaértem, kicsit sikerült lehiggadnom. Még azt is megbántam, hogy a két gyerekre ráripakodtam: *Végül is a maguk módján udvariasak voltak* – szégyelltem el magam utólag. *Még ha le is tegeztek, de előre köszöntek. Talán csak nem jutott eszükbe, hogy félrehúzódjanak. Miért kellett így rájuk ijesztenem?! Én teljesen hülye vagyok: egy agresszív állat!* – korholtam magam, ahogy beléptem az ajtón. Azt is bántam, hogy Miss Gray-re haraggal gondoltam a magas díjszabása miatt: *Egyetlen, valódi médiumként valóban jogában áll magasabb árat kérni olyasmiért, amire csak ő képes egyedül a világon, vagy nem?*

Egészen odáig ilyeneken gondolkodtam, amíg meg nem láttam egy pirosan villogó jelzést a bekapcsolva felejtett laptopom kijelzőjén.

A kabátomat le sem véve odasiettem a gépemhez, és felkaptam.

Az e-mail fiókomba érkezett egy üzenet, miszerint a távollétem alatt egy másik IP-címről beléptek az e-mail fiókomba, sőt ezáltal talán még a számítógépem egyéb tárhelyéhez is hozzáférést nyertek. Az e-mailszolgáltatóm értesítőjében az állt, hogy ha én léptem be a fiókomba egy másik számítógépről, akkor tekintsem a figyelmeztetést tárgytalannak, de ha nem én voltam, akkor haladéktalanul változtassam meg minden jelszavamat.

– Ki franc törte fel a gépemet? – fakadt ki belőlem hangosan. Tudtam, hogy én nem léptem be sehonnan az e-mail fiókomba, sem bármilyen módon az itthoni laptopom operációs rendszerébe. Útközben a telefonomon manuálisan le tudtam volna kérdezni az e-mailjeimet, ha akarom. Ugyanis nem szoktam automatikus lekérdezésre, azaz szinkronizálásra állítani az internetes fiókjaimat, mert idegesít, ha vezetés közben pittyeg, és többnyire amúgy is csak spam-ek jönnek, mivel nem nagyon levelezem senkivel. Úgyhogy menet közben nem néztem meg az e-mailjeimet a saját telefonomról egyszer sem, más számítógépről pedig pláne nem léptem be egyik fiókomba sem!

Akkor viszont valaki valóban feltörte, mert az biztos, hogy nem én tettem!

Azonnal leültem az íróasztalomhoz úgy, ahogy voltam: kabátban, utcai cipőben – még a bejárati ajtót is elfelejtettem becsukni –, és elkezdtem jelszavakat változtatni. Amint ezzel végeztem, nekiláttam átnézni a számítógépemet, hogy töröltek-e róla valamit, vagy került-e rá esetleg új, gyanús fájl, ami akár vírus lehet.

Azonban nem találtam rajta semmi újat. Pedig még dátum szerint is végigellenőriztem mindent, hogy vannak-e aznap létrehozott, letöltött fájlok a gépen. De nem voltak.

Ezek szerint – állapítottam meg – nem elloptak, letöröltek róla valamit, hanem csak belepillantottak a meglévő fájlokba. Vagy akár az egészet átnézték. De miért?! Ki tett volna ilyet? És miért pont velem? Én csak egy senki vagyok: egy irodai alkalmazott. Nincs semmilyen hatalmam. Vagyonom pláne nincs. A mai nap után végképp... És még párom sincs. Egyedül élek. Nincs féltékeny nejem, aki átkutatná a gépemet a távollétemben, hogy szabadidőmben pornót nézegetek-e, vagy esetleg szeretőt tartok-e. Vendégeket sem szoktam fogadni, mert még a kollégáimmal sem igazán vagyok jóban. Néha elhülyéskedünk, máskor kissé idegesítenek, de barátaimnak egyiküket sem nevezném. Nem szoktam őket ide meghívni. De akkor ki jutott be a lakásomba, és miért tört be?

Visszarohantam az ajtóhoz. Közben vettem észre, hogy amikor bejöttem, be sem csuktam magam után. Jelen esetben ez nem okozott problémát, mert amúgy is újra kinyitottam volna. Fogtam a belső és külső kilincset két oldalról, és ide-oda hajtogatva az ajtót, próbálgattam, hogy a zsanérok működnek-e, nincsenek-e eltörve, nem feszítették-e fel.

Nem. A zsanérok ugyanazt az enyhe nyikorgó hangot adták, amiért már évek óta meg kell volna olajoznom őket. Ha azokat megpiszkálja valaki, vagy erőszakkal megrongálja, akkor nem ugyanolyan hangot adtak volna, mint mindig. Megnéztem magát a zárat és a kulcslyukat is. Semmilyen nyoma nem volt annak, hogy erőszakkal feltörték volna. Aztán eszembe jutott valami:

De hülye vagyok! Az e-mailben azt írták, hogy másik gépről léptek be a fiókomba! Ha betörtek volna a lakásomba, akkor a saját gépemen nézték volna végig a fájljaimat. Tehát nem járt itt senki! Valaki a távolból, egy másik számítógépről lépett be az e-mail fiókomba, és talán még a merevlemezem tartalmához is hozzáférést nyert az értesítő szerint. – Úgyhogy a betörés lehetőségét elvetettem. Innentől már csak egy dolog foglalkoztatott: *Kinek állt érdekében belenézni a számítógépemen tárolt tartalomba, és kinek volt rá lehetősége, aki érthet ilyesmihez? Ilyen általában akkor történik, ha az ember egy nem biztonságos weboldalt látogat meg, amin van valami script, vagy ilyesmi, ami lelopja az ember bankkártyaadatait, azáltal pedig pénzt vesznek le a számlájáról. Nekem nem hiányzott róla pénz, amikor utoljára néztem. Mármint azonkívül, amit a nőnek kifizettem. Akkor viszont milyen weboldalakon is jártam, mielőtt ez az egész történt?*

Rájöttem, hogy gyakorlatilag semmilyenen. A www.tuti-szakember-most.com-on kívül szinte sehol. Ott is csak pár adatlapra kattintottam rá. Egyedül Miss Gray oldalán nyomtam rá a kapcsolat menüpontra. *Ajjaj!* – futott át az agyamon. Ekkor kezdtem el kapiskálni, hogy mi történhetett. *Elképzelhető, hogy ha ott rákattintok a kapcsolatfelvételre, akkor a rendszer biztonsági okokból megmutatja a hirdetőnek az IP-címemet, ahonnan felkerestem, hogy ha zaklatás jelleggel lépek vele kapcsolatba, akkor fel tudjon jelenteni a hatóságoknál. Tehát lehet, hogy amikor rákattintottam, hogy mutassa meg a telefonszámát, Miss Gray azonnal megkapta az IP-címemet. De miért nézett volna bele a gépembe? Ennek semmi értelme! Hiszen így is fizettem neki! Óriási összeget, ami azt illeti. Mit lopott volna azután, hogy önként adtam oda neki az összes pénzemet?*

És ekkor döbbentem rá egy olyan felismerésre, amiért mérgemben ölni tudtam volna:

Az a ribanc azért nézte át a gépemet, amíg én dolgozni voltam, aztán kocsival elmentem hozzá, hogy már előre tudja, miről akarom kérdezni! Én hülye pedig mindent le szoktam jegyzetelni! Az álmaimat, amikre vissza tudok emlékezni, az egész pokolbeli utazást: mind a kettőt! Mindent leírtam naplószerűen. Nem is tudom, hogy miért. Talán attól tartottam, hogy mivel ezek természetfeletti dolgok, ezért – szintén paranormális módon – az ilyen események törlődhetnek az agyból, vagy esetleg szörnyű mivoltuknak köszönhetően az ember ösztönösen elnyomja az ilyen emlékeket, hogy védje az ép elméjét. Valami ilyesmi vezérelhetett, de tény, hogy részletesen lejegyeztem: az álmaimat, a beszélgetéseimet is Maryvel és az alvilágban látottakat is! És ez a nő, ha hozzáfért a gépemhez, akkor már azelőtt elolvasta az emlékeimet, mielőtt egyáltalán becsengettem volna hozzá! Tehát Gray – jöttem rá – egyáltalán nem médium... hanem csak egy átkozott hacker, aki feltöri az ügyfelei számítógépét, és először mindent megtud róluk, aztán visszanyögi nekik síron túli hangon, mintha a másvilágról szólna. Hogy dögölne meg! Hát persze hogy nem is hasonlított a hangja Maryére! Mivel fogalma sincs, hogy milyen volt, és nincs is médiumi képessége. Egyszerűen csak elszínészkedte azt, amiket lelopott a számítógépemről! Ez az oka annak, hogy semmi új információval nem látott el, hanem csak azt mondta vissza, amit már amúgy is tudtam, azaz lejegyezteltem a számítógépemben. Eleinte úgy tűnt, nem hiszi el... azért, hogy megzavarjon, hogy nagyobb legyen a katarzis, amikor az állítólagos Mary váratlanul közli velem, hogy csak kímélni próbált. Azzal győzött meg végérvényesen. Eleinte kérette magát, és amikor kitálalt, én az egészet bevettem! De mit tehetnék most, utólag, hogy rájöttem a trükkjére?

Végigpillantottam a szobámon: az időközben levetett kabátomon, a lábamon lévő cipőkön és a becsukott ajtón. Arra gondoltam, hogy visszamegyek, és ha kell, erőszakkal, de ráveszem, hogy visszaadja a pénzemet, aztán...

Ez nem jó ötlet! – futott át az agyamon. *Ha ez a nő rendszeresen csinálja ezt, akkor nyilván fel van készülve a következményekre is. Biztos, hogy a haragos ügyfelek megpróbálnak visszatámadni, visszakövetelni azt, ami az övék. Ilyenkor valószínűleg eltűnik. Sőt, már tudom is, hogy hogyan! Ezért ül ott az a két kis szarházi a lépcsőn! Ők az őrszemei! És ezért nem működik a lift sem! Ezért nem engedtek át engem sem, hogy csak nehezen, lassan jussak át rajtuk. Ha valami visszatérő reklamáló lettem volna, valószínűleg azonnal riasztják valahogy a nőt, hogy tűnjön el a lakásból. Biztos van hátul tűzlépcső, vagy még az is lehet, hogy ő működésbe tudja hozni a liftet, ha akarja – amit talán ő maga rontott el korábban –, és amíg én felkínlódom magam a hatodik emeletre, ő közben simán lemegy a felvonóval, és kereket old! Nyilván nem én voltam az első ügyfele, akivel ezt tette. Lehet, hogy azért nem volt egyetlen értékelése sem a weboldalon, mert minden egyes átverés után változtat a külsején, és új profilt hoz létre. Az emberek pedig bedőlnek neki, mert „olyan kis átlagosnak és ártalmatlannak tűnik". Nem néznék ki belőle, hogy... ő nem a legnagyobb, egyetlen, valódi médium, hanem a legnagyobb csaló mind közül!* – Arra gondoltam, hogy elmegyek a rendőrségre, és feljelentem csalásért, lopásért, a számítógépem feltöréséért és adatokkal való visszaélésért, de rájöttem, hogy: *Mégis mit mondanék nekik? Azt, hogy találtam egy médiumot, akinek azért fizettem ezerötszáz dollárt, mert beszélni akartam a halott feleségemmel, akit legutóbb nem sikerült egy Liftes játék nevű városi legendával kihoznom a pokolból, ezért aztán tudni szerettem volna, hogy van-e rá más mód, hogy kiszabadítsam? Ezt kellett volna írnom a feljelentésbe? Ó, persze! Akkor nem Miss Szürkeséget zárták volna be, hanem engem: a pszichiátriára! Pontosan ezért csinálja ez a tetves ribanc! Mert tudja jól, hogy ilyen ügyeket az ember nem akar kiteregetni, nem meri hivatalos helyeken emlegetni, mert azonnal őrültnek néznék, elvitetnék és bezáratnák!*

Rájöttem, hogy nem tudok tenni semmit: *A pénzem elúszott. Bedőltem egy csalónak. A jelszavaimat végül is megváltoztattam, és innentől kezdve amúgy sem menne sokra bármivel is, amit a számítógépemen látott, mert őt ezek a dolgok úgysem érdeklik, csak egyszer tudta őket felhasználni azért, hogy higgyek neki, miszerint valóban a feleségem szól rajta keresztül a túlvilágról. Valószínűleg sosem hallok róla többé. De ez egy életre jó lecke volt! Minden pénzemet elvitte, és csak azt az információt mondta vissza papagájként, amit az én számítógépemről lopott le. Ennyit a médiumokról! „Nem adhatja ki a forrásait", mi?! Ja! Azért, mert a forrása... mindvégig...*

...én voltam!

Hatodik fejezet:
Frank

Soha többé nem akartam médiumokról hallani. Kapcsolatba lépni velük vagy felbérelni őket pedig végképp nem. Más megoldás után kellett néznem, mert habár az a nő súlyos bűncselekményt követett el ellenem, attól én még ugyanúgy hittem abban, hogy Mary valahol továbbra is létezik odaát, akit ha egyszer már majdnem visszahoztam a túlvilágról, akkor még találhatok rá más módot, hogy valóban sikerüljön. Igazából azt sem tudtam, hogy a lifttel miért nem sikerült: *Miért vált köddé abban a pillanatban, amikor kiszállt belőle? Vajon azért, mert ő valóban nem létezhet már a mi világunkban? Vagy csak én szúrtam el valamit? Lehet, hogy ha jobban utánanéztem volna, és máshogy próbálkozom, akkor most ő is itt lenne velem?* – Állandóan ilyen kérdések gyötörtek, és nem akartam lemondani arról, hogy egyszer újra együtt lehessünk. *Mégpedig élve, és nem a túlvilágon, mint ahogy az a nyomorult, csaló nő mondta korábban!*

Úgyhogy ismét kutatásba kezdtem az interneten, ezúttal a médium témát erősen hanyagolva, jó messziről elkerülve. Minden holtakkal való kommunikációval kapcsolatos rákeresésnél beírtam, hogy „-médium", azaz a kötőjellel kizártam a keresési eredmények közül minden olyan találatot, ami az ilyen gazemberekhez vezetett volna.

Találtam többféle módot is arra, amit meg akartam tudni, de egyik agyamentebb ötletnek tűnt, mint a másik. Nem is nagyon olvastam végig a cikkeket, vagy kattintottam rá azokra a weboldallinkekre, mert többnyire már a címük is nevetséges volt.

Egy kifejezésen azonban ismét megakadt a tekintetem, amiről korábban sosem hallottam: „Frank doboza":

Egy Frank Sumption nevű férfi 2002-ben, ha nem is elsőként[4], de létrehozott egy olyan készüléket – egyfajta átalakított, amatőr rádióberendezést –, amivel állítólag valós időben tudott kommunikálni a holtakkal. A szerkezetnek az volt a lényege, hogy Frank egy AM rádióvevőt oly módon alakított át, hogy az véletlenszerűen váltogasson a rádiócsatornák adásai között, és ezekből közvetlenül egymás után egy-két másodperces, vagy még annál is rövidebb töredékeket játsszon le a hallgató számára. A készülék egyszerre „fehér zaj[5]" generálására is képes volt, ami egy rádiófrekvenciás zaj. Ennek kielemzésével, hosszas tanulmányozásával, szűrésével – tudósok – már több esetben is hallottak túlvilágról származó hangokat, azaz másnéven „a holtak beszédét". Ezt a jelenséget a „rózsaszín zajjal" kapcsolatban is felfedezték, azaz állítják róla a mai napig[6], hogy a megfelelő módszerekkel és berendezésekkel hallhatók rajta keresztül túlvilági hangok, ami a holtak egyfajta – szándékos vagy véletlen – kommunikációs csatornája lehet: akár egymással, akár az élők felé.

„Frank dobozát" manapság már csak általánosan „szellemdobozként" emlegetik. Azóta rengetegen próbálták – kisebb-nagyobb sikerrel – újra megépíteni, leutánozni az eredeti prototípust, azonban mivel ez egy, a tudomány által csak részben elfogadott módszer másvilági hangok észlelésére, ezért sokan hisznek is benne, de mások teljes képtelenségnek tartják. Ezért a

---

[4] Léteztek korábbi, hasonló készülékek is, de a „Frank doboza", azaz angolul „Frank's box" vált a leghíresebb ilyen berendezéssé, amit eleinte kimondottan ezen a néven emlegettek világszerte.
[5] A zaj a hasznos információhoz hozzáadódó, felesleges, ahhoz nem tartozó jel, amely a hasznos jel értelmezését nehezíti. A zaj több eltérő frekvenciájú és intenzitású jelek zavaró összessége. A jelek forrása és frekvenciaspektruma attól függ, milyen zajról van szó. A rádiófrekvenciás zajok frekvenciájuktól függően a rádió adás-vételt vagy a TV-vételt zavarják. Többféle fajtájuk van, amit általában színekről neveztek el, például: fehér, rózsaszín barna zaj stb.
[6] Valós tény. Az interneten számtalan tudományos cikk olvasható erről. Többek között a Wikipédián is.

mai napig inkább csak városi legendának számít, ugyanúgy, mint a Liftes játék.

Az első ötletem az volt, hogy sürgősen veszek valahol egy szellemdobozt. Ha lehet, akkor olyat, ami a legjobban hasonlít az eredetihez: Frank dobozához. *Talán az valóban működött, és ezért vált ennyire híressé* – gondoltam reménykedve. De mivel az csak egy prototípus volt, amiről hivatalosan sosem ismerték el, hogy valóban képes lenne arra, amit készítője állít róla, azaz tudományosan nem támasztották alá a működőképességét, ezért sem az eredeti, sem a másolatai vagy továbbfejlesztett változatai nem kerültek tömeggyártásra. Így hát egy ilyen készüléket nem lehetett csak úgy, egyszerűen megvásárolni a sarki, műszaki áruházban, akár egy vezetéknélküli fejhallgatót például.

Aztán ahogy még jobban rákerestem az – ezúttal már – „szellemdoboz" kifejezésre, megdöbbenve tapasztaltam, hogy még ha ilyen berendezések nem is nagyon léteznek a világon megvásárolható formában, azonban vannak ugyanezen az elven működő számítógépes programok, azaz pontosabban mobiltelefonon futó applikációk.

Először nem akartam hinni a szememnek, amikor megláttam belőlük több, ingyenesen letölthető és használható változatot is. Azt hittem, hogy nevetséges csalásról van szó. *Hiszen ha világszerte betiltották az ilyen jellegű kísérletezést, vagy esetleg nem képesek műszerészek sem leutánozni a készüléket, mert az eredeti annyira bonyolult volt, akkor hogyan tudnák egyszerű, tetris játékokat gyártó programozók – és lelkes amatőrök –, hogy átlássák ilyen misztikus, természetfeletti jeleket fogó berendezések működési elvét, amit aztán leredukálnak egy egyszerű applikáció szintjére?*

Arra gondoltam, hogy: *Minden letölthető „szellemdoboz" csak szánalmas átverési kísérlet lehet. Olyan jellegűek, hogy amikor letöltöd őket, már a nyitóképernyőjük sem enged tovább, hanem egyből azt az üzenetet látod, miszerint:*

„Fizess huszonöt dollárt előre, és akkor használhatod az appot egy hónapig, amely szolgáltatásnak visszatérítjük az árát, ha nem vagy elégedett!" – *Amit persze sosem tesznek meg, még akkor sem, ha jelented őket az applikációáruháznál.* – De gondoltam, egy próbát megér. *Maximum, ha az app egyből pénzt kér, akkor törlöm a telefonról, és kész.*

Meglepetésemre azonban már az első applikáció, amit letöltöttem, valóban ingyenes volt, és szinte egy-két érintésre – virtuális gombok megnyomására – máris reagált, megszólaltak itt-ott hangok. Úgy tűnt, működni fog.

Miközben böngésztem a programok között, a szobában járkálva néztem a telefont, de amikor ennél, a működő appnál egyszer csak megszólalt a mobilom hangszórója, egyből leültem, és megnéztem alaposabban a kezelőfelületét:

Egy Frank dobozára emlékeztető, kezdetleges, amatőr rádióhoz hasonló készülék képe volt a háttere, amin érinthető gomb- és kapcsolóikonok sorakoztak. Sajnos nem igazán volt kifejtve vagy felirattal ellátva, hogy melyik milyen célt szolgál. Annyit sikerült csak megállapítanom, hogy a szoftver négyféle rádiócsatornán tud párhuzamosan keresni, és azokról adástöredékeket bejátszani. Be lehetett állítani rajta, hogy milyen hosszúak legyenek ezek a részletek, továbbá – ezt nem teljesen értettem – volt mellé bekapcsolható visszhang effektus is, valamint késleltetés. Ez utóbbi céljáról fogalmam sem volt, a visszhangról pedig azt gondoltam, hogy egyszerű népbutításról van szó, mert ha az ember visszhanggal hallgatja a fura, összevissza bejátszásokat, akkor biztos „kísérteties és még ijesztőbb" lesz tőle az összhatás.

Ettől függetlenül nyomkodtam, szabályozgattam az appot vagy húsz percen keresztül, de nem jutottam vele semmire. Azaz rájöttem, hogy ha rövidebb műsorrészletek lejátszására állítom be, akkor a szótagszerű adástöredékek által néha összefüggőbbnek tűnik a szöveg, sőt úgy vettem észre, hogy talán még a többi beállításnak is lehet akár értelme. A visszhang aktiválásával például valamiért gyakrabban hangzott emberi beszéd a telefonomból.

Találtam végül egy olyan beállítást rajta, amin szinte folyamatosan jött a véletlenszerű szöveg, tehát a program elvileg *működött*.

Korábban az egyik legismertebb videómegosztó oldalon számtalan videót végignéztem az ilyen applikációk használatáról, sőt olyan fizikailag megépített „Frank doboza" utánzatokról is, amelyek nagyon hasonlítottak az eredetire. Tulajdonosaik úgy használták ezeket az eszközöket, hogy nemcsak állítgatták őket, és figyelték a véletlenszerű beszédfoszlányokat, hogy kihallanak-e belőlük valami természetfeletti üzenetet, de konkrét kérdéseket is tettek fel túlvilági személyeknek: elhunyt szeretteiknek, már nem élő, híres embereknek, vagy egyszerűen csak általánosságban a szellemeknek. Tehát nemcsak füleltek, hanem konkrétan beszéltek is a berendezéshez attól függetlenül, hogy valódi, fadobozos, amatőr rádiókészülék volt-e, vagy telefonos applikáció.

Meglepetésemre olyan videókat is láttam, hogy a kérdésekre *válaszok érkeztek*. Bár ezek hitelessége enyhén szólva megkérdőjelezhetőnek tűnt, ugyanis amit a felhasználó kérdezett, az tisztán érthető volt, a szellemdobozból érkező válasz azonban, ami beszédtöredékekből állt össze, feliratozva jelent meg a képernyő alján, és az alapján írta le a videót készítő személy, amit ő kihallani vélt a szókavalkádból.

Leírva valóban ijesztőek voltak azok a válaszok. Ha hang nélkül néztem volna a felvételeket, és csak a feliratokra hagyatkozom, akkor úgy tűnt volna, hogy a felhasználó valós időben, összefüggően társalog a holtakkal, ám ahogy feljebb hangosítottam a videót a telefonomon vagy laptopomon, úgy már elkezdett feltűnni, hogy a „holtak válasza", amely azért volt feliratozva, hogy a nézők „jobban értsék", valójában csak meglehetősen távoli vonatkozásban jelentette azt, amiből felirat készült. Valóban talán rá lehetett fogni, hogy az hallatszik a hangszóróból, ami a feliratban olvasható, de a legtöbb esetben a leírt szöveg inkább csak nézőcsalogató módszer volt – megtekintések és kedvelések számának növelése céljából –, mert egyik hangtöredék sem egyértelműen azt jelentette, ami feliratozásra került, inkább csak hasonlított rá... egy kicsit.

Ugyanazzal próbálkoztam én is, mint ők: Konkrét kérdéseket tettem fel a működésbe hozott applikációnak. Néha Maryt szólongattam, hogy hátha válaszol valamit, vagy hogy meghallom-e a nevemet „odaátról", Máskor pedig csak úgy általános kérdéseket tettem fel a szellemvilágnak, amire elvileg bármilyen egykori ember – aki még intelligenciával bír, és hallja, amit mondok – képes lett volna válaszolni. Olyanokat például, hogy „Mennyi háromszor három?".

Általában még erre az egyszerű „feladványra" sem kaptam választ a szótöredékek rengetegéből. Csak egyetlen alkalommal hallottam valami olyasmit, hogy „kilensz", de még az sem „kilenc" volt, és a kérdést újra feltéve már teljesen más, új válasz érkezett, ami által számomra bizonyossá vált, hogy az előző, értelmesnek tűnő felelet is csak véletlenül hangzott el, azaz nem nekem üzenték, hanem csak találomra odatekert a rádió, ahol egy műsorvezető éppen egy hasonló szót ejtett ki a száján valamilyen zenei csatornán.

Ezen a ponton nagyjából be is fejeztem az ingyenes programokkal való próbálkozást, mert úgy gondoltam, hogy vagy mindegyik átverés – habár pénzt nem kértek értük –, vagy csak babonás emberek szórakoztatására, riogatására készítették őket, amiről aztán komplett délutánokat beszélgethetnek át egy sör mellett. *Lehet, hogy nekik ez egy jó hobbi* – gondoltam –, *és még az is elég, ha a szellemek „lehet, hogy csak mondtak valamit", de nekem valódi megoldásra, működő módszerre van szükségem!*

Úgyhogy elkezdtem inkább válogatni a fizetős alkalmazások között, annak reményében, hogy hátha azok komolyabbak. Az egyikben azt írták – kissé lejáratva, megrágalmazva az ingyenes appok készítőit –, hogy azokban a programokban a szoftver előre rögzített szótöredékeket játszik le, és valójában semmiféle rádióállomások adásai között nem váltogat, hanem csak több száz, korábban felvett szótagot kevernek össze véletlenszerű sorrendben, amely módszer nem felel meg az eredeti „Frank-doboz" működésének, és ráadásul szándékos megtévesztés is.

Az általam kiválasztott, fizetős applikáció azt ígérte, hogy a fejlesztő által kidolgozott megoldás valóban rádióállomások műsorai között tekerget és váltogat, tehát „nem előre felvett parasztvakítás" – ahogy a fejlesztő írta a leírásban, hanem „élesben megy, és garantáltan valódi".

Itt nem láttam nagyösszegű előfizetést, amit „garantáltan visszatérítenének, ha nem vagyok elégedett". Egyszerűen ki volt írva a program ára, hogy ha kifizetem, akkor korlátlanul használhatom akármeddig. Még ha Miss „Nem adhatom ki a forrásaimat" Gray ténykedései után nem is maradt túl sok pénz a bankszámlámon, de azért gondoltam, öt dollárt még megengedhetek magamnak erre a célra: *Ennyi még talán belefér. Azonban ha ez sem működik, akkor rálegyintek az egész témára, és tovább kutatok más területeken.*

Megvásároltam hát a kis programot, és meglepetésemre szinte lesokkoltak azok a borzalmas, túlvilági hangok, melyek özöne az applikáció első elindításakor kánonban szóltalt meg a telefonomból. Olyan élethű volt, akár egy horrorfilmben. Úgy megijedtem, amikor azokat a hátborzongató suttogásokat és mély hangú kántálásokat meghallottam, hogy majdnem eldobtam a telefont! Azonban két másodperc elteltével kiderült, hogy az – a szar – csupán egy nyitóképernyő, „üdvözlőüzenet" volt, ami csak hangulatkeltő „háttérzeneként", „főcímdalként" szolgált. Tehát akkor még nem maga a program szólalt meg, csak egy nyitóeffekt, ami minden elindításkor elhangzik. Emiatt részben csalódást éreztem, mert habár egy pillanatra halálra ijesztett, ugyanakkor elsőre nagyon meggyőzőnek is tűnt.

Utána indult el maga, a valódi applikáció. Sajnos a beígért „óriási különbséghez" képest sem a kezelőfelület, sem a gombok száma vagy a szoftver működése nem bizonyult annyira merőben eltérőnek a korábbi, ingyenes programokhoz képest: Ugyanúgy elég sokáig kellett állítgatni ahhoz, hogy folyamatosan beszéljenek „a szellemek", de értelmes szöveget – pláne konkrét kérdésekre érkező válaszokat – nem nagyon lehetett kihallani abból a hangzavarból. Nem tudtam, hogy azért, mert ez a program is csupán csalás, vagy azért, mert már Frank doboza *is* az volt korábban, és *ez az egész* pusztán *babona*, amiben csak hinni szeretnének azok, akik elvesztették valamely szerettüket, de valójában soha senki nem hall ilyen berendezéseken keresztül értelmes szavakat, és még ha azt is hiszi, hogy igen, azt valószínűleg csak bemagyarázza magának.

Letettem hát a mobiltelefonommal túlvilágra való „áttelefonálás" lehetőségéről, és a készülék képernyőjét elsötétítve, tanácstalanul lerogytam az ágyam szélére.

Ennyi szart! – dühöngtem magamban. *Médiumok, szellemdobozok, telefonos applikációk, és mind, kivétel nélkül kamu! Egyik sem működik! Nekem valódi megoldásra lenne szükségem, mint amilyen a Liftes játék volt!*

Céltalanul körbepillantottam a – nem túl – ízlésesen berendezett szobámon, ami Mary halála óta egyszer sem lett átrendezve, felújítva... sőt, hogy őszinte legyek, még kitakarítva is csak nagyon ritkán.

Egy pillanatra megakadt a tekintetem egy régi fotón, azaz tablóképen, ami a középiskolai osztályomról készült. Nem tudom, miért, talán konkrétan a Frank név miatt. Volt ugyanis egy ilyen nevű osztálytársam, és egyszer csak késztetést éreztem arra, hogy az arcokat végignézve megkeressem őt a képen. Mivel elsőre az ágyról keresve a tekintetemmel nem sikerült megpillantanom őt a tömegben, ezért felálltam, és odamentem a komódhoz, amin a kép fémkeretben, kitámasztva állt.

Közelebbről már felismertem Franket a többiek között: csúnyácska, görbe orrú, szeplős, szemüveges fiú volt – nem éppen a lányok kedvence, de emlékeztem arra, hogy alapvetően jó fejnek tartottuk, csak túlzottan magának valónak... ugyanis *már kamaszkorában* az amatőr rádiózás foglalkoztatta: az volt a hobbija.

Micsoda fura egybeesés – gondoltam magamban –, hogy őt is pont Franknek hívták, és hobbiszinten ilyesmivel foglalkozott.

Egy ezen való, pillanatnyi töprengés után megfordultam, és odasiettem az íróasztalomhoz. Leültem a laptophoz, és begépeltem Frank... – kis ideig tartott, amíg eszembe jutott a vezetékneve – ...*Weller* nevét az általam leggyakrabban használt közösségi oldalon.

Ha elsőre nem is, de harmadikra sikerült is rátalálnom „rádiós Frankyre" – ahogy mi hívtuk őt akkoriban a háta mögött. Sokat változott azóta: Meghízott, mint ahogy majdnem minden negyven körüli férfi. A fényképek szerint nős volt két gyerekkel. Túlsúlya ellenére valamelyest javult a külseje: Valamiért a pufókabb arc ellensúlyozta a görbe orrát, és már szemüveget sem hordott többé. De ettől függetlenül egyértelműen felismertem: *Ő az!* – Azért is, mert ott állt közösségi oldalon szereplő adatlapján, hogy ő is ugyanabba a középiskolába járt, mint én, továbbá Weller volt a vezetékneve, és a nyilvános adatai szerint jelenleg műszerkészként dolgozik, valamint stúdiótechnikával, hangosítással és mindenféle műszaki berendezések javításával, telepítésével és beüzemelésével.

Biztos voltam abban, hogy ő az: „rádiós Franky"! *Ki más lehetne?*

Amikor végigolvastam a teljes profilját, valamiért automatikusan az a kérdés merült fel bennem, hogy: *Franky, vajon neked is van dobozod? Csináltál már? Vagy még csak tervezési fázisban van a projekt?* – De nyilván nem így volt. Nem mindenkit érdekelnek a misztikus, természetfeletti jelenségek. A legtöbben vagy félnek az ilyesmitől, vagy egyáltalán nem hisznek bennük. *Franknek tehát (névrokonság ide vagy oda) valószínűleg nincs doboza* – gondoltam –, *hanem csak egy jó szakember, akit mellesleg régen elég jól ismertem, és ahhoz képest, hogy a többiek milyen gyakran gúnyolták különcsége miatt, én mégis jóban voltam vele.* – Annyira legalábbis reméltem, hogy igen, hogy ha bejelölöm ismerősként, akkor vesz még annyira emberszámba, hogy visszajelöl, és talán némi teljesen céltalan, iskolai időket felelevenítő nosztalgiázás után esetleg feltehetek neki néhány kérdést erről az egész „doboz" témáról.

Így hát bejelöltem. Bár mint később kiderült, ez nem biztos, hogy jó ötlet volt. ...Több szempontból sem.

Hetedik fejezet:
Weller doboza

Frank nem kis meglepetésemre szinte perceken belül visszajelölt, sőt ő írt először. Igaz röviden, de lelkesen és kedvesen mindössze ennyit:

– Szevasz, ecsém! Rég nem hallottam felőled! Hogy s mint? Szabadlábon vagy még, öreg harcos?

Erre én:

– Szia, Franky! Azaz bocs! Manapság inkább jobban szereted, ha Franknek szólítanak?

– Dallas! Ilyen régi ismerősök, mint te... tőlem aztán szólíthatnak Agatha Christie-nek is, ecsém! Nekem édes mindegy! Úgy örülök, hogy bejelöltél! Évek óta kíváncsi vagyok arra, hogy végül ki lett belőled, mire vitted, sőt hogy élsz-e még egyáltalán basz'ki! Haha!

– Rendben, *Frank*. Én akkor talán maradnék továbbra is a „Franknél". Valahogy a Franky nem illik többé hozzád ezzel az új, felnőtt külsőddel. Szóval örülök, hogy te is örülsz! Valójában én is már évek óta kereslek, és be akarlak jelölni – hazudtam neki. Igazából sem őt, sem bármelyik másik osztálytársamat nem jelöltem be ilyen oldalakon. Rájuk sem kerestem. Nem volt velük bajom, vagy ilyesmi. Egyszerűen csak nem hittem abban, hogy csak azért, mert gyerekekként egész jókat nevetgéltünk együtt... később, felnőttkorban, feleségekkel és férjekkel, gyerekekkel, jelzáloghitelekkel, perekkel, tartozásokkal, esetleg súlyos betegségekkel a háttérben... még mindig ugyanolyan jókat „kacagnánk", mint régen, vagy hogy egyáltalán egy kicsit is azonos hullámhosszon lennénk. – Szóval hogy ki lett belőlem? – kérdeztem vissza. – Hát... semmi különös. Az életem nem éppen egy hollywoodi álom, hogy úgy mondjam. Nem lett belőlem *óriási filmsztár*, bár ezt, gondolom, ha szoktál moziba járni (és képben vagy azzal kapcsolatban, hogy kik a menő sztárok manapság), már eddig is észrevetted, haha! ...Szóval nem lettem sem elnök, sem híres feltaláló. Egy egész tűrhető... na jó, egy *eléggé szar* irodában dolgozom sima, nyolcórás műszakban. A nejem hosszú évekkel ezelőtt autóbalesetben elhunyt...

– Részvétem, ecsém! Nagyon sajnálom! – vágott közbe Frank.

– Semmi gond! Régen volt már. Nem annyira közelmúltbeli história a dolog, de persze mindennap gondolok rá. Szóval a szerelmem, Mary elment. Gyerekeink szerencsére nem voltak.

– „Szerencsére"? – kérdezett vissza Frank meglepetten.

– Mármint nem úgy értem, hogy ne szeretném a gyerekeket! – szabadkoztam azonnal. Attól tartottam, hogy Weller egyből erre gondolt. – Tehát semmi bajom a gyerkőcökkel, csak egyszerűen nem úgy alakultak a dolgaink.

– Ja, értem... – írta Frank sokat sejtetően.

– Mire célzol? – kérdeztem vissza, mert elég fura volt az a három pontra végződő, befejezetlen mondat.

– Nem áll a *Jancsi*, ecsém? – írta Frank, ami első olvasatra kissé szemtelenségnek tűnt, aztán jobban belegondolva, már mosolyogni kezdtem rajta: *Hát, igen! Ez tényleg a jó öreg Franky! Neki voltak ilyen beszólásai!* – Erről lenne szó? – folytatta Weller. – Ne aggódj emiatt! Nekem is voltak problémáim, de végül a mesterséges megtermékenyítés segített. Az első fiunk úgy született, a második pedig valamiért már természetes úton is összejött.

– Jancsi köszöni szépen, jól van! – írtam neki mosolyogva. – Nem erről van szó. Inkább anyagi problémáink voltak, és még túl fiataloknak éreztük magunkat a gyermekvállaláshoz. De az is lehet, hogy önzők voltunk, és mind a ketten csak együtt akartunk lenni, kettesben, hogy más ne zavarhasson ebbe bele.

– Basszus, mondasz valamit! – írta Frank meglepő módon. – Az én kölykeim aztán *rendesen* bele tudnak zavarni... gyakorlatilag mindenbe! Nem is hinnéd, Dallas, de még nem volt olyan élet- vagy testhelyzet a két lurkó születése óta, amilyen állapotban még ne nyitottak volna rám váratlanul! És most itt a legkínosabb pillanatokra gondolok. Az, hogy „miközben az asszonnyal szexelek" még a lájtosabb esetek közé tartozik. Voltak annál keményebbek is.

Erre inkább nem akartam visszakérdezni. *Mi lehet az, ami egy gyerek számára még annál is meglepőbb, és az apja számára még kínosabb?* – Úgy éreztem, ez nem tartozik rám.

– Szar ügy – mondtam helyette rövidre zárva a témát. – Figyelj, Frank, lenne egy kérdésem hozzád! Afféle szakértői véleményre lenne szükségem. Vagy inkább segítségre? Ahogy vesszük.

– Beszart a TV-d, ecsém, vagy ilyesmi? Barátom, abban az esetben előre szólok, hogy manapság a műszerészet már nem egészen úgy megy, mint régen. Annak idején a készülékekben még voltak kivehető, cserélhető vagy akár javítható, mozgó alkatrészek. Ezért is vitték az emberek szerelőhöz a kütyüiket. Manapság azonban! Á! – legyintett Frank valószínűleg, bár ezt írásos chatben nem láthattam. – Manapság mindent Kínában gyártanak olyan miniatűr vagy papírvékony technológiával, hogy a berendezések gyakorlatilag egyetlen, vékony panelből állnak, és minden abba a kis szarba van beépítve: wifimodem, GPS-vevő, processzor, RAM, kamera, mikrofon stb... Ezeket a tinik által imádott, érintőképernyős, „tapizós" izéket (ahogy ők mondják) még szétszedni sem lehet, csak egy az egyben a gyártóval kicseréltetni bennük az alaplapot. Tehát a gombokon és a betört kijelzőn kívül gyakorlatilag semmi sem cserélhető például egy modern mobiltelefon esetében. Apropó! Ugye nem tényleg a TV-d kijelzője mondta be az unalmast?! Az még rosszabb, ugyanis egy másfélméteres Ultra HD-kijelző komplett cseréje, elárulom neked, hogy majdnem annyiba kerül, mintha vennél egy tök új TV-t. Nem igazán éri meg javíttatni, előre szólok. Hacsak nem *garanciális* még. De mivel engem kérdezel, aki nem vagyok szakszerviz, így feltételezem, hogy már nincs rá jótállás.

– Nem, nem ilyesmiről van szó. Igaz, a TV-m nem mondanám, hogy a legjobb állapotban van. Kb. két csatornát fog az előfizetett százhatvanból, és a képernyő is szellemképes, de amennyit én nézem... teszek rá! Nem. Szóval valami egészen másról szeretnélek megkérdezni, amivel kapcsolatban talán te tudnál nekem segíteni.

– Halljuk, ecsém! Kezdesz kíváncsivá tenni.

– Hallottál valaha Frank dobozáról?

– Melyik dobozomra gondolsz, barátom? Elég sok berendezés van a műhelyemben. És miért írsz rólam E/3-ban, mintha itt sem lennék, haha?! Azaz elnézést: Miért ír rólam így Dallas, akivel Frank most társalog? – humorizált Weller, mert azt hitte, én is ezt teszem.

– Nem a te dobozodra gondolok, te marha! – nevettem el magam gépelés közben. – Az illető csak névrokonod. Én Frank Sumption dobozára gondolok. Hallottál a fickóról?

– Frank Sumption-ről? Nem tudom. Nem igazán rémlik. Mi az a doboz? Valami illegális, fizetős csatornákat dekódoló szar, amivel ingyen nézhetsz minden csatornát, még a drága pornót is? Figyelj, ecsém, ugye tudod, hogy ha beszerelek neked egy olyat, azzal komoly kockázatot vállalok? Ugye nem ilyesmire akarsz megkérni a régi ismeretségre való tekintettel?

– Dehogy! Akkor hát tényleg nem hallottál arról, amiről beszélek. Mondd csak, ha már Sumption neve nem mond neked semmit, hallottál valaha olyan kütyüről, hogy „szellemdoboz"?

– „Szellem" mi? Az meg mi a ménkű? Olyan, mint a *Szellemirtók* című filmben, amit ha kinyitottak, a kütyü beszippantotta az elkábított, megrajzolt szellemet? Mondd, hol élsz te, ecsém? Még mindig gyerekfilmeket nézel, vagy mi?

– Jaj, ne hülyéskedj már! Semmi ilyesmiről nincs szó. Ez nem vicc. Valójában nagyon is komoly dolog. Ezek után... ne haragudj, de nem is tudom, hogy egyáltalán merjek-e mesélni róla.

– Nyugodtan mesélhetsz! – váltott Frank hangnemet. Úgy tűnt, annyira azért nem éretlen, mint ahogy eddig viselkedett. *Ezek szerint képes komolyan is venni dolgokat.* – Figyelj, barátom, bennem megbízhatsz. Miről van szó pontosan? Mi az a doboz?

– Oké, elmondom, de megígéred, hogy nem röhögsz ki?

– Persze, ne izélj! Barátok vagyunk vagy mi. Vagy voltunk... – töprengett egy pillanatig. – Vagyunk! – jelentette ki aztán határozottan. Ez engem is meggyőzött, és felbátorodva belevágtam:

– Szóval ez a szellemdoboz egy módosított, amatőr rádiózásra alkalmas AM-vevő, ami fehér zaj generálására is képes.

– Nem tűnik megoldhatatlannak a dolog, bár lehet, hogy kell vele majd pöcsölnöm egy pár napot. Mire kell az neked? Mi köze van a készüléknek a szellemekhez?

– A leírások, sőt internetes videók alapján egy ilyen berendezésen keresztül kommunikálni lehet a túlvilággal. Hallani lehet a holtak hangját, sőt kérdezni is lehet tőlük.

– Mi van?! – lepődött meg Frank. – Ne hülyéskedj már! Szellemek nem léteznek. Dallas, te ugye nem lettél azóta valamiféle... hogy is mondjam: *szektatag*? Ez ugye nem valamiféle Manson-féle[7] szarság?

– Dehogy lettem én sorozatgyilkos vagy fényzabáló[8], agymosott szektazombi! Ne viccelj! – csaptam a homlokomra a képernyőre meredve.

– Akkor jó! – könnyebült meg Weller. – Már kezdtem megijedni. Mindig is fura figura voltál, fiacskám, azt kell mondjam.

---

[7] Charles Manson egy amerikai szektavezető volt, akinek a követői – és feltehetően ő maga is – a '60-as évek végén számtalan gyilkosságot követtek el. Mansont 1971-ben letartóztatták, és elítélték szándékos emberölésért, arra való felbujtásért, és erre irányuló összeesküvésért. 2017-ben, fegyházban halt meg (életfogytig tartó börtönbüntetése következtében) nyolcvanhárom évesen.
[8] Bizonyos szekták azt állítják, hogy képesek pusztán fénnyel táplálkozni. Az ilyen szektatagok közül – annak bizonyítékaként, miszerint a módszer egyáltalán nem működik – már nagyon sokan éhen haltak, ezért az ilyesmit a közvélemény rendkívül botrányosnak, veszélyesnek tartja, ha egy szektavezető ilyen hitre próbál valakit buzdítani, ilyesmibe akar valakit beszervezni.

De én bírtam a búrádat. Csalódtam volna, ha ilyen alak vált volna belőled.

– Olyan biztos, hogy nem – nyugtattam meg régi barátomat. – Teljesen másról van szó. Na jó... kimondom. De kérlek, ne ítélj el miatta, és ne mondd, hogy naiv vagyok! Megvan arra az okom, hogy miért akarom kipróbálni ezt a szerkezetet.

– Halljuk! Most már még inkább kíváncsi vagyok rá.

– Az előbb említettem, hogy elhunyt a feleségem, aki a mindenem volt, annyira szerettem őt. Vele szeretnék beszélni, ha lehetséges. Ennyi az egész. Semmi szektaszarság, semmi kecskeáldozás vagy vérben fetrengés! – hülyéskedtem vele most már én is. – Egyszerűen csak Maryvel szeretnék váltani pár szót, mert az interneten utánanézve nekem eléggé hitelesnek tűnik ez a készülék.

– Ja, értem – felelte Weller kissé túl tömören. Aggódtam a véleménye miatt. Talán ezzel kivertem nála a biztosítékot, és attól tartottam, hogy nemcsak hogy kilép a chatből, de ezek után még le is fog tiltani a közösségi oldalon. Ám nem tette. Helyette csak visszakérdezett: – Mi is a neve annak a szarnak? Mit mondtál?

– Frank doboza.

– Hülye egy neve van – fakadt ki belőle talán akaratlanul.

– Te mondtad, nem én! – írtam neki némi éllel. Reméltem, hogy érti a célzást.

– Háhá! Jó poén. – Ezek szerint értette. – Oké, szóval mi kell egy ilyen izéhez? Milyen alkatrészek? Van hozzá tervrajzod? Kezd érdekelni ez a kis projekt! Fogalmam sincs, hogy meg tudom-e csinálni, de tehetek egy próbát. Most úgyis szabadságon vagyok... Ja igen... Az asszony állatira örülni fog, hogy munkával töltöm. Na mindegy! Majd megmondom, hogy egy régi barátom kért meg rá, akinek nagyon sokkal tartozom.

– Dehogy tartozol, Frank, ne viccelj már! Csak barátok voltunk, ennyi az egész.

– Tudom, hogy nem tartozom, te mamlasz! Ez csak süket duma lesz, hogy Muriel ne szekáljon miatta, és hagyjon rajta dolgozni.

– Ja, értem. Szóval sajnos nincs tervrajzom. Fogalmam sincs, hogyan kell elkészíteni, de figyelj, manapság tele van a net ilyenekkel. Keress rá a „Frank doboza" kifejezésre és a „szellemdobozra"! Még letölthető telefonos appok is vannak rá, amelyek habár mind kamunak tűnnek, de az eredeti szerintem tudhatott valamit. Arról is találsz egy csomó videót. Igaz, a felvételekben nem szedik szét a dobozt, nem mutatják meg a belsejét, de kívülről elég egyszerűnek tűnik: csak egy fadoboz és néhány kapcsoló az egész. Szerintem egy amatőr rádiós is meg tudná csinálni, ha akarná. Ha jól tudom, az eredeti Frank is valami olyasmi volt.

– Oké! Adj nekem pár percet... vagy inkább órát! Rákeresek, aztán visszajelzek! De várj csak! Tulajdonképpen miért akarsz beszélni az asszonnyal? Már ne is haragudj az ízetlen tréfáért, de ha az én Murielemet elcipelné az ördög az örök vadászmezőkre, nekem eszem ágában sem lenne ott telefonon hívogatni. Inkább keresnék helyette egy fiatal, jó csajt, akit még érdekel az a szó, amit egykoron (a gyerekek születése előtt) „szex"-ként emlegettem, de manapság már lassan arra sem emlékszem, mit jelent.

– Értem. Nem veszem rossz néven a poént, és vágom, hogy mire célzol. De nekünk nem volt gyerekünk. A legnagyobb boldogságban éltünk. Sosem vitatkoztunk, és úgy vesztettem el, hogy még elköszönni sem tudtam tőle. Rengeteg kérdés maradt bennem, amire választ szeretnék kapni. Ha van rá mód, akkor feltenném neki ezeket. Akkor talán tovább tudnék lépni végre ennyi év után.

– Mármint úgy érted, hogy... Te, Dallas! Mikor is hunyt el a kedves nejed?

– Több mint tizenkét éve.

– A „tovább lépést" úgy érted, hogy *tizenkét teljes éve* nem is jöttél össze senkivel? Nem házasodtál újra? Még egy egyéjszakás kalandod sem volt azóta?

– Nem.

– Basszus! Akkor neked, ecsém, tényleg lezárásra van szükséged. Túl kell tenned magad ezen, Dallas! Nem élheted az egész életed gyászban, akkor sem, ha úgy gondolod, hogy... – egy pillanatra töprengett a nejem nevén – ...ha úgy gondolod, hogy Mary pótolhatatlan. Hidd el, senki sem az! Találhatsz másik feleséget. Rengeteg jó bige lófrál odakint, mármint nem ezen a szaros interneten, ahol csak félőrültek anyázzák egymást, hanem a *való világban*. Te ráadásul még ki is nézel valahogy... már ha a profilképed tényleg valódi, és nem egy filmsztár fotóját loptad le – humorizált Frank. – Te simán találnál magadnak akárkit. Még magadhoz képest akár egy fiatalabb bigét is. Korodhoz képest nagyon jól tartod magad. Egyáltalán nem látszik rajtad, hogy mennyi idős vagy.

– De nekem ő kell.

– De már sajnos nem él, Dallas. Mondd csak, próbálkoztál terápiával?

– Miért? Ott majd megidézik nekem Maryt, és visszahozzák az élők közé? – kérdeztem szarkasztikusan.

– Ott a pont! Valószínűleg szart sem érnél vele. Én is jártam ilyenekre anno. Voltak *kisebb ivási* problémáim. És itt most nem gégészeti/nyelési nehézségekre gondolok, haha! – Úgy tűnt, Frank még a saját egykori alkoholizmusából is képes viccet csinálni. Valamilyen szinten előnyére változott. Régen nem volt ilyen optimista. Ez tetszett. – Rendben! – folytatta. – Nem tudsz túllépni a dolgon, értem én: Beszélni szeretnél vele. Hát, először is, hadd szóljak erről jó előre, barátom: Nem sok esély van arra, hogy ez valaha is sikerülni fog. Az efféle hókuszpókuszok nem igazán működnek. Mert ha így lenne, akkor ilyen elven minden elhalálozott nagymama hetente hazatelefonálna a túlvilágról, és megállás nélkül csesztetné a fiát, hogy hogyan nevelje az ő drága, kicsi unokáit. Úgyhogy nem hinném, hogy létezne olyan módszer, ami tényleg tuti. De tudod, mit? Megteszem, amit lehet. Nem azért, mert hiszek abban, hogy működni fog, hanem mert abban bízom, hogy ha belátod, hogy *nem jó semmire*, akkor talán megnyugszol, túllépsz a gyászon, és becsajozol végre.

– Köszönöm, barátom! – könnyebbültem meg. – Nekem mindegy, hogy miért teszed, de ha segítenél, azért nagyon hálás lennék.

– Sok lóvéd van amúgy? – kérdezte Frank. – Jól keresel, drága barátom? Mennyi konkrétan az éves jövedelmed?

– Ööö... nem igazán sok. Miért kérded? Az igazat megvallva, szinte a nullára ki vagyok költekezve. Sokba kerül majd a semmiből megépíteni egy efféle készüléket?

– Á, csak szívatlak! – írta Frank körülbelül húsz röhögő hangulatjelet rakva a felkiáltójel után. – Nem kérek én pénzt tőled. Egyik az, hogy ez az amatőr rádiós dolog nem a milliomosok klubjának hobbija. Annyira azért nem költséges. A másik, hogy nekünk saját házzal, két kocsival, két gyerekkel azért van családi kasszánk, ami ha nem is a legnagyobb, de majd valahogy lenyúlok belőle annyit, hogy összehozzam. Ne aggódj emiatt!

Nem igazán tetszett a „lenyúlás" ötlete a saját családjától, de feltételeztem, hogy ismét csak viccel vagy túloz, úgyhogy megköszöntem neki, majd így folytattam:

– Mikor tudnál utánanézni, hogy megoldható-e?

– Mondom, szabadságon vagyok. Úgyhogy ha az asszony nem akar sürgősen szexelni velem... amire, jelzem, körülbelül hat éve nem volt példa... akkor akár most rögtön nekiállok a böngészésnek!

Ezen már én is hangosan elnevettem magam. Kár, hogy nem hallhatta. Bár nem biztos, hogy jólesett volna neki, hogy pont ez az elszólása mulattatott meg eddig a legjobban.

– Oké, köszi! – írtam neki. – Bármit is találsz és tudsz kiötleni a talált információk alapján, nagyon hálás vagyok érte, hogy időt szánsz a témára.

– Nincs mit! Mondom, amúgy sem zaklatnak munkával így, szabadság alatt, szexuálisan pedig még ritkábban zaklatnak... *sajnos*. Úgyhogy ráérek.

***

Frank két óra múlva már jelentkezett is. Csak ennyit írt, számomra kissé baljós módon:

– Beszélhetnénk telefonon? Inkább úgy mondanám el...

Megadtam neki a számomat, bár közben attól tartottam, hogy nem érzi illendőnek, hogy írásban mondjon nemet. Inkább telefonon fogja azt mondani, hogy vagy nem vállalja, mert túl drágák az alkatrészek, vagy azt, hogy nagyon nagy munka lenne, és ingyen mégsem tudja megcsinálni.

Csengett a mobilom, és aggódva, de azért egyből felkaptam:

– Jó napot kívánok! Itt Dallas Mayweather. Miben segíthetek?

– Te mindig ilyen hülyén veszed fel a telót, ecsém? – kérdezte Frank. Amikor csengett, még nem voltam biztos abban, hogy ő hív. Weller nekem nem adta meg a számát, csak én neki, ezért nem tudtam, hogy milyen telefonszámról fog keresni. – Úgy szóltál bele – folytatta Frank –, mint egy cégnél valami ügyfélszolgálatos főszer.

– Mert az vagyok – feleltem kissé sértődötten. – Mondtam, hogy irodában dolgozom.

– Ja? Ne haragudj! Én azt hittem, hogy afféle vezérigazgató vagy ott, vagy ilyesmi, mert annak idején olyan jó eszű gyerek voltál. Simán kinéztem volna belőled. Akkor viszont bocsesz! Szóval a következő a helyzet: Borzalmas híreim vannak a számodra... Talán jobb lenne, ha inkább leülnél, mielőtt kimondom.

– Arra nem lesz szükség. Sejtem a választ: Nem tudod megcsinálni, ugye?

– A faszt nem! – nevetett Frank. – Csak húzom az agyadat, öreg! Simán meg lehet építeni ezt a kütyüt. Annyira azért nem rakétatudomány ez. Szóval nincs semmi gáz. Megoldható. Csak azért akartam telefonon elmondani, mert nem bírok már ennyit gépelni. Tudod, szex híján egész nap húzogatom a...

– Ki ne mondd, hogy mit! – kiáltottam rá. Ezt már tényleg nem akartam végighallgatni tőle. Még viccből sem.

– Nem arra gondolok, te ütődött! – nevetett Frank. – A kertben! Mivel az asszony állandóan parancsolgat ahelyett, hogy kedveskedne, így percenként kerti munkára oszt be. Mindig azt a rohadt gereblyét húzogatom, mert tele van avarral az egész. Ja! Mintha nem rohadna el az magától is, amikor esős az idő! Még jót is tesz a talajnak: táplálja. De őt persze zavarja. „Takarítsd el, Franciiis!" – utánozta rendkívül magas, sivító, kissé már ijesztő módon a felesége hangját. – „Takarítsd el, mert rendetlen a kert, Franciiis!". Ilyen hülyeségeket mond nekem, képzeld! „Rendetlen"! A természetben, amikor egy erdőben ősszel lehullanak a levelek, *az* mióta rendetlenség? Az is tök normális jelenség, nem? A természet rendje. Én mondom, ez a nőszemély vénségére teljesen meghibbant – humorizált Weller a nejéről kissé ízetlen módon.

– Oké, értem. Szóval tényleg meg lehet csinálni?! – kérdeztem fellelkesülve. Annyira megörültem, hogy az sem zavart volna, ha Frank mégis egy olyan történetet mesél el, ami egy egészen más, gusztustalan dolognak a húzogatásáról szól. Már bármit meghallgattam volna, ha hajlandó elkészíteni nekem a szellemdobozt. – És működni fog? – kérdeztem csillogó szemekkel, akár egy gyerek.

– Tessék?

– Rossz a vonal? Azt kérdeztem: működni fog?

– Nem, nagyon is jól hallottalak, csak azt nem tudom, mit válaszoljak erre. Figyelj, én építek neked egy ilyen szart. De hogy mire fogsz menni vele, arról fogalmam sincs. Be lehet majd kapcsolni, oké? Tudni fogja azt, amiket olvastam és te is meséltél róla. De hogy kinek a hangját fogod te azon meghallani, és miféle szellemekkel fogsz rajta társalogni... nos, én nem vennék rá mérget, hogy ez az egész nem egy oltári nagy hazugság, amit csak egy unatkozó műszerész talált ki azért, hogy hülyét csináljon néhány haverjából és babonás emberből. Barátom, előre szólok, ne várj túl sokat ettől az egésztől! Szerintem semmit sem fogsz hallani a hangszórójából, csak értelmetlenül, összevissza váltogató rádiócsatornákat.

– Tudom, tudom. Az applikációk is azt csinálták. Ne aggódj, nem fogok összetörni lelkileg, ha nem igaz a legenda. Egyszerűen csak érdekel, ennyi az egész. Érdekes ötletnek találom, és nem tagadom, van is egy pici remény bennem azzal kapcsolatban, hogy talán mégis igaz.

– Szerintem egy icipici remény *sem* kellene, hogy legyen benned – törte le Frank a lelkesedésemet. Tudtam, hogy azért, mert nem akarja, hogy csalódjak. Ez kedves volt tőle, úgyhogy nem vettem rossz néven. – De ettől függetlenül megcsinálom – folytatta –, hogy megnyugodj, oké? Ha pedig mégis működik, basszus, akkor világsztárok leszünk, meg minden! Elmegyünk Hollywoodba valami esti show-ba fellépni vele, és élőben beszélgetünk majd George Washington szellemével, rendicsek?

– Azt én nem biztos, hogy vállalnám – bizonytalanodtam el egy pillanatra.

– Nem is fog sor kerülni rá – nevetett Frank –, abban biztos lehetsz! Ez csak egy városi legenda, semmi egyéb. De amúgy meg kell valljam, ötletes! Nekem is bejön. Úgyhogy összedobom. Szerintem pár nap, és jelentkezem az eredménnyel. És akkor... – tartott hirtelen hatásszünetet – ...majd meglátod, mire képes „Weller dobozaaaa"! Ami majd megváltoztatja az egész világot!

– „Weller doboza"? Ez tetszik. Úgy hallom, valóban kedvet kaptál hozzá.

– Persze! Imádok bütykölni. Amúgy meg tudod, miért is kezdett érdekelni? – Már előre tartottam a magyarázatától. Valami mérhetetlenül közönséges, szexre utaló poénra számítottam. – Azért érdekel – folytatta –, mert mostanában egy csomó zombisorozatot nézünk a TV-ben a kölykeimmel. És eszembe jutott, hogy ha ezt elmondom nekik, hogy olyan kütyün dolgozom, amin holtakkal lehet beszélgetni, szerintem imádni fogják. Ők valószínűleg „zombidoboznak" fogják hívni, és akkor még akár ők is segítenek a megépítésében. Úgy talán az asszony előtt sem kell titkolóznom, mert már így is van köztünk éppen elég feszültség. Tudod, említettem például a szexet ...azaz a teljes hiányát.

– Igen, *egy párszor* mintha már említetted volna!

– Na, igen! Szóval így titkolóznom sem kell, mert amúgy is bejön a srácoknak ez a téma. Még segíteni is fognak benne.

– Oké, örülök annak, hogy ezzel az ötlettel összehozom az egész családot – mondtam Franknek –, de figyelj! Kérlek, az egész világnak azért ne kürtöld már szét, hogy min dolgozol, jó? Nézd, ez nekem úgyszólván „magánügy", ami csak egy rám tartozó, személyes vágy, és nem szeretném nagy dobra verni. Tehát ha lehet, akkor örülnék, ha nem hallanék róla a *híradóban*. Érted, mire gondolok?

– Persze, persze! Csak a családnak mondom el, senki másnak. Ne aggódj! Egyszerűen csak örülök annak, hogy elárulhatom nekik, min dolgozom, mert nem akarok több feszültséget itthon. Tudod, említettem, hogy például problémák vannak a...

– Csak nem a szexszel? – kérdeztem vissza most már szándékosan szívatva őt a témával.

– De szemét vagy! – nevetett Frank. – Na jó, ez jogos volt! Valóban állandóan erről rinyálok, mint egy kislány. Oké, szóval igen: sok a vita itthon. Visszatérve a kérésedre: Ne aggódj, nem jár el a szám! Nem fogsz róla a Wikipédián olvasni.

– Köszi!

Még csevegtünk egy kicsit, aztán lassan elköszöntünk, és letettük a telefont.

Nagyon örültem annak, hogy elvállalta a megbízást. Reméltem, hogy a megépítéséből valóban családi, közös program lesz, és nem újabb viták. Különben lehet, hogy bajba sodrom szegény, régi barátomat. Abban az esetben még azzal is ártottam neki, hogy egyáltalán bejelöltem, és felvettem vele a kapcsolatot. Nem akartam tovább rontani a helyzetén. Rendkívül kedves, vidám, szórakoztató fickónak tűnt. Kissé közönségesnek éreztem a humorát, de még épp a határán volt annak, hogy én is nevetni tudjak rajta. És nagyon rendes volt tőle, hogy teljesen ingyen elvállalta a dolgot.

De vajon tényleg jó ötlet lesz megépíteni azt az izét? – bizonytalanodtam el. *Mi van akkor, ha működni fog, de végül nem úgy sül el a túlvilági beszélgetés, és nem azzal, akivel én szeretnék kapcsolatba lépni?*

És mint később kiderült... volt ennek az aggályomnak némi alapja.

Nem is kicsi.

Nyolcadik fejezet:
Kudarc

Két nappal azután, hogy letettük a telefont, Frank ismét nem internetes chaten, hanem mobilon hívott. Addigra elmentettem a számát, hogy ne érjen megint meglepetésként, és már annak tudatában vettem fel, hogy ő az:

– Na, mi újság? Sikerült megcsinálni, Frank? Vagy nagyon elakadtál?

– Á! Ne is mondd! Szörnyű híreim vannak! Kudarcot vallottunk! Ezt a borzalmat sosem lett volna szabad a világra szabadítani! A gyerekeim élőholtakkal kezdtek beszélgetni a készüléken keresztül, aztán másnap reggelre eltűntek! Érted? *Elvitték* őket! – kiabálta a telefonban szinte eszelős hangon. – És mindez miattad történt! Zombik járják a környéket mindenfelé! Nézz ki az ablakon, és te is látni fogod, hogy mindennek vége! Hogy minde-ne-he-he-nek véhéé-gee! – sírta teljesen összetörve.

– Weller... Neked *tényleg* beteg egy humorod van – buktattam le, mivel addigra volt szerencsém kiismerni a kiszámíthatatlan, extrém húzásait. – Ezt már azért én sem fogom bevenni. Képes vagy még ilyesmivel is viccelni, hogy *a gyerekeidet elrabolták?* Jesszus! Nem túlzás ez már egy kicsit?

– Ja? De – értett egyet ellentmondás nélkül. – Tudom, hogy zavarba ejtő a humorom, de mentségemül szolgáljon: ez a feleségem mellett fejlődött ki. Akárcsak a gyomorfekélyem. És ez utóbbi most nem vicc, Dallas! Gyógyszert szedek rá. Ez komoly. Néha tényleg nagyon kiakaszt ez a nő.

Hittem neki. Ezúttal igen.

– Sajnálom – mondtam megenyhülve. Így már világossá vált, hogy miért csinál mindenből viccet: *Valószínűleg védekezésből.*

Lehet, hogy nagyon rosszul házasodott – gondoltam magamban. *Fekélyt az ember nem örömében szokott kapni a nagy szerelemtől.*

– Semmi gond! – vont vállat Frank a képzeletemben. Azaz a hangja alapján azt gondoltam, ezt teszi. – Hogy kinek mi jut sorsául, azt nem mi döntjük el, hanem Isten. Hálás is vagyok neki mindenért, és ezért imádkozom hozzá minden egyes nap. ...Na jó, ez most tényleg vicc akart lenni. Szóval a házasságom romokban hever. A gyerekeimmel azonban jól kijövök. Ez a közös rádióépítés például még jobban összekovácsolt bennünket. Nagyon kellemesen telt az idő, amíg elszórakoztunk vele.

– Tehát ezek szerint sikerült megépíteni?

– Sikerült, bizony!

– Ki... próbáltátok? – kérdeztem félve.

– Hát... valamennyire. Szerintem *annyira* biztos működik, mint azok az izék, amiket te is láttál a neten, de nem hinném, hogy jó lenne ez bármire is, Dallas. A gyerekek mindenféle zombis kérdést tettek fel a kütyünek. Olyanokat, hogy „Ha egy élőhalott hallja ezt az üzenetet, akkor nyögjön hangosan!", de persze nem jött rá válasz. Én meg sem próbáltam. Nem igazán hiszek az ilyesmiben. De nézd... remélem, te hasznát veszed majd. Bármilyen okból is. Akár azért, mert mégis megtudsz általa valamit, akár mert rájössz, hogy az ilyesmi csupán babona, és időpazarlás vele foglalkozni. Mindenesetre a „Weller doboza" szerintem tuti lett. Én büszke vagyok rá. Azt biztos tudja, amit tudnia kell.

– Azta! Frank...! Akár hasznát veszem majd annak a készüléknek, akár nem, el sem tudom mondani, hogy milyen hálás vagyok neked! Már önmagában a lehetőségért is, hogy kipróbálhatom. Nagyon köszönöm! Tényleg!

– Igazán nincs mit, cimbora! Mondom: öröm volt dolgozni rajta. Majd mindenképp meséld el, hogy tudtál-e ezen keresztül beszélni a kedves, egykori nejeddel. Azonban kérlek, hogy semmi sötét hókuszpókuszra ne használd, jó? Mármint ha ne adj' Isten, valóban működik, nehogy a világra szabadíts valami sötét izét odaátról, oké? Nem szeretnék én lenni érte a felelős! Pláne még a gyerekeim is! Hiszen ők is segítettek abban, hogy elkészüljön.

– Persze! Megígérem. Eszem ágában sincs mással kommunikálni rajta. Engem csak Mary érdekel. Ha akarod, megpróbálok beszélni vele, és ha nem sikerül, akkor vissza is adom neked a dobozt. Utána már úgysem lesz többé szükségem rá.

– Á, nem kell! Tartsd meg nyugodtan! Neked csináltuk. Bízom abban, hogy nem használod semmi rosszra. Jó ember vagy, Dallas, mindig is az voltál.

– Te is – érzékenyültem el egy pillanatra. – És köszönöm! Még egyszer.

– Elvigyem? – kérdezett rá Frank váratlanul.

– Mármint ide, hozzám? Jaj, ne! Ezt már igazán nem várhatom el tőled. Az a minimum, hogy ha eddig is ennyit dolgoztattalak rajta, akkor elmenjek érte én magam. Elhozhatom már ma? Vagy nagyon sok a dolgod?

– Ó, sajnos igen. Mivel szabadságon vagyok, így egész álló nap szexelnem kell a feleségemmel. Most hülyéskedsz? Persze hogy ráérek! A világon semmi dolgom nincs. Sőt, még jó is lenne, ha jönnél, mert Muriel a végén még megint nyaggatni kezd a gereblyézéssel! Ha jössz, akkor legalább ráfoghatom, hogy téged várlak, és bemegyek a fürdőbe „készülődni”. Valójában viszont, amikor bent leszek...

– Ki ne mondd! – előztem meg egy újabb alpári poént.

– Nem is azt akartam mondani! Ennek mindig bedőlsz, te hülye! Úgy értettem a készülődést, hogy azt mondom majd: borotválkozom, lezuhanyozom, meg ilyesmi, de valójában beülök a telómmal netezni, és végre legalább pár órára békén hagy.

Szegény Franket egyre jobban kezdtem sajnálni. El sem tudtam képzelni, hogyan fajulhatott idáig a házassága, hogy gyakorlatilag el kell bújnia a saját otthonában ahhoz, hogy egy kis nyugalomban legyen része.

– Ja, értem – mondtam szenvtelenséget erőltetve a hangomra. Nem akartam, hogy hallja, mennyire sajnálom. Azzal talán megsértettem volna. Helyette inkább olyan hangnemben válaszoltam, mintha szerintem is teljesen természetes lenne az, hogy egy felnőtt férfi a felesége elől bujkál órákon keresztül hazugságokra hivatkozva. – Oké, akkor hamarosan indulok. Te pedig akkor „készülődj"! De formára vágd ám a bajuszod, különben esküszöm, úgy teszek majd, mintha nem is ismernélek! De most komolyan: Ha már arra hivatkozol, hogy készülődsz, akkor látsszon is rajtad, hogy csináltál valamit odabent – próbáltam segíteni neki abban, hogy nehogy emiatt újabb vita legyen közöttük a nejével.

– Nyugi, kezelem a helyzetet! Úgy lépek majd ki a fürdőből, mint egy *herceg*! Mármint nem olyan elegánsan, hanem olyan részegen a drága bortól (amit a borotválkozószekrénybe dugtam el), hogy ahogy kilépek, egyből seggre esek!

Ezen mindketten jót nevettünk, majd elköszöntünk, és leraktuk a telefont.

***

Pár órával később – Frank szerencsére nem lakott tőlem messze – már nálam is volt a „Weller-doboz", amiről el sem tudtam képzelni, hogy mire képes, és hogy mennyire működik.

Frank, amikor náluk jártam – gyönyörű ívű bajusszal, amit a fürdőben bujkálás közben produkálhatott – megkérdezte, hogy nem akarom-e együtt beüzemelni és kipróbálni. Én nem szívesen, de nemet mondtam erre. Féltem ettől a lehetőségtől. Még ha nekik nem is sikerült szóra bírni a dobozt, én jó esélyt láttam arra, hogy kétszer megjárva a poklot, nekem működni fog. Nemcsak a lifttel tett utazásaim miatt, de azért is, mert ha Mary már az álmaimon keresztül is képes volt beszélni hozzám – én pedig venni az „adást" –, akkor nem hittem volna, hogy egy kimondottan erre a célra kifejlesztett eszközzel ne tudnánk mi ketten ugyanazt megtenni. Abban nem voltam biztos, hogy mással is kapcsolatba léphetnék-e a készüléken keresztül, de mivel Maryvel nagyon sokszor beszéltem odaátról, így arra jó esélyt láttam, hogy a Weller-dobozzal ismét sikerül.

Ezért nem akartam Frank jelenlétében használni. Azért sem, mert ad1) őket halálra rémisztette volna az a tudat, hogy léteznek szellemek és túlvilág, és én képes vagyok odaátról beszélni valakivel, ad2) ha sikerülni fog Maryvel kapcsolatba lépnem, akkor négyszemközt szerettem volna társalogni vele, nem pedig mások jelenlétében.

Nagyon kevés időt töltöttem Franknél. Épphogy csak megkínált egy pohár borral. Először nemet mondtam rá a vezetés miatt, de azt felelte, hogy „Házi gyártmány. Saját termesztésből. Annyira gyengére sikerült az alkoholtartalma, hogy ettől a szartól még egy gyerek se rúgna be!". Úgyhogy végül hallgattam rá, és ittunk egy pohárral. Az íze nagyon jó volt, de valóban nem éreztem tőle semmit, úgyhogy be mertem úgy ülni a volán mögé, hogy még ha meg is szondáztatnak, szerintem a műszer nem mutatott volna ki olyan magas értéket, amivel már tilos vezetni.

Frank csak úgy engedett el, hogy megígértette velem: hamarosan újra meglátogatom. Muszáj volt igent mondanom rá, mert nagyon elszántnak tűnt – és őszintén szólva kissé kétségbeesettnek is –, úgyhogy rábólintottam. Azt mondtam, jelentkezem, ha lesz valami eredmény a dobozzal kapcsolatban. Ennyiben maradtunk.

A felesége szemmel láthatóan örült, hogy nem maradok tovább. Olyannyira, hogy még csak nem is köszönt. Nemhogy távozáskor, de még érkezésemkor sem. Ilyen udvariatlan nővel még életemben nem találkoztam. Ezért a látogatás után már nem találtam furának mindazt, amit Frank mondott róla, sőt még az ízetlen tréfáit sem vele kapcsolatban. *Az a nő egy valódi házi sárkány lehet!* –

gondoltam. *Én el nem vettem volna, az biztos!* – Azt sem értettem, hogy Frank miért tette. *Talán majd egyszer megkérdezem tőle, amikor újra meglátogatom.*

***

Ahogy hazaértem, felkaptam a laptopomat az íróasztalról, és leraktam a kanapéra. A Weller-dobozt tettem a helyére, és egy ideig csak bámultam.

Odahúztam a széket az asztalhoz, és úgy nézegettem, mint egy bennszülött, aki életében először lát fehér embert, annak a kezében pedig mobiltelefont, ami éppen élő videót játszik le Ultra HD felbontásban.

Szóval nem akartam elhinni, hogy sikerült, hogy létezik... ott van az orrom előtt, és csak az enyém, mert nekem csinálták. Nagyon jó érzés volt, ugyanakkor félelmetes is, mert azért a nagy örömöm közepette nem felejtettem el, hogy milyen célt szolgál. Már a *neve is* ijesztő volt. Azaz nem a Weller név miatt, hanem a „szellemdoboz" kifejezésre gondolok.

Nem sokat vacakoltam vele. Behoztam magamnak egy csésze kávét édesítőszerrel – cukorral utálom, mert szinte érzem, ahogy egyesével lyukadnak ki tőle a fogaim –, és visszaültem elé. Mivel korábban már bedugtam a csatlakozóját a fali aljzatba, így egyszerűen csak bekapcsoltam.

Sistergést hallottam belőle. Ezenkívül más nem.

Emlékeztem arra, hogy hogyan működtek az eredeti alapján készült applikációk, úgyhogy megpróbáltam azokhoz hasonló módon megszólaltatni. Ezen nem négy, hanem hat kapcsoló volt – Frank alapos munkát végzett – ami hat, párhuzamos keresést tett lehetővé különböző AM-sávokon, hogy váltogasson a rádiócsatornák között, és bejátsszon egy-egy másodpercet vagy tizedmásodpercet a műsoraikból.

Először bekapcsolt állásba kattintottam közülük négyet, úgy, mint a telefonos programon, hátha úgy – amilyen módszerrel már korábban is próbálkoztam – elsőre könnyebben boldogulok.

Frank érdekes módon szintén tett rá „visszhangkapcsolót", amiről én azt gondoltam korábban, hogy csak ijesztőbb hatást akart elérni vele a készítője, mert a szavak úgy zengve, távolba vesző módon kísértetiesebben szólnak. Lehet, hogy Frank viszont látott benne ezenkívül valami lehetőséget, aminek értelme is van, de az is elképzelhető, hogy csak kedvességből egy az egyben le akarta utánozni az eredetit, mert én megkértem rá.

A visszhangkapcsolót egyelőre békén hagytam. Úgy gondoltam, hogy az semmire sem lesz jó.

A készülék legnagyobb meglepetésemre azonnal megszólalt. Bár nem tudom, miért lepődtem meg. Frank megmondta, hogy üzemképes. Lehet, hogy csak azért volt sokkoló számomra, mert azok a telefonos applikációk annyira hamisnak tűntek, hogy nem hittem el, hogy a valóságban tényleg létezik ilyen berendezés, és el lehet készíteni.

Körülbelül ugyanúgy szólt, mint az egyik mobilapplikáció, de annál jobb hangminőségben. Állítgattam egy kicsit, de egyelőre – idegesítő módon – csak zenerészleteket játszott be, amelyekben semmilyen emberi beszéd nem volt hallható.

Bassza meg ez a sok zenecsatorna! – káromkodtam el magam. *Miért nem szólal meg végre egy pár műsorvezető? Akkor a berendezés a szavaikból már véletlenszerűen összekeverhetne valami zagyvaságot, ami úgy hangzana, mint amit korábban a telefonos programból hallottam.*

Aztán rájöttem, hogy talán én kalibráltam be rosszul. Mind a négy rádióállomáskeresőn állítottam egy kicsit, és akkor már elkezdtek beúszni a hangfoszlányok és szótöredékek. Végre sikerült találnom olyan rádióműsorokat, amelyeken beszélgetés zajlott, vagy valami hasonló.

Az volt a baj, hogy elég kevésszer szólaltak meg, és azokból a szótagokból nem igazán állt össze még értelmetlen szöveg sem. Inkább csak nyögdécselésnek hangzott az egész. Ekkor kapcsoltam be az ötödik és hatodik állomáskeresőt is, amelyeket Frank plusz funkcióként épített a készülékbe.

Rá is jöttem, hogy miért tette: Mert így már folyamatos, összefüggőnek hangzó szöveget hallottam, még akkor is, ha csak véletlenszerű bejátszások részletei voltak más és más rádióműsorok szövegéből. Azonban semmilyen értelmes szót, pláne mondatot nem lehetett kihámozni abból a katyvaszból, ami elhangzott. A készülék semmi egyébnek nem tűnt, mint ami valójában volt: egy rádióműsorok között véletlenszerűen váltogató, és azokból rövid bejátszásokat megszólaltató eszköz. Ennek a leírásnak megfelelt, de értelmes szöveget nem hallottam belőle.

Félve, de végül így is feltettem a készüléknek egy kérdést:

– Mary, hallasz engem?

Nem jött válasz. Azaz válasz éppen jött nagyon sok. A berendezés ontotta magából az értelmetlen, összevissza hangokat, de azok nem álltak össze érthető szavakká.

Megpróbáltam újra állítani az állomásokon, változtatni a bejátszások hosszán, hogy milyen hosszúságú szótöredékeket játsszon be. Egészen odáig tekertem az állomások alatti kis potmétereket, amíg a doboz már komplett szavakat kezdett el megszólaltatni. A következőt hallottam:

„Nem... csak... Amerika... benzin... jobb ez?... cukortartalom... slágerünk... üzletpolitikával... vonatokon...". – És így tovább.

Ennek semmi értelme nincs! – gondoltam elkeseredve.

Ismét állítgatni kezdtem. Tovább rövidítettem a bejátszások hosszát, mert úgy még nagyobb esélyt láttam arra, hogy a szótagok értelmes kifejezésekké állnak össze. Az iménti teljes szavak ugyanis buta, értelmetlen felsorolásnak tűntek. *Talán a töredékekből összeállhat valami, ami valóban nekem szól* – gondoltam.

De hiába állítgattam órákon keresztül, semmi sem változott. Egyre jobban elment a kedvem az egésztől. Már kezdtem kételkedni abban, hogy ez az ötlet valaha is működni fog. Azon voltam, hogy kikapcsolom, és lefekszem. Aztán másnap majd felhívom Franket, és elmesélem neki, hogy neki volt igaza: „Ez csak egy városi legenda. Nem működik, és elnézést kérek, hogy feltartottalak ezzel a hülyeséggel!".

Azonban amikor már éppen a kikapcsológombhoz nyúltam, megakadt a tekintetem a visszhangkapcsolón.

Végül is már oly mindegy! – gondoltam magamban. *Ha egyszer amúgy is szar az egész, úgy, ahogy van, akkor legalább szóljon kísértetiesen, hadd röhögjek rajta egy jót!*

Bekapcsoltam tehát a zengő effektet, de meglepetésemre nem történt semmi. Nem szólt visszhangosan, mint amire számítottam. *Lehet, hogy Frank ilyesmit mégsem épített bele? Csak dísznek tette volna rá a kapcsolót?*

Aztán ahogy jobban megnéztem, észrevettem mellette egy kis, kiálló fémrudat, ami alig volt vastagabb, mint egy varrótű. Első ránézésre, amikor átszaladt felette a tekintetem, kiálló drótvégnek gondoltam, amiről nem is értettem, hogy Frank miért nem vágta le. Nem mertem hozzáérni, hogy esetleg nehogy megrázzon miatta az áram.

De jobban megnézve nem levágatlan drótvég volt, hanem egy ráhelyezett, műanyag tekerőgomb nélküli potméter alapja, amire gombot kellett volna tenni ahhoz, hogy csavarni lehessen. *Frank miért nem rakott rá semmit?* – kérdeztem magamban. *Így most hogyan fordítsam el? És vajon milyen célt szolgál?*

Rövid habozás után egy gyors mozdulattal megérintettem, aztán elrántottam a karom, hogy ha valóban ráz, akkor ne üssön meg nagyon az áram. De semmilyen ütést vagy csípést nem éreztem. Tehát valóban potméter volt, amire Frank nem tolt rá elforgatható gombot. *Még az is lehet* – merült fel bennem –, *hogy egyszerűen nem talált otthon olyat, ami rápasszolt volna. De ettől függetlenül lehet, hogy működik. Ám akkor hogyan és mivel csavarjam el, ha nincs rajta semmi? Fogóval?*

Ismét hozzáértem. Ezúttal sem rázott meg. Úgyhogy innentől már bátrabban, három ujjal megragadtam, és megpróbáltam gomb nélkül elforgatni, csak úgy, szabad kézzel. Meglepetésemre vékonysága ellenére nagyon könnyen megmozdult. Könnyedén lehetett jobba-balra csavarni. *Ezek szerint Frank ezért sem érezte fontosnak, hogy tekerőgombot nyomjon rá!*

Amikor elkezdtem elfordítani, valóban visszhangosabbra változott a szótöredékek káosza. Kísértetiesebben is szólt, ez nem vitás. De valami mást is észrevettem, amire korábban nem számítottam:

Nemcsak zengőbb lett az összhatás, mint egy olcsó, régi horrorfilmben, amikor a szörny kiszól a kútból, hanem az egész szótöredékhalmaz valahogy összemosódott miatta, összefüggőbbnek tűnt, mintha folytonossá tette volna a meg-megvágott szöveget.

Basszus! – rökönyödtem meg. *Lehet, hogy pont ez benne a lényeg?! Enélkül csak megvágott, értelmetlen szótagokat játszik le, de valójában ettől hangzik összefüggővé? Pont attól, amiről azt hittem, hogy semmire sem jó, válik a beszéd annyira folytonossá, hogy érteni lehessen?*

Feltekertem hát a visszhangot majdnem a maximumra. Az már túl sok volt. Az egész szöveg távolba veszővé, kivehetetlenné vált. Visszavettem hát közepes szintre. Így már nagyon fura, kísértetiesen valósághű lett az eredmény. Úgy hangzott, mintha valakik tőlem messze beszélgetnének. A visszhang miatt távolinak tűnt, mégis összefüggőnek és értelmesnek. Ennek ellenére sajnos nem értettem, mit mondanak. Továbbra sem hallottam semmit, ami számomra jelentett volna bármit is. Sem a nevemet például, sem valamit, amit nekem szánt üzenetnek értelmezhettem volna.

Ekkor ismét megszólaltam, és feltettem egy kérdést a készüléknek csak a vicc kedvéért, mert ez a volt az a kérdés, amire úgy gondoltam, biztos nem fogok értelmes választ kapni:

– Mi a nevem?

Erre a visszhangos szóáradattól egy egyértelműen elkülönülő, kevésbé távoli, nem annyira zengő, sokkal jobban érthető hang mondott valamit.

Így szólt:

– Dallas Mayweather.

Amikor ezt meghallottam, ijedtemben úgy ugrottam fel, hogy még a széket is kirúgtam magam alól. Csattanva dőlt el a padlón, én pedig átugrottam felette hátrafelé, hogy messzebb kerüljek a „pokoli Weller-doboztól". Pár lépést még hátráltam tőle, hogy nagyobb biztonságban érezzem magam.

A nevem után nem hallottam más értelmes szót a hangszórókból. Feltettem hát ismét egy egyértelmű kérdést, amire nem jöhetett véletlenszerű válasz:

– Kivel akarok beszélni a holtak közül?

És már jött is a felelet ugyanazon a távoli, ám jól érthető hangon:

– Maryvel akarsz kapcsolatba lépni, Dallas Mayweather, a feleségeddel.

– Ilyen nincs! – kiabáltam. Odaugrottam a készülékhez, és azon nyomban kikapcsoltam. Ismét eltávolodtam tőle, és reszketve leültem a kanapéra.

Ilyen nincs! – ismételgettem magamban. *Ez kamu! Újabb átverés! Nem tudhatja a nevemet! Nincs ott senki! Nem ismerhet engem! Habár... várjunk csak!* – Egy szörnyű lehetőség merült fel bennem: *Mi van, ha Frank is átvert? Ő nem úgy, mint az a csaló ribanc, aki médiumnak adta ki magát, hanem egészen máshogy... Hiszen tudom is, hogy az én „drága barátomnak" eléggé beteges humorérzéke van. Mi van, ha ő tréfál meg? Lehetséges volna?*

Az jutott eszembe, hogy Frank talán nem olyan készüléket csinált, amilyet kértem tőle: *Nem egy rádióállomások műsorai* között véletlenszerűen váltogató berendezést, azaz részben igen, mert hallottam, hogy a doboz képes erre, de... Mi van, ha Frank még valamit beletett, amiről nem tudok, mert direkt nem szólt róla? – Az merült fel bennem, hogy talán egy igazán gonosz tréfát eszelt ki. Beleszerelhetett a rádiós AM-vevőn és fehér zaj generátoron kívül még egy hagyományos adóvevőt is, amivel például rendőrök és katonák kommunikálnak, amely készülékpáros egyik felét a berendezésbe építette, a másik viszont még most is nála van! Azon talán hallaná odahaza, ha bekapcsolom a dobozt. És ha belebeszélek, a beépített adóvevőn keresztül szólni tudna hozzám, ráadásul kizárólag olyankor tenné, ha a visszhangeffektet használom, hogy még a hangját se ismerjem fel, és bármit mondhatna, ami számomra úgy tűnne, hogy a túlvilágról jön az üzenet, amivel aztán alaposan rászedne!

Vajon tényleg ennyire beteges lenne a humora? – tűnődtem magamban. Ennyire elment volna a fickó józan esze egy elszúrt házasság miatt, hogy még a volt osztálytársa kárára, annak egykori, elhunyt feleségéből is képes lenne gúnyt űzni? Lehet, hogy ő szólt bele kétszer is egymás után? De mégis mit akar ezzel elérni? Beszélgetni egy ideig mindenféle hülyeségekkel traktálva engem, aztán egyszer csak belekiabálna, hogy „Hoppá! Elkaptalak, ecsém! Végig én voltam az! Hehee! Ezt szépen benézted, barátocskám!"? Hát, nem tudom. Ennyire azért nem lehet aljas! Sőt, egyáltalán nem tűnt annak sem a chatben, amikor először írtam neki, sem később, személyesen.

Ezért úgy döntöttem, teszek egy olyan próbát, amivel kijátszhatom annak lehetőségét, hogy ő űzzön velem ilyen gonosz, manipulatív játékot: Felteszek az állítólagos túlvilági személynek olyan kérdéseket, amiről Frank nem tudhat! Sőt, a tetves Miss Gray sem, mert még a számítógépemben sem készítettem ezekről jegyzetet soha! Na, arra válaszoljon, Mr. Visszhang, bassza meg! Akármilyen csaló is legyen, és akármilyen okból is akar hülyét *csinálni belőlem, ezt az akadályt sajnos nem fogja pofára esés nélkül venni!*

Visszamentem hát magabiztosan a géphez, és ugyanazokkal a beállításokkal – mivel legutóbb nem tekertem el rajta semmit, csak kikapcsoltam – ismét üzembe helyeztem.

Meg is szólaltak a hangok... de csak a szokásos, semmitmondó szótagok visszhangoztak, értelmes szöveg nem jött a hangszórókból.

Feltettem tehát az első kérdést:

– Ki készítette ezt a dobozt?

És már jött is a válasz! Ugyanattól a furcsa, távolinak tűnő, mégis érthető, összefüggő beszédű, teljesen értelmesen kommunikáló személytől, mint korábban:

– Fogalmam sincs, hogy ki készítette. Milyen „dobozról" van szó? Mire gondolsz?

Ezen egy pillanatra elgondolkodtam. *Frank vajon tagadná, hogy ő készítette?* – Rájöttem, hogy erre nem tudom a választ. *Tehát ez hülye kérdés volt!* – Feltettem helyette inkább egy jobbat:

– Ki halt meg, akit azóta is vissza akarok hozni a túlvilágról?

A válasz:

– Mary az. A feleséged. Ezért akarsz beszélni is.

Na jó! – ment még feljebb bennem a pumpa. *Frank viszont tud, hiszen pontosan erre hivatkozva készíttettem el vele a szellemdobozt, és még Gray is tisztában van vele, hiszen hozzá is emiatt mentem el. Ez sem a megfelelő kérdés. Oké, nézzünk valami mást!*

– Ki vagy te? – kérdeztem.

– Szerintem azt te is nagyon jól tudod. Nem ismersz rám? Az meg hogy lehet?

– Fogalmam sincs, hogy ki vagy – vallottam be őszintén. – A hangod egy dobozból szól, amiből visszhangzó, összefüggéstelen szótagok áradata hallatszik háttérzajként, és emellett szól a te hangod, de szintén olyan visszhangosan, a többi ember beszéde mellett, hogy még azt sem tudnám megmondani, férfi vagy-e vagy nő.

– Ja, értem. Ne haragudj, édesem. Akkor hát ezért voltál eddig ennyire bizalmatlan! Most már értem. Mary vagyok az, a szerelmed! A feleséged.

– Azt bárki mondhatja!

– Bárki? Egy olyan „dobozon" keresztül, ha jól értem, amin képes vagy a túlvilággal kommunikálni? Egyáltalán miféle doboz az? Honnan szerezted? És hogyan tudtál elérni vele?

Neem-nem! Ebbe nem megyünk bele! – ébredt fel bennem az ellenérzés azzal kapcsolatban, hogy ő tegyen fel nekem kérdéseket. *Nem fog belőlem még nagyobb hülyét csinálni... ha Frank az. És nem fog több pénzt sem kicsalni tőlem... ha Miss Szürkeség az!*

– Itt most én teszek fel kérdéseket! – mondtam határozottan. – Én léptem veled kapcsolatba, vagy nem? Akkor szerintem úgy jogos, hogy először én kérdezzek, te pedig bizonyítsd be, hogy az vagy, akinek mondod magad.

– Igazad van – helyeselt meglepő módon a beazonosíthatatlan, zavarosan csengő hang. – Akkor hát kérdezz tovább! Győződj meg arról, hogy én vagyok! Utána pedig még mindig mesélhetsz erről a dobozról vagy miről, amin sikerült elérned engem ideát.

Istenem! Mi van, ha tényleg Mary az?! – futott át ekkor az agyamon. *Lehet, hogy valóban sikerült kapcsolatba lépnem vele? Miért kételkedem egyáltalán? Muszáj elcsesznem az egészet éppen most, amikor végre célba értem?! Miért nem tudok örülni annak, hogy sikerült?*

– Már nagyon vágytam rá, hogy halljak felőled, Dallas! – tette hozzá az idegen.

Na! Pontosan ezért kételkedem! Tessék a válasz: „Dallas"! Sosem szólít így. – Ám ekkor ismét megszólalt:

– Ne haragudj, édesem, hogy Dallasnak szólítottalak. Tudom, hogy nem szereted. Csak ismét biztosítani akarlak afelől, hogy tudom, ki vagy. Ezért mondtam ki a nevedet.

A francba! Ez a Frank vagy Gray nagyon agyafúrt és alaposan felkészült! Ezzel a macska-egér játékkal aztán órákig elleszünk. Ezt meg honnan a francból tudja bármelyik is, hogy nem szeretem, ha Dallasnak szólít? Ja, igen! Gray tudja, mert a számítógépemen látta a jegyzeteimből, hogy mindig „édesemnek" szólított álmaimban, és korábban is, még a közös életünk során. Franknek azonban ezt nem említettem! Akkor hát Gray lenne az? De ő honnan tud a dobozról? Amikor rájöttem, hogy betört a számítógépembe, minden jelszavamat megváltoztattam. Tehát mégiscsak Frank az! Először – próbáltam előállni egyfajta működőképes, racionális stratégiával – ki kellene zárnom, hogy melyikük biztosan nem lehet. És akkor talán a kettő közül az lesz a tettes, akit nem tudok sehogyan kizárni, mert túl ügyes hozzá. Ha csak két személy lehet az, aki átverhet, és legalább az egyiket ki lehetne zárni mint lehetséges elkövetőt, akkor már önmagában azzal sikeresen beazonosíthatnám a másikat.

– Mondd csak, Mary... – szólítottam meg az állítólagos feleségemet a készüléken keresztül –, meséltem neked valaha Frank Wellerről? Tudod, hogy ki ő?

– Nem – jött a válasz. – Nem hinném, hogy valaha is említetted volna. Miért?

Ez nem igaz! Állandóan falakba ütközöm! Tényleg lehet, hogy sosem meséltem neki róla! Annyira azért nem voltunk jó barátok Wellerrel. Akkor ez megint csak nem bizonyít semmit. Mással kell előállnom! Azt hiszem, tudom is, hogy mivel!

– Rendben, „Mary" – mentem bele látszólag a játékba, bár továbbra sem hittem azt, hogy ő lenne az. – Akkor kérdezek valami mást. Mi történt akkor, amikor utoljára láttalak, és kiszálltam a liftből?

Az idegen habozás nélkül válaszolt:

– Egyből hívtál magad után. Nyújtottad a kezed értem, hogy kövesselek, és lépjek át veled a te világodba.

Basszus! Erről Frank nem tud. Sosem meséltem neki, hogy a pokolban jártam volna! Sem pedig a Liftes játékról!

– Rendben – feleltem neki. – És utána? Megtetted? Kiléptél, vagy ott maradtál a liftben?

– Megpróbáltam kilépni, de szertefoszlottam...

Igen. Ahogy mondja. És Frank erről biztos, hogy nem hallott. Gray viszont tisztában lehet vele, mivel leírtam a gépemen.

– ...Szertefoszlottam – folytatta a Marynek tűnő személy. – Ezért kerested fel a médiumot, mert mivel azóta már nem álmodsz velem, és nem tudunk kommunikálni, más módot akartál találni rá.

– A médiumot?!

Hoppá, Gray! Lebuktál, cseszd meg! Erről ki a fene tudna rajtad kívül? Szerintem még Mary sem! Nemhogy Frank! Neki sem meséltem médiumokról. Rólad pedig, te nyüves csaló, pláne nem! Nem akartam beégni előtte, hogy ezerötszáz dollárt gomboltál le rólam.

– Tudod – folytatta a hang –, Miss Gray-re gondolok, aki átvert téged. Sajnálom, hogy nem sikerült rajta keresztül elérned, és hogy csak csalás volt az egész. Szerintem...

– Na várjunk csak! – vágtam közbe. – Valamit sumákolsz itt nekem! Mi ez, hogy tudomásod van a médiumról, de arról is, hogy csalás volt, és hogy a nő nem rendelkezett semmiféle természetfeletti képességgel? Akkor viszont nem is tudhatott kapcsolatba lépni a túlvilággal. Ha pedig így van, akkor te ott, a pokolban vagy a mennyben honnan értesültél volna erről, hogy kommunikálni próbálok veled? Na, erre felelj!

– Erre, ne haragudj, de nem lehet. Túl bonyolult lenne. Nem azért, mert ne értenéd meg, hanem mert nincs rá racionális válasz. Azaz én sem ismerem az összes okot. Egyszerűen csak tudok róla.

De jó! Ezzel sem mentem semmire. Bár szerintem akkor is Gray az. Mary nem nagyon értesülhetett erről. Hiszen Gray egyértelműen csaló volt. Egyáltalán nem lépett kapcsolatba a túlvilággal, és a nejem nem hallott volna erről a próbálkozásomról.

– Oké, akkor nem erőltetem ezt a témát – tettem fel a kezem megadóan, mintha látná az illető „odaátról" a mozdulatot.

– Rendben, köszönöm! – felelte hálásan. – Arra azért nem felelnél, hogy mi ez a doboz, amin kommunikálni vagyunk képesek? Tényleg régóta várom, hogy beszélhessek veled. És el sem tudom képzelni, hogy hogyan intézted el. Mondd csak, mivel vetted rá Franket, hogy megcsinálja? És miféle készülék ez?

– Tessék? „Franket"?! Miből gondolod, hogy ő készítette? Én egyetlen szóval sem mondtam, hogy Frank csinálta volna a dobozt. Mindössze annyit közöltem veled, hogy egy dobozon keresztül beszélgetünk, és megkérdeztem, hogy emlékszel-e Frank Wellerre!

Akkor mégiscsak valahogy Frank lesz az! A doboz megépítéséről más nem hallhatott! Hogy a fene vinné el! Miért ennyire bonyolult ez az egész? Miért nincs egyetlen rohadt kérdés, amivel lebuktathatom ezt a csalót? Tényleg nem mondtam a szellemdobozba beszélve egyszer sem, hogy Frank készítette volna. Akkor meg hogyan lehet ilyen biztos benne? – De mielőtt tovább agyaltam volna ezen, már jött is a válasz:

– Hogy miből gondolom? Egyszerűen csak kikövetkeztettem, édesem. Hisz ismerlek. Egy volt osztálytársadról kérdeztél, hogy emlékszem-e rá. Előtte pedig egy dobozt említettél, ami nyilván új, mert eddig sosem kommunikáltál velem ilyesmin keresztül. Mivel te nem vagy sem műszerész, sem parafenomén, így nyilván azért kérdeztél rá Frankre, mert tőle kaptál valami varázsgömbszerű, misztikus, mágikus tárgyat, vagy esetleg egy speciális műszaki berendezést. Az is lehet, hogy ő maga csinálta meg neked. Vagy nem így van?

– Hogy a fene vigyen el a logikáddal! – fakadtam ki most már nyíltan a frusztráltságom miatt, hogy ezt is vagy simán kitalálta, vagy egyszerűen csak emlékszik rá, mivel Frank az. – Jaj, ne haragudj, Mary! – Ugyanis egy pillanatra elfelejtettem, hogy még ha nagyon kevés esély is van rá, de valamennyi azért van arra, hogy ő az. *Akkor viszont miért sértegetem?*

– Semmi gond. Megértem a frusztráltságodat. Tudom, hogy nehéz egy már nem élő személyt beazonosítani úgy, hogy a hangját valami miatt nem ismered fel. De segítek, ha tudok. Kérdezz tovább! – biztatott bátorítóan. Úgy tűnt, valóban készséges.

Talán nem Frank az – bizonytalanodtam el. *Ha aljas módon gúnyt akarna űzni belőlem, akkor nem lenne ennyire segítőkész és kedves. Helyette inkább gúnyolódna vagy kétértelmű célzásokat tenne.*

Valami ekkor váratlanul eszembe jutott, amire eddig egyáltalán nem gondoltam:

Mi van, ha ez az egész egyáltalán meg sem történik? – Hogy erre miért nem gondoltam korábban! – Mi van, ha csak képzelem ezt az egész beszélgetést, mert egyszerűen megőrültem?! Végül is kétszer megjártam a poklot. Gyakorlatilag halott voltam, vagy tudom is én, mi. Ki tudja, milyen hatással van az az emberi agyra. De még ha maga az utazás nem is károsítaná az elmét, az ott látott események és szörnyűségek valószínűleg igen. Lehet, hogy poszttraumatikus stressz-szindrómában szenvedek, és emiatt kezdek skizofrénné válni, vagy legalábbis valamilyen látens skizoid hajlam felszínre került, ami miatt hallucinálok. Honnan tudhatnám egyáltalán, hogy ez az egész valóban megtörténik-e? Korábban a pokolban is azt hittem, hogy a való világban tartózkodom, aztán mégis kiderült, hogy nem! Akkor most mitől vagyok ANNYIRA magabiztos? Semmi sem biztos. SEMMI! ...A telefon! – jutott eszembe. Odakaptam a mobiltelefonomért, és felvettem az asztalról.

– Várj csak, Mary! Valamit le akarok ellenőrizni!

– Nyugodtan! Mondtam, hogy ha tudok, akkor segítek, és megértem, hogy bizalmatlan vagy. Mi a terved?

– Azt most inkább még nem mondanám el előre. Egyelőre csak beszélgessünk, és közben csinálok valamit, amit te nem láthatsz. De nekem bebizonyíthat valami fontosat. – Felébresztettem a mobilomat alvó állapotból, és elindítottam rajta a kamera alkalmazást. Ráirányítottam a dobozra, aktiváltam a hangot is, hogy azt is vegyen fel a készülék a videóhoz, és megnyomtam a felvétel gombot. – Mondd csak, Mary, hány éve haltál meg?

– Nem tudom.

– Pedig kellene! Hisz a saját halálodról van szó! Ezek után már tényleg nem mondhatod, hogy te vagy az! Nekem ne hazudj! Fejezd be ezt az ócska színjátékot, Weller!

– Weller? Tehát azt gondolod, hogy *vele* beszélsz? A volt osztálytársaddal? Miért gondolod, hogy tréfát űzne veled? Haragszik rád? Van rá oka?

– Hát... Ez jó kérdés. Nem is tudom. Szerintem nincs. De beteg egy humora van, és valahogy kinézem belőle. Na jó, maradjunk a lényegnél! Mi az, hogy nem tudod, mióta vagy halott?

– Azért nem vagyok vele tisztában, mert amikor legutóbb beszéltünk, mesélted, hogy tizenkét éve vesztettél el, sajnos azonban én nem tudom, hogy azóta, amióta a liftnél elváltak útjaink, mennyi idő telt el a Földön. Lehet most akár tíz évvel később is ott, nálad, mert számomra ideát teljesen másképp telik az idő, ezt hidd el nekem! Ideát nem lehet kiszámolni, hogy hány éve. Arra csak földi ember lehet képes.

– Rendben – láttam be. *Talán igazat mond. Talán...! De mindegy is! Ennyi felvétel, azt hiszem, elég is lesz!* – Mary! – szólítottam meg. – Kérlek, maradj a vonalban, vagy tudom is én, hogyan mondjam ezt: Maradj a közelben! Ne menj el, ne távolodj el! Nekem most el kell intéznem valamit gyorsan, de máris jövök vissza! Rendben?

– Persze. Én várok. Az időm gyakorlatilag végtelen. Azonban a dobozért, amit említettél, és amin keresztül kommunikálni tudunk, nem tudok felelősséget vállalni, hogy nem szakad-e meg a kapcsolat miatta. Nem tudom, hogyan működik, és mikor merül le. Ilyesmi nem történhet?

Ránéztem a fali csatlakozóaljzatra. A készülék nem akkumulátorral működött, hanem hálózati áramról. *Talán tényleg nem Frank az!* – gondoltam. *Ő nyilván tudná, hogy mi hajtja ezt a pokoli masinát, amivel gúnyt űz belőlem. Na, mindegy! Igazából hazudhat is arról, hogy nem érti az egész helyzetet, úgyhogy ez SEM jelent semmit.*

– Nem fog „lemerülni", ne aggódj! Csak pár percre hagylak itt. Bekapcsolva hagyom a gépet is. Neked az a pár perc ott, az örökkévalóságban – *vagy Frank, vagy Gray lakásában, hacsak nem tényleg Mary vagy(!)* – csak pár pillanatnak fog tűnni. Mindjárt jövök!

Azzal felpattantam valóban anélkül, hogy elzártam volna a szellemdobozt, és a telefonnal a kezemben kirohantam a lakásból a folyosóra. Becsuktam magam után az ajtót. Kulcsot nem vittem – az még mindig belülről a zárban lógott –, egyszerűen csak elhagytam a szobát, és kimentem hallótávolságon kívülre, semleges zónába.

Leállítottam a videófelvételt a mobilomon.

Arra gondoltam, hogy: *A műszaki berendezések tudtommal nem képesek rögzíteni semmilyen természetfelettit. Erről számtalan elmélet és feljegyzés létezik: Például a vámpírokat nem látni a tükörben, a szellemek nem látszanak a videófelvételeken. Ha az utóbbi igaz, akkor valószínűleg a holtak hanga sem hallható ilyen módon! Akkor viszont ha a felvételen én egyedül társalgok egy csendes dobozzal, amiből semmilyen válasz nem érkezik, akkor kettő lehetőség marad. Egy: Megőrültem és hallucinálok! Ugyanis a műszaki berendezések a képzelgést sem szokták rögzíteni, mivel az csak a beteg agyában létezik, ezért olyankor nincs is mit felvenni a valóságban. A második lehetőség: Ha a videóban nem hallatszik semmilyen válasz a dobozból, és a felvételen egyedül társalgok, akkor a másik fél valóban szellem, mert az ő hangját szerintem egy átlagos mobiltelefon nem tudná sem érzékelni, sem felvenni! Tehát a konklúzió: Ha a telefonom képes volt felvenni „Mary" hangját, akkor ez az egész egy újabb átverés, és a „vonal túlsó végéről" egy valós személy társalog velem, én pedig nem vagyok őrült, hanem csak azt akar belőlem csinálni valaki ezzel a kegyetlen színjátékkal!*

Megnyomtam a mobilom képernyőjén a felvett videó lejátszásának ikonját, és feszülten figyeltem nem is a képre, mivel azzal kapcsolatban sejtettem, hogy mire számíthatok, *hanem* a hangra!

A felvételen az szerepelt, amire számítottam is. A szellemdobozt láttam, amire a telefont ráirányítottam. *Tehát a doboz legalább létezik, bassza meg!* – állapítottam meg kissé megkönnyebbülten. *Akkor teljesen azért nem vagyok őrült.* – Már annyira összezavarodtam, hogy abban sem voltam biztos, hogy van-e az asztalomon bármilyen berendezés, és hogy felkerestem-e valaha Frank Wellert, sőt hogy volt-e egyáltalán ilyen nevű osztálytársam. Azt hiszem, kezdtem rosszul lenni, egyfajta ájuláshoz közeli állapotba kerülni az idegességtől, amikor az ember már azt sem tudja, hol van.

Tehát a felvételen tisztán látszott a Weller-doboz. Ekkor hallottam meg a videó hangját, azaz a párbeszédet. A következő hangzott el:

„– Mondd csak, Mary, hány éve haltál meg?"

Ezen a ponton olyan magasra szökött a pulzusom, hogy úgy éreztem, szívrohamot kapok: *Mi van, ha most nem jön válasz? Az mit fog jelenteni? Tényleg csak azt, hogy szellem, és örülhetek annak, hogy valószínűleg Mary az, vagy inkább az fog kiderülni, hogy megőrültem, és az egész csupán hallucináció volt?*

„– Nem tudom." – jött azonban a meglepő válasz. Azaz nem a válasz lepett meg, hanem az, hogy az illetőnek rajta volt a hangja a felvételen.

Akkor ez most mit is bizonyít? Azt, hogy nem szellem! Ez átverés! Már megint! Egy szellem hangját nem tudná a telefonom csak úgy felvenni. Állítólag csak az emberek látják és hallják őket, a műszaki berendezések nem. Vagy legalábbis még lefotózni is csak annyira lehet őket, hogy halvány körvonalak látszanak, elmosódott alakok stb. Akkor ha tényleg szellem lenne, hogyan lenne ennyire jól érthető a beszéde egy digitális felvételen? Ez átverés lesz! Nem vagyok én őrült! Fel van véve a cucc! Itt van előttem. Nem hallucinálhatom kétszer pontosan ugyanazt... Bár... Biztos, hogy nem? ...Nem! – döntöttem el. – *Ilyesmiről sosem hallottam. Szerintem a hallucinációk egy őrült elmében zavarosak lennének, összekeverednének, nem hangzana el kétszer pontosan ugyanaz úgy, mint ahogy a valóságban szokott történni. Szerintem ez a felvétel nagyon is valódi. Egy ember beszél rajta a „vonal túlsó végén", és az illető biztos, hogy nem a túlvilágról magyaráz, hanem innen, valahonnan a Földről. Akkor viszont Frank lesz az, vagy Gray! Valamelyik a bolondját járatja velem!* – A biztonság kedvéért tovább hallgattam a felvételt:

„– Pedig kellene! Hisz a saját halálodról van szó! Ezek után már tényleg nem mondhatod, hogy te vagy az! Nekem ne hazudj! Fejezd be ezt az ócska színjátékot, Weller!

– Weller? Tehát azt gondolod, hogy vele beszélsz? A volt osztálytársaddal? Miért gondolod, hogy tréfát űzne veled? Haragszik rád? Van rá oka?"

Ezen a ponton megérintettem a „STOP" feliratú ikont, és a zsebembe raktam a telefont.

Ez nem szellem – gondoltam eltökélten –, *csak egy rohadt csaló. És én ki fogom deríteni, hogy ki az!*

Dühösen visszamentem a lakásba, és becsaptam magam mögött az ajtót.

– Itt vagy még? – kérdeztem a doboztól.

– Jaj, de jó, hogy visszajöttél, édesem! Nagyon féltem – jött a készülékből a meglepően ijedtnek tűnő hang. – Annyira hosszúnak tűnt az idő, amióta elmentél. Már azt hittem, sosem hallom még egyszer a drága hangodat! Kérlek, szerelmem, ne csinálj ilyet többé, jó? Ne hagyj itt! Mondtam, hogy az én oldalamon máshogy telik az idő! Nem tudtam megítélni, hogy mennyi ideig vagy távol. Nekem éveknek, néha évszázadoknak tűnt. Mennyi időre mentél el egyáltalán? Hogyan jutottál vissza? Mi történt mindezalatt? – ömlött belőle a kétségbeesett kérdések.

De én ekkor már nem hittem neki. Mondhatott volna akármit.

– Nem kell a színjáték, Gray! Vagy Weller! Nekem tökmindegy, melyik vagy. Abbahagyhatod! Bár nem mondom, nagyon jól tolod ezt az ijedt, túlvilági lény szerepet, aki aggódik, mert egy örökkévalóságnak tűnő pillanatig megszakadt a kapcsolat a számára legfontosabb személlyel, akit a legjobban szeret... *állítólag!*

– De ez nem...! – akarta mondani. Gondolom, azt, hogy „nem szerep", de én nem hagytam, hogy végigmondja. Egyszerűen kikapcsoltam a dobozt, és kész.

Kapja be! Rohadék Weller! Szerintem ő az. Vagy ki tudja. De az biztos, hogy nem Mary. Az ő hangját egy teljesen hagyományos mobiltelefon nem rögzítette volna a túlvilágról. Nincs az az isten!

Ismét visszaültem elkeseredetten a kanapéra, amiért megint alaposan át lettem verve. Bár ezúttal legalább pénzzel nem. Hiszen Weller a dobozt ingyen készítette. *De vajon miért? Így mi haszna származik belőle? Lehet, hogy valami más módon nyert általa valamit?* – töprengtem magamban okok és indítékok után kutatva. *Lehet, hogy régóta haragszik rám például valamilyen, még az iskolában tett megjegyzésem miatt? És most azonnal kapott az alkalmon, hogy bosszút állhasson érte? Hogy hülyét csinálhasson belőlem? Nem tudom.* – Semmi ilyen emlékem nem volt, hogy valaha is kiszúrtam volna Frank Wellerrel. *Nem hinném, hogy oka lenne megtorolni bármit is. De mindegy!* – legyintettem. *Ez akkor sem lehetett Mary! A telefon azt nem rögzítette volna.*

Aztán eszembe jutott valami. Először az, hogy megkérdezem az ötletemről Franket, de aztán azonnal le is tettem róla, mert nyilván, ha eddig átvert, akkor ezentúl is csak hazudna. *Mástól kell segítséget kérnem, azaz tanácsot!*

Gyorsan végigböngésztem azoknak a korábban feltelepített szellemdoboz programoknak a fejlesztőit a telefonom applikációs áruházában, amelyeket letöltöttem, és amelyek valamennyire működtek. Először e-mail elérhetőség után kutattam, aztán rájöttem, hogy az túl lassú. *Úgy napokig eltarthat, amíg valamelyikük válaszolna. Vagy lehet, hogy egyáltalán nem is tennék.* – Így hát telefonszámokat kezdtem keresni.

Sajnos nem találtam, de az egyik fejlesztő cégének neve meg volt adva a program adatlapján. Egyből felmentem a Google-re, és rákerestem a cégre. Meglepetésemre a kereső meg is találta az országos cégjegyzékben. Valamilyen szoftverfejlesztő vállalkozás volt. Valószínűleg egyszemélyes. De legalább volt telefonos elérhetőségük. *Ez már jó jel! Sokat segíthet!*

Azonnal tárcsáztam is a számot. Nagyon sokáig kicsengett. Már attól tartottam, hogy az illető kamuszámot adott meg azért, hogy ne tegyenek fel kérdéseket az alkalmazásáról, amivel embereket ver át, de meglepetésemre, egyszer csak mégis felvette valaki a telefont:

– Igen? Tessék! – szólt bele egy reszelős hang, aminek a tulajdonosa vagy éppen akkor ébredt fel, vagy csak erős dohányos volt. A korát és a nemét elsőre nem tudtam megállapítani. – Itt Jimmy! – tette hozzá a nevét.

Na, a neme akkor legalább már nem rejtély – gondoltam.

– Üdvözlöm, Jimmy! Örülök, hogy felvette. Már azt hittem, nem fogom tudni elérni.

– Milyen ügyben keres? – kérdezte. – Nem érdekel semmiféle biztosítás! Sem „nagyobb csomagra" nem váltok sem a TV-nél, sem az internetszolgáltatónál! – emelte fel a hangját a fiatalember. Ekkor már hallatszott, hogy az. – A tököm tele van a hülye ajánlataikkal! Ha bővíteni akarnék, már rég szóltam volna magamtól is, úgyhogy akadj le rólam, faszfej, és dugd fel oda a csomagodat, ahonnan a sz...

– Hé, hé! Álljon már meg egy pillanatra! – kiáltottam rá. – Még azt sem tudja, milyen ügyben hívom. Nem biztosítótól vagy szolgáltatótól keresem. Semmi ilyesmiről nincs szó.

– Hanem? – kérdezte meglepetten. Annyira visszahőkölt a szavaim hallatán, hogy azt kellett feltételeznem: nagyon ritkán kereshetik telefonon valódi ügyekben, ami személyesen neki szól, és ami nem csak véletlenszerű reklámajánlat.

– Az egyik applikációjáról szeretnék érdeklődni, aminek korábban felhasználója voltam. Csak ennyi az egész! Ne aggódjon! Nem árulok semmit! Nem kérek pénzt!

– Aggódik a halál! Figyelj, öreg, ha valamelyik appom miatt akarsz reklamálni, mert nem müxik, akkor így jártál, azt annyi! Ott van az appáruházban a visszatérítés gomb. Mi a ráknak nem nyomtad meg? Most már utólag nekem ne rinyálj, értve vagyok? Ha nem éltél a lehetőséggel, akkor most telón se próbálj megfenyegetni, hogy visszaadjam a pénzed, mert nem fogom.

– Dehogy akarom visszakérni! – mondtam szinte már kétségbeesetten, mert úgy tűnt, nehezen fogunk zöld ágra vergődni, sőt mindjárt rám rakja a telefont. – Mondom: Csak kérdezni szeretnék róla valamit. Nem akarok pénzt. Nincsenek hátsó szándékaim!

Amúgy miért ennyire paranoiás ez a fickó? – kérdeztem magamban. *Vajon mit követett el? Valami oka, gondolom, van arra, hogy ennyire gyanakvó.*

– Ja, nem visszatérítést követelsz? – enyhült meg szinte azonnal.

– Akkor ki vele! Mit akarsz tudni? Bár előre szólok, nem adok programozási tanácsokat, nem foglak megtanítani arra, hogy hogyan nyúld le az ötletemet, mert állandóan hívogatnak efféle faszságokkal is! Találd ki a saját appodat! Ne az enyémet utánozd le! Ráadásul rosszul!

– Brrr...! – viccelődtem. – Téves válasz! Még mindig. Uram, legyen már egy kicsit nyitottabb! Mondtam, hogy nincsenek hátsó szándékaim. Magánügyben lenne szükségem segítségre. Elméleti szempontból lenne kérdésem, ami a feleségemmel kapcsolatos.

– Hogy kivel? *Ugye nem* Margaretről van szó?! Te jó ég, kivel beszélek? *Te vagy az,* Barney?!

Istenem! – csaptam a fejemre, miközben telefonáltam. *Tehát ezért IS ennyire paranoiás: Viszonyt folytat valakivel, és retteg attól, hogy a féltékeny férj rájön, és elkapja.*

– Nem! – mondtam határozottan. – Nem Barney vagyok, és fogalmam sincs, hogy ki az a Margaret. Sok sikert hozzá, barátom! Sok boldogságot nektek, meg minden! Nekem ehhez semmi közöm, úgyhogy legyetek boldogok! – Most már én is visszategeztem. Meguntam az udvariaskodást.

– Kösz... – mondta zavarba jött hangon. Nem tudta, mit feleljen erre. – Akkor viszont miről van szó? Mondd el! Most már kezdek kíváncsi lenni rá.

– A „J. szellemdoboza" nevű applikációdról kérdeznék, amiben a „J." ezek szerint Jimmyt jelent.

– Ja, értem. Nézd, öreg, én nem vállalok felelősséget azért, ha egy misztikus dolog nem úgy működik, ahogy szeretnéd. Én csak programoztam azt a szart egy elmélet alapján, amiről fogalmam sincs, hogy igaz-e. Ha nem működött, akkor...

– Nem, nem erről van szó. Valamennyire szerintem működik. Nem reklamálni akarok. Egy egyszerű elméleti kérdésem lenne csupán, ami ígérem, hogy nem az ötleted, azaz a program tervének ellopására irányul.

– Halljuk! – váltott át végre együttműködőbb, érdeklődő hangnemre.

– Az a helyzet, hogy van nekem... – Egy pillanatra elbizonytalanodtam azzal kapcsolatban, hogy eláruljam-e neki azt, amire készültem, de végül úgy döntöttem, még ha én tudom is az ő címét és elérhetőségét, mivel a cégjegyzékben szerepeltek a tulajdonos adatai, de neki fogalma sincs arról, hogy én ki vagyok. Úgyhogy folytattam: – ...Szóval van nekem egy valódi, mármint fizikailag létező, rádiójellegű, és nem telefonra készült applikációs *szellemdobozom.*

– Mi?! – kérdezte meglepetten. – Olyasmi létezik egyáltalán?

– Nem is tudtál róla? – kérdeztem ezúttal én vissza meglepetten.

– De hát akkor mi alapján tervezted azt a programot?

– Hé, hé, jóuram, tiltott zóna! Megígérte, hogy erről nem kérdez!

– Igazad van. Ott a pont! Egyébként pedig tegezz nyugodtan! Már eddig is azt tetted. Szóval igen, létezik valódi szellemdoboz, mert készíttettem egyet, de megmondom őszintén, magam sem tudom, hogy valódi-e, azaz képes-e arra, amire az eredeti „Frank dobozt" létrehozták.

– Láthatnám?! – kérdezte Jimmy olyan kíváncsian és lelkesen, akár egy gyerek.

– Ööö... nem vagyok egészen biztos abban, hogy ez jó ötlet. De tudod, mit? Még gondolkozom rajta. Mivel fejlesztő vagy, és te is biztos járatos vagy a témában... valahonnan... akárhonnan is, így lehet, hogy tudnánk egymásnak segíteni. De egyelőre még nem mutatnám meg, ha nem baj. De nem zárkózom el a lehetőségtől, rendben? Talán térjünk erre vissza később! De csak akkor, ha most őszintén válaszolsz nekem, és megpróbálsz eligazítani ebben-abban.

– Oké! Kérdezz bármit! Nagyon szeretném látni a dobozt! Még sosem láttam ilyesmit a valóságban – maradt továbbra is ugyanolyan izgatott, mint az előbb. Úgy tűnt, él-hal ezért a „szellemdoboz" históriáért.

– Szóval mint mondtam, készíttettem egy valódit. Legalábbis én azt kértem, hogy azt csináljon az illető. De nem vagyok biztos abban, hogy nem vert-e át. És azt hiszem, nem tudok már mit kitalálni, hogy bizonyíthassam, működik-e. Úgy tűnik, kudarcot vallottam.

Kilencedik fejezet:
Veszélyes ötlet

– Miért, mi baja a készüléknek? – kérdezte Jimmy. – Nem áll össze a szókavalkád értelmes beszéddé? Nem csoda. A legtöbbeknek nem sikerül beállítani. Még nekem sem jött össze, pedig... na jó, én is őszinte leszek veled, mert úgy érzem, te is az vagy... Szóval legjobb tudomásom szerint az appomnak *működnie kellene*. Szerintem mindent tud, amit szükséges, mégsem érkezik belőle használható válasz.

– Az enyémből... – tartottam egy kis hatásszünetet, mert tudtam, hogy ez tetszeni fog neki, sőt még az agyát is eldobja tőle – ...*jött* értelmes válasz!

– Mi?! – kérdezte elképedve. – Miféle válasz? Amolyan összemosódó szótöredékek, amelyek hasonlítanak bizonyos szavakra, amit hallani akartál? Ilyesmire gondolsz?

– Nem, nem! Olyan videókat én is láttam, de ez más. Teljesen érthető, összefüggő, jól érthető emberi beszéd jött belőle, amit ugyanolyan tisztán hallottam, mint most téged telefonon!

– Az nem létezik! – hüledezett Jimmy. – Akkor hát mégis igaz lenne? – dünnyögte inkább csak magának csendesen. – Létezik túlvilági élet? Valóban kommunikálnak a holtak? Kapcsolatba lehet velük lépni? Vagy... – harapta el a mondat végét.

– Vagy?

– Vagy nem lehet, hogy a dobozod egy állati nagy átverés, és valaki csak kicseszett veled?

– Jól vág az eszed, fiatal barátom! – mosolyodtam el. – Szó szerint ugyanerre gondoltam én is. Az egész túl szép ahhoz, hogy igaz legyen. Túl tiszta a hang, és túl jól érthető. Teljesen következetes és emberi. Olyannyira, hogy szinte már élő. Én arra gyanakszom, hogy aki beszél hozzám rajta keresztül, az nem szellem, hanem egy valós személy, aki hülyét akar csinálni belőlem.

– Akkor miért nem buktatod le a köcsögöt? – kérdezte Jimmy tipikus kamaszos szlengben, ami kicsit meglepett. Tinédzsernél azért idősebbnek kellett lennie.

– Hidd el, megpróbáltam leleplezni. Feltettem neki egy rakás kérdést, de tudod, eléggé komplikált a helyzet. Két ember van, akire gyanakszom. Az egyikük sok mindent tud rólam, mert korábban feltörte a számítógépemet...

– Te is fejlesztő vagy? – vágott közbe Jimmy.

Ezek szerint náluk ez elég gyakori jelenség, hogy adatokat lopnak egymástól.

– Nem, én nem vagyok profi – feleltem. – Azért törték fel, hogy megtudjanak rólam ezt-azt, aztán ezzel visszaélve pénzt csaljanak ki tőlem. Mindegy... hosszú történet. A másik személy pedig, akire gyanakszom, maga a doboz készítője.

– Őrá miért gyanakszol? Miért épített volna meg neked egy ennyire spéci kütyüt olyan drágán...

– Ingyen – szakítottam félbe.

– Pláne *ingyen*! Miért építette volna meg ingyen, ha most ártani akarna neked? Akkor biztos kedvel, ha ekkora szívességet tett.

– Ja. Talán így van. Vagy az is lehet, hogy kimondottan gyűlöl, és azért építette meg, hogy őrületbe, sőt öngyilkosságba kergessen vele. Én erre gyanakszom.

– Jesszus! Mit tettél te az ellen a fickó ellen? – Jimmy valahogy egyből rájött, hogy férfiról van szó.

– Ez a vicc, hogy szerintem semmit. Ő csak egy volt osztálytársam. Nem emlékszem rá, hogy valaha is kicsesztem volna vele.

– Akkor viszont miből gondolod, hogy ő a másik gyanúsított?

– Onnan, hogy vannak kérdések, amire a betörő hacker nem tudhatta a választ, a doboz készítője azonban igen. Sőt, az illető a dobozból olyanokra is helyesen felelt... most fogódzkodj meg!... amit egyikük sem tudhatott volna.

– Bassza meg! – fakadt ki Jimmy. – Ez nagyon durva. Akkor viszont lehet, hogy az egy *valódi* szellemdoboz, öregem!

– Igen, ez már nekem is sokszor megfordult a fejemben.

– És mit akartál eredetileg kérdezni tőlem? Miért hívtál?

– Hát mert te is értesz hozzá valamennyire. Mármint ne vedd sértésnek...

– Nem veszem. Mondom: nekem sosem sikerült „szóra bírnom". Úgyhogy te máris jobban értesz hozzá, mint én. Még akkor is, ha én programozó vagyok, a te dobozodat viszont nem te magad készítetted. A használatáról már most többet tudsz, mint amire én *valaha is rájöttem.* Szóval mi az, amire szerinted én választ adhatok?

– Egyfajta bizonyítási eljárásra, ami a szellem kilétére, azaz valódiságára irányulna.

– Csupa fül vagyok. Nézd, haver, nem vagyok sem elméleti fizikus, sem parafenomén, de én is sokat olvastam erről az egészről. Ha támad valami ötletem, ígérem, nem tartom magamban. Már csak azért sem, hogy egyszer majd megmutasd azt az izét! Nagyon szeretném látni.

– Oké, szóval a következőt találtam ki: a mobiltelefonommal videóra vettem azt, ahogy beszélgetek az illetővel a dobozon keresztül!

– Igen? És?

– Hogyhogy „és"?

– Mi ebben a nagy szám? – kérdezte Jimmy. – Hogy képes voltál megnyomni a felvétel gombot telódon? Hány éves vagy te, száz?

– Nem! – feleltem ingerülten. – Először is, a korom nem tartozik rád. De nem vagyok nyugdíjas. Felnőtt, dolgozó ember vagyok. Nem az a nagy szám, hogy fel tudtam venni, hanem az, hogy mi van a felvételen!

– Miért, mi van rajta? – kérdezte a fiú gyanakodva. Valahogy abból, hogy engem idősnek gondolt, én arra következtettem, hogy ő viszont jóval fiatalabb annál, mint aminek elsőre gondoltam.

– Az van a felvételen – feleltem –, hogy hallható rajta az én beszédem is, és az övé is. Mielőtt újra megkérdeznéd, hogy „Mi ebben a nagy szám, öregember? Mert ezt minden mai teló tudja.", rákérdeznék, hogy hallottál már arról, hogy a túlvilági jelenségeket állítólag sem kép-, sem hanganyagként nem lehet felvenni e világi berendezésekkel? Vagy legalábbis csak hangfoszlányokat, zajokat és elmosódott árnyakat.

– Ja, hogy erre gondolsz! Azt hiszem, már értem! Persze, hallottam róla. Én is így tudom. Bár állítólag léteznek speciális kamerák, amiket szellemvadászok használnak. Azokon van infranézet, éjszakai nézet, hőkamera stb.

– Ez csak egy egyszerű mobiltelefon, Jimmy! Nincs rajta semmilyen „nézet". Csak megnyomom a felvevőgombot, és annyi. Ez minden, amit tud.

– Hoppá! Tényleg! Akkor viszont valóban lehet abban valami, amit mondasz. Szerintem egy szellem hangját hagyományos mobillal nem tudnád rögzíteni.

– Na ugye, hogy nem? Akkor hát, igazam van szerinted is? Átverés áldozata vagyok? Szerinted se hagyjam magam manipulálni, hanem inkább törjem össze az egész rohadt kamuberendezést, és szabaduljak meg tőle?

– Neee! – kiáltotta Jimmy olyan kétségbeesetten, mintha éppen azt kérdeztem volna, hogy áthajthatok-e holnap az anyján a teherautómmal. – Nehogy már kárt tegyél benne, te őrült! Lehet, hogy az, ami a birtokodban van, egy teljesen egyedülálló szerkezet, ami még az eredetinél is jobb! Az a készülék talán felbecsülhetetlen értékű a tudomány, sőt az egész emberiség számára!

– Miért lenne az? Épp most erősítetted meg, hogy átverés. Nem vehettem volna fel a szellem hangját, ha tényleg az lenne.

– Hacsak...! – kezdte Jimmy sokat sejtetően.

Erre egyből felkaptam a fejem. *Tudtam, hogy egy ilyen szakembert kell erről megkérdeznem! Tehát jó ötlet volt felkeresnem. Még akkor is, ha nagyon fiatal. Sejtettem, hogy lesz valami ötlete, ami nekem nem jutott eszembe.*

– Bökd már ki! – szóltam rá.

– Talán a te helyzetedre nem érvényes az az elmélet, amiről beszéltünk, miszerint e világi cuccal nem lehet felvenni túlvilági hangokat.

– Miért ne lenne érvényes? Ő szellemnek mondja magát. És ha fel tudtam venni, akkor pedig kamuzik, vagy nem?

– Az nem olyan biztos.

– De miért? Mire alapozod ezt? Áruld már el!

– Na, idehallgass! – vágott bele a „mester" a magyarázatba. – Én olyanokat hallottam, hogy szellemekről, őket közvetlen közelről érzékelve még valóban sosem sikerült jól kivehető fényképet vagy videófelvételt készíteni. És a hangjukat sem rögzíteni úgy, hogy érteni lehessen, amit mondtak.

– Így van! Ezért is szélhámos az én kedves Casperem[9]!

– Mondom, nem olyan biztos az! Tudod, miért? Mert nem melletted állt a szobában, amikor beszélt hozzád, mármint nem is volt jelen. Ugyanis akkor tuti, hogy *élőben* tényleg nem rögzíthetted volna a hangját. A te szellembarátod...

– *Feleségem* – javítottam ki. – A feleségemről van szó, akit autóbalesetben vesztettem el.

– Sajnálom, haver. Tényleg. Szóval a hölgy nem közvetlenül szólt hozzád, azaz nem a túlvilágról beszélt a szobádban kísértetként megjelenve, hanem egy... és itt jön a lényeg(!)... egy olyan berendezés hangszóróiból szólt a hangja, amit ebben a világban készítettek, aminek ezáltal a *hangja is* e világi! Azt pedig már lehet, hogy mégis lehetséges rögzíteni! Vágod? Tehát a forrás a lényeg, hogy honnan jön a hang! Ez a nem mindegy, hogy

---

[9] A *Casper* egy 1995-ben bemutatott, híres családi fantasy/mesefilm egy barátságos szellemről.

közvetlenül egy szellem szájából szól a szobádban, vagy egy egyszerű műszaki berendezésből. Mit gondolsz erről? Ez eszedbe jutott már?

– A fenébe is, nem! Erre tényleg nem gondoltam. A hangszóró valódi. Itt, a Földön készült. Tehát szerinted, ha egy igazi rádión keresztül beszél, aminek a hangszórója is egy fizikailag létező alkatrész, akkor már lehetne rögzíteni a hangját?

– Talán. De ez csak feltételezés. Nézd, a véleményemet kérdezted. Én pedig elmondtam. Biztos, hogy a te helyzeted más, mint amikor a TV-ben a szellemszakértők bemennek egy állítólagos szellemjárta házba, és megpróbálnak lencsevégre kapni egy kopogószellemet. Az valós időben történik, és még ha sikerül is nekik a szemükkel megpillantani a kísértetet, azt akkor sem nagyon rögzíti semmilyen átlagos berendezés. Viszont te már eleve egy túlvilági hangok befogására alkalmas cuccal hallhattad a hangját, ami ha képes sugározni ilyesmit, akkor azt miért ne lehetne akár egyből fel is venni?

– Hogy a franc enné meg ezt az egészet! – tört ki belőlem.

– Hogy érted ezt? Mi a baj?

– Az, hogy most ugyanott tartok! Semmivel sem kerültem közelebb a megoldáshoz. Még mindig nem tudom, hogy szellemről van-e szó, vagy csalóról.

– Igazad van. De mindenesetre semmiképp ne tedd tönkre a dobozt! A felvételed nem bizonyítja, hogy átverés áldozata lennél. Lehet, hogy teljesen valódi az egész jelenség, úgyhogy ne semmisítsd meg a világon talán az egyetlen olyan eszközt, ami képes kapcsolatot teremteni a túlvilággal. Az a szar felbecsülhetetlen, vágod?

– Persze, persze – láttam be. – Értem, hogy nincs kizárva, miszerint valóban szellem lenne.

– Nincs hát! Figyelj... Én csak annyit tanácsolhatok neked, hogy folytasd a hölgyemény faggatását! Zavard bele valahogy a dumájába! Tegyél fel neki ezer keresztkérdést! És ha semmiképp nem sikerül lebuktatni, akkor minden lehetséges csalást kizárva, be kell, hogy lásd, valóban az, akinek mondja magát: a feleséged szelleme. Máshogy nem deríthetek ki.

– Rendben. Én sem látok jobb megoldást. Kösz szépen, Jimmy!

– Nincs mit! Szóval akkor egyszer megmutatod?

– Egyszer igen. Csak kérlek, hagyj nekem egy kis időt, hogy kifaggassam a „hölgyeményt". Nem lesz egyszerű feladat, mert vagy nagyon vág a csaló esze, vagy egyszerűen *tényleg* a nejem az, és azért annyira hiteles, mert egyáltalán nincs szó csalásról, csak én vagyok túlzottan gyanakvó.

– Ez simán benne van a pakliban – értett egyet a fiú.

– Figyelj csak, Jimmy! – szóltam hozzá még egyszer, mielőtt elköszöntem volna tőle.

– Na?

– Hány éves vagy valójában? Nagyon fiatalnak tűnik a hangod.

– Tizenhat.

– Tessék?! Te még *gyerek* vagy?!

– Hé! Azért azt nem mondanám. Mégiscsak szoftverfejlesztő vagyok. *Több tiszteletet*, ha kérhetem!

– Nana! Miféle „fejlesztő" vagy te? Egy kiskorúnak cége sem lehet! Ne hülyíts engem, te gyerek!

– Na jó... – vallotta be. – A céges elérhetőség valójában az apám vállalatáé. Neki fogalma sincs arról, hogy az applikációs áruházban azt adtam meg elérhetőségnek, de valamit muszáj volt. És így én is tudok egy kis zsebpénzt keresni tanulóként, mert ő egy rohadt fillért nem ad soha! A vén sóher! Ugye nem dobsz fel nála, öreg? Ugye nem? – kérdezte szinte már esdekelve.

– Nem. Ne aggódj! Egyébként Dallasnak hívnak. Dallas Mayweather-nek.

– Köszönöm szépen, Mr. Mayweather! És ne haragudjon, hogy letegeztem. Azt hittem, maga is diák. Hogy szintén programozgat, mint én.

– Semmi gond. És nyugodtan tegezz továbbra is! Szerintem keresni foglak még. Végül is téged is nagyon érdekel ez a téma, és mivel kívülálló vagy, akit véletlenszerűen kerestem fel, ezért benned megbízom. Jobban, mint abban a férfiban, aki a dobozt tervezte. Úgyhogy ha van valami fejlemény, lehet, hogy még jelentkezni fogok.

– Az nagyon jó lenne! – derült fel a fiú. – Tényleg érdekelne, hogy mire jutsz. Szerintem szedd szét a bigét! Alázd szét a seggét keresztkérdésekkel! Mármint elnézést... – szabadkozott. – Ha valóban a feleségedről van szó, akkor persze ne! De ha át akarnak cseszni, akkor akadj rá az illetőre, mint egy pitbull, és kívánom, hogy buktasd le!

– Megpróbálom – ígértem meg neki mosolyogva. – Minden jót, Jimmy! És kösz a segítséget!

– Nincs mit – felelte a fiú, és letette. Ő nem köszönt el, de szerintem nem udvariatlanságnak szánta. *Végül is még csak gyerek.* – Nekem szimpatikus volt. *Bárcsak ilyen fiam lenne, ha lenne: Aki ilyen tökös, hogy már kamaszkorában saját cége van! Na jó!* – nevettem el magam. *Ha az én cégemet használná fel a tudtomon kívül, akkor azért lehet, hogy kapna egy alapos fejmosást, de attól még remek eszű ez a srác.*

A telefonhívást az utcáról bonyolítottam, mert valahogy – lehet, hogy babonából – nem akartam a szellemdoboz közelében ilyesmiről beszélni. Féltem, hogy „meghallja", vagy ilyesmi. Még akkor is, ha ki volt kapcsolva. Úgyhogy inkább jó messzire mentem tőle.

Utána viszont felmentem a lakásba, és odaültem elé az asztalhoz. Bekapcsoltam.

Máris jött a jól ismert sistergés, az ide-oda repkedő szótagok, elkezdett és befejezetlen mondatok, valamint a visszhang, ami az egészet misztikus módon összemosta, mintha az egész valamilyen összefüggő, számomra ismeretlen, de értelmes nyelv lenne.

– Mary? – tettem fel a kérdést: az egyetlen kérdést, amit ott és akkor fel lehetett.

– Igen, édesem? – jött a válasz.

– Tehát tényleg itt vagy. Még mindig... – Egy kicsit elérzékenyültem. Kezdtem elhinni, hogy valóban ő az. – Vártál rám?

– Persze, édesem! Minden egyes pillanatban! Mennyi ideig voltál távol? Tudod, itt...

– ...máshogy telik az idő – fejeztem be helyette a mondatot. – Csak pár órára mentem el. Nem hagytalak sokáig magadra. – Egy kicsit megsajnáltam a lelkem mélyén, még akkor is, ha nem igazán tudtam hinni neki.

– Csak pár órára? – kérdezte. – Az jó – felelte olyan hangon, mint aki felsóhajt megkönnyebbülésében. – Az nagyon jó. És hol jártál? Már ha megkérdezhetem.

– Bizonyítékok után kutattam.

– Mire?

– Arra, hogy valódi vagy-e – mondtam meg neki őszintén. – Azazhogy valóban az vagy-e, akinek mondod magad.

– És ugye találtál bizonyítékot? – jött a kérdés. Ettől némileg meginogtam. *Végül is egy csaló miért vágyna rá, miért várná, hogy végre lebuktassák? Szerintem csak az sürgetné a bizonyítás menetét, aki ártatlan. Bár... persze lehet, hogy ez is csak a manipuláció része.*

– Sajnos nem találtam semmit – vallottam be. – Ezért jöttem vissza: hogy tovább beszélgessünk. Hátha most majd kiderül valami.

– Rendben! – ment bele azonnal készségesen. – Kérdezz bármit! Amire tudok, válaszolok. De figyelj csak! Miért nem kérdezel arról, ami odaát történt, ahová a lifttel jutottál át? A pokolban történtekről úgysem tud senki rajtunk kívül. Az nem elég bizonyíték, hogy én tudok róla?

– Sajnos nem – vallottam be. – Elkövettem azt a hibát, hogy mindent lejegyzeteltem a számítógépembe. És mivel egyedül élek, így fel sem tételeztem, hogy azokhoz a fájlokhoz mások is hozzáférhetnek, sőt még azt sem, hogy egyáltalán érdekelne bárkit is, amit leírok. Úgysem hitte volna el senki. Legalábbis én ezt hittem. De mégis feltörték, és visszaéltek azokkal az információkkal.

– Ajjaj! – szólalt meg Mary kifejezetten ijedt hangon. – És nem lett belőle baj? Hol tart jelenleg az ügy? Ki tudta meg? Mennyire terjedt el az híre? – Úgy tűnt, valóban aggódik. ...Vagy csak nagyon jó színész volt az illető.

– Ne aggódj, csak egy piti csaló törte fel a gépemet, aki médiumnak adta ki magát, és arra használta az ellopott feljegyzéseimet, hogy átverjen velük. Pénz kellett neki, semmi más. De azóta nem hallottam róla. Szerintem amúgy sem hisz abban, amit a gépemen talált. Csak pénzt akart kicsalni egy hiszékeny emberből.

– Ja, értem. Sajnálom! De azért örülök annak, hogy nem a rendőrség vitte el a gépedet, vagy akár az FBI! Akkor most komoly bajban lennél. Lehet, hogy pszichiátriára kerülnél, ha nem hinnének neked, vagy ha viszont elhinnék, akkor máshová zárnának be azért, hogy nehogy másnak is kifecsegj egy ilyen volumenű titkot.

– Igen, azt hiszem, én sem mértem fel, amikor jegyzetelni kezdtem, hogy mekkora baj lehet abból, ha kitudódik. De most már úgyis túl késő. Szóval azért nem elég bizonyíték számomra az, ha te tudsz ezekről a témákról, mert ellopták tőlem a jegyzeteimet. Azóta bárki kezébe kerülhettek, aki ugyanolyan csaló, mint az engem átverő nő. Ezért gyanakszom rád is.

– Így már értem. Azt hiszed, én is valamilyen hacker vagyok?

– Akár...

– Vagy? Még ki más?

– Én még arra is gyanakszom, aki magát a dobozt készítette. Még mindig tartok attól, hogy számára ez az egész csak egy jó vicc, amin hülyére röhögi magát a két kamasz fiával otthon. Nem szeretném, ha ilyesminek lennék a céltáblája. Meg kell bizonyosodnom arról, hogy tényleg valódi vagy. Azazhogy Mary vagy.

– Akkor kérdezz olyat, amit nem jegyeztél le a gépedbe!

– Az a baj, hogy szinte alig van olyasmi – feleltem az arcomat a kezembe temetve.

– Valami csak maradt, ami a kettőnk titka. Akkor kérdezz az álmokról, amelyekben beszélgettünk! Arról, hogy ott mi hangzott el.

– Azokat is leírtam sajnos... – vallottam be.

– De miért?! – kérdezte a hang értetlenül, kissé talán még számonkérően is.

– Azért, mert nem akartalak elfelejteni. Mert nem bírtam *Maryt* elfelejteni – helyesbítettem. – Mindenre emlékezni akartam, amit mondott. Minden szavára.

– Semmilyen téma nem maradt hát titok?

– Nem tudom. Szerintem minden álmot és minden pokolbeli élményemet leírtam. Aki hozzáfért a géphez, az azóta már mindezekről tudhat.

– Akkor kérdezz arról, amikor megismerkedtünk! A múltunkról!

– De hát arról is állandóan beszélgettünk álmomban, nem emlékszel? Mindig felidéztük a múltat. És én leírtam ezeket is. A tolvaj a múltunkat is ismeri, a közös emlékeinket.

– Ó... – A hang csak ennyit tudott felelni. Olyan volt, mintha valóban együttérezne. Nekem teljesen hitelesnek tűnt.

– Látod már, milyen nehéz helyzetben vagyok? Én Maryt keresem. Lehet, hogy megtaláltam, de nem tudom, hogyan bizonyítsam, hogy ő az.

– Hát, nem *érzed*? – kérdezett rá hirtelen. – Nem érzed, hogy mennyire szeretlek?

– Nem tudom – hazudtam. – Na jó... bevallom: Valójában nem. Pont ez a baj. Nem érzek ilyesmit.

– Ez furcsa. Pedig a szellemek részéről az élők szoktak érzelmeket érezni: haragot, dühöt, szeretetet, fenyegetettséget. Egyáltalán nem tapasztalsz ilyesmit felőlem?

– Nem. A világon semmit.

– Akkor viszont találnunk kell egy témát, amiről csak mi ketten tudunk, és nem írtad le!

– Már ha maradt olyan – mondtam elkeseredve.

– Várj csak!

– Mi az?! – kérdeztem reménykedve. – Eszedbe jutott valamilyen közös emlék, amiről nem beszéltünk az álmaimban?

– Nem. Szerintem azokat mind kitárgyaltuk. Más dolog futott át az agyamon. Az, hogy olyasmit mesélek el neked, amiről még *te sem tudsz!* Ehhez mit szólsz? És ítéld meg te, hogy igazat mondok-e, vagy sem! Ha hiszel nekem, akkor azzal be fogom bizonyítani, hogy Mary vagyok, a feleséged. Ugyanis beugrott valami, amit sosem mondtam el neked. Azért nem volt rá lehetőségem, mert amióta a liftnél eltűntem a szemed elől, már nem tudtunk többé kapcsolatba lépni. Azaz egyszer még sikerült, egy rövid álom erejéig, de az olyan hamar véget ért, hogy annyi idő alatt alig tudtunk bármit is részletesen megbeszélni.

– És mi volt az, amit közölni szerettél volna akkor? Hátha segít. Kérlek, mondd el! Mivel kapcsolatos a dolog?

– Azzal, hogy mi történt *azután*, hogy a liftből kiszállva ködddé váltam.

– Tényleg! Mi történt azután? Hol vagy most? Hová kerültél? Hogy vagy? Milyen állapotban? És hol? – kérdeztem meg újra. Csak úgy záporoztak belőlem a kérdések.

– Hogy hol, arra én sem tudom a pontos választ. Máshol, mint korábban. Valamilyen köztes helyen. Nem a mennyben, és nem is a pokolban. De valahol a túlvilágon, talán az említett két hely között.

– Értem. Bár ez önmagában még nem bizonyítja, hogy Mary lennél.

– Tudom. Nem is ezt akartam elmondani.

– Hanem?

– Azt, hogy *mit láttam*, amikor köddé váltam!

– Mit?! – kérdeztem hüledezve. El sem tudtam volna képzelni, hogy abban a tizedmásodpercben, amikor szertefoszlott, még képes volt bármit is érzékelni. Ezért sem kérdeztem rá soha. – Láttál valamit? Mit? És hogyan? Hiszen egy szempillantás alatt semmivé lettél!

– Igen, a testem az igen. De a lelkem nem. Az talán egy másodpercig még ott maradt, és valahogy a lelki szemeimmel érzékeltem, ami utána történt.

– Mit láttál?! Mondd! – Ekkor jöttem rá, hogy: *Talán ez lesz a végső megoldás! Ott ugyanis senki sem volt rajtunk kívül. Ha mond valami olyat, ami valóban megtörtént, én azt valószínűleg nem jegyzeteltem le, mert nem tudom, mit látott. De ha valóban megtörtént, akkor az igazolná azt, hogy Mary az, akivel beszélek.*

– Azt láttam, azaz éltem át valahogy lelkileg, hogy miután szertefoszlottam, te térdre estél, és zokogni kezdtél! Na? Ehhez mit szólsz? Erről nem tudhattad eddig, hogy emlékeim vannak róla, hiszen akkor már nem voltam ott.

– Nos... – gondolkoztam egy pillanatig. – Valóban így van. De...

– Milyen „de"?! Ne viccelj, ezt rajtunk kívül senki a világon nem tudja. És ha ezt nem jegyezted le, akkor ez bizonyítja, hogy csak én láthattam egyedül: a feleséged!

– Igen, ezt nem írtam le, de sajnos ezt akár ki is találhattad logikai alapon, mert az ilyesmi eléggé kiszámítható reakció egy akkora kudarc után. Az ember persze hogy kiborul olyankor. Mi mást tehettem volna?

– Ó... – Marynek ismét elakadt a szava. Rájött, hogy igazam van.

– Akkor viszont...

– Igen? – hallgattam figyelmesen.

– Várj... megpróbálok még jobban visszaemlékezni! Amikor térdre rogytál, sírni kezdtél. Aztán az ég felé emelted az arcod.

– Valóban – kezdtem el lassan hinni neki –, bár ez szintén lehet csak egyfajta „beletrafálás".

– De mondtál is valamit! Ha fel tudom idézni a szavaidat, arra már nem mondhatod, hogy csak véletlenül hibázok rá!

– Tessék? Mondtam valamit? Komolyan? Erre már nem is emlékeztem. Úgyhogy ezt tényleg nem jegyeztem le sehová. Mégis mit mondhattam abban a pillanatban? – Én egyáltalán nem voltam biztos benne, hogy megszólaltam volna. Nem éltek bennem ilyen emlékek.

– Azt mondtad égre emelt tekintettel, hogy... Várj...! Megpróbálom szó szerint felidézni.

Feszült csend következett. Elképzelni sem tudtam, hogy mi következik. Minden ezen a pillanaton múlt.

Ha mond valamit, ami nekem is beugrik, és eddig nem emlékeztem rá, akkor Mary az! Akkor valóban ő az! Senki sem volt ott rajtunk kívül. Ha hallott valamit, amit én azóta elfelejtettem, és most beugrik, arról sem Gray, sem Frank nem tudhat!

És akkor végül kimondta:

– Azt mondtad, édesem, égre emelt tekintettel... Azt hiszem, az Úrhoz beszéltél kétségbeesésedben, részben dühösen és számonkérően, hogy: „Hogy lehetsz ennyire kegyetlen?! Miért nem hagytad, hogy átjöjjön? Miért hagytál az utolsó pillanatig reménykedni, ha a végén mégis újra elvetted tőlem az egyetlen embert, akiért élek?!". Emlékszel, édesem? Ugye, hogy ezek voltak azok a szavak? Mondd, hogy te is emlékszel rá! – kérlelt Mary esdekelve, abban reménykedve, hogy fel tudom idézni.

És én *fel tudtam*. Ez valóban elhangzott. Az én számból.

De akkor annyira sokkos állapotban voltam a fáradtságtól és a kíntól, amit Mary újbóli elvesztése okozott, hogy ezek a szavak csak úgy, szinte önkívületi állapotban csúsztak ki a számon egyfajta világfájdalomként. Ezért sem emlékeztem rájuk, de most ahogy kimondta, egyből beugrott, hogy tényleg elhangzottak. Szerintem szó szerint, pontosan így!

– Dallas! Édesem! Ott vagy még? Kérlek! Mondd, hogy emlékszel! Hogy ismersz engem! Hogy még mindig szeretsz! És hogy nem hagysz itt! Kérlek, gyere értem! Kérlek! Vigyél ki! Borzalmas ez a hely. Talán még a pokolnál is rosszabb. Könyörgöm, szólalj meg, és erősítsd meg, hogy emlékszel erre!

– Emlékszem... – mondtam könnyekkel küszködve, szipogva. Aztán már nem tudtam őket visszatartani. Zokogásban törtem ki: – Maaaryy! Ne haragudj! Sajnálom, hogy nem hittem neked! Sajnálom, hogy kételkedtem. Most már elhiszem. Mindent! Ezt senki sem tudhatta rajtunk kívül. Valóban te vagy az! *Tényleg* te vagy!

– Édesem... – tört ki Mary is sírásban odaát. Hogy erre a túlvilágon hogyan volt képes, arról fogalmam sincs. De hallottam, hogy sír. Ő is zokogott. – Végre sikerült! – mondta izgatottan. – Tudtam, hogy be fogom valahogy bizonyítani! Hinned kellett nekem! Mert ki kell, hogy vigyél innen. Együtt akarok lenni veled újra. De nem itt! Itt biztosan nem. Ez a hely rosszabb, mint bármi, amit el tudsz képzelni!

– Rendben – feleltem a könnyeimet egyetlen mozdulattal letörölve, azonnal összeszedve magam. – Hol vagy?! Megyek érted most azonnal! Bárhová! Akár egy újabb pokolba! Akár egy ezerszer rosszabb pokolba is! Érted a világ végére is elmennék! Vagy minden világ végére. Csak érted élek, és meg is halnék, ha az kellene ahhoz, hogy te újra élhess.

– Hát...

– Igen?

– Az előbb kimondtál valamit, ami sajnos közel jár a megoldáshoz.

– Hogy érted?

– Úgy, hogy ahhoz, hogy értem jöjj, sajnos lehet, hogy meg kell halnod. *Bizonyos* értelemben.

– „Bizonyos értelemben"? Mégis mire akarsz kilyukadni? Legutóbb a lifttel sem kellett megölnöm magam. Szó sem volt ilyesmiről! Csak beszálltam, utaztam vele ide-oda, és valahogy átkerültem egy másik helyre. Nem volt szükség hozzá öngyilkosságra. Erre akarsz rávenni, vagy mi? Biztos, hogy te valóban az én feleségem vagy? Ő *sosem* kérne olyasmire!

– Nem így értettem! Édesem, kérlek, ne kezdj újra kételkedni! Nem kérlek arra, hogy végezz magaddal, egyszerűen annyi az egész, hogy a liftes módszer már nem működik többé. Azt az átjárót ezentúl örökké zárva fogják tartani. Azon a módon soha többé nem jutsz át. A Földről biztos, hogy nem. Van azonban egy másik út...

– Az öngyilkosság? – kérdeztem gyanakodva.

– Nem. Azaz *nem egészen.*

– „Nem egészen"? – kérdeztem még inkább összevonva a szemöldökömet.

– Nem kell effektíve megölnöd magad, csak egy nagyon veszélyes dolgot kell megtenned ahhoz, hogy átjöhess ide. A kockázata miatt mondanám, hogy „kész öngyilkosság", de valójában nem az. Mert én kezeskedem róla, hogy nem fogsz belehalni. Nem engedem! Ezt megígérhetem. Még akkor sem, ha közben úgy érzed majd, mintha halálodon lennél.

– Mégis miről beszélsz? Milyen másik útról? Egy másik átjáróra gondolsz? Hol? És miért ennyire veszélyes a használata? Egyáltalán honnan tudsz te ezekről az átjárókról? Ki beszélt neked róluk?

– Én sem tudom, ki volt. Ideát minden más. Máshogy telik az idő. máshogy jut az ember információkhoz. Van, amit egyszerűen csak tudok, de én sem emlékszem arra, hogy honnan. Talán a halál pillanatában, vagy amikor egy ilyen világban találod magad, azonnal egy bizonyos szintű bölcsesség birtokába kerülsz ahhoz, hogy eligazodj ezen a helyen. Lehet, hogy erről van szó. Egyszerűen csak emlékszem rá, és kész. Még akkor is, ha senki sem mondta el. Tudom, hogy van még átjáró. Nagyon kevés van belőlük a világon, de van több is.

– És mindegyik ilyen veszélyes?

– Nem. De a másik, ami az általam említetten kívül a legközelebb van hozzád, Európában van, a tengerben, ötszáz méterre a felszín alatt. Oda sosem jutnál el. Túl sokáig tartana. És fogalmam sincs, hogyan találnád meg, mert az nem egy konkrét hely. Nem tudok hozzá koordinátákat sem mondani. Egyszerűen csak egy pont a víz közepén, a tenger mélyén. Még csak nem is odalent a kavics- vagy homokágyon, hanem csak úgy, a víz kellős közepén van, amit semmilyen műszerrel nem találnál meg, én meg nem ismerek módot arra, hogy földi kifejezésekkel elmagyarázzam, hogyan találhatnád meg.

– Oké. Kezdem kapiskálni. Tehát nehéz lenne a másik legközelebbit megtalálni. És az, ami viszont a legközelebb van? Hol van az a „veszélyes hely"?

– A hely *önmagában* nem veszélyes, csak akkor válik azzá, ha *bemész* oda.

– Hol van?

– A házad... azaz a házunk tetején.

– Itt?! De hát a lift is itt van! Két átjáró is van egyetlen épületben? Azaz egy benne, egy pedig a tetején? Nem túl kézenfekvő ez ahhoz, hogy igaz legyen?

– Nem. Mert a lift gyakorlatilag veszélytelen volt, ez viszont nem az.

– Mi benne olyan kockázatos? Ugye azért nem kell leugranom a tetőről, vagy ilyesmi? Erre akarsz rávenni? Te meg majd elkapsz a túlvilágon, mi? És ezt még higgyem is el? Ne haragudj, Mary, vagy akárki is légy, de teljesen hülye azért nem vagyok!

– Nem ilyesmiről van szó. És még egyszer kérlek, édesem, hogy ne kételkedj tovább, mert különben sosem fogsz újra látni. Hinned kell nekem ahhoz, hogy ezt meg merd tenni. És muszáj szívből érezned, hogy én vagyok, mert tényleg igaz. Akkor viszont, ha ezt végre elfogadod, te is értem akarsz majd jönni azonnal, akkor is, ha veszélyes.

– Ez igaz – győzött meg kissé. Kissé nagyon. Kezdtem nagyon elszánt lenni. – Mit kell tennem? – kérdeztem ezúttal már eltökélten, szinte kétségek nélkül.

– Van a ház tetején egy víztároló ugye.

– Iigeeen... – hallgattam figyelmesen, már előre félve attól, hogy mi következik.

– Annak a tartálynak a fedele a másik átjáró.

– Ja, értem. Csak ennyi? Ez azért nem annyira vészes! Tehát bele kell ugranom a tartályba? És ha áthaladok a fedelén, akkor a víz helyett a túlvilágon fogok leesni egy viszonylag biztonságos helyre? Ez nem olyan nagy ügy! Még ha nem is sikerülne, legrosszabb esetben is csak vízbe esnék. Nem fogok belehalni. Legfeljebb, ha nem a világodba érkezem, hanem csak vízbe csobbanok, akkor maximum kimászom belőle, és kész. Gondolom, van odabent, a tartályban kapaszkodó, létra, vagy ilyesmi. Ha nem sikerül, akkor egyszerűen kimászom a nyitott fedelén keresztül, vissza a tetejére, és hazajövök. Vállalom! – mondtam ki máris. – Mikor induljak?

– Várj! Még nem tudsz mindent.

– Igen? Hallgatlak.

– Sajnos a dolog nem ilyen egyszerű. Nagyon veszélyes. *Tényleg* az. Először is, rosszul gondolod: A tartályon belül *nincs* kapaszkodó. Sem létra. A víz a tárolóban körülbelül három méter mély, tehát ha beleugrasz, nem fog leérni a lábad, csak úszva tudsz benne életben maradni, viszont kijutni onnan egyedül képtelen leszel.

– Mi?! Miért? Még ha úsznom is kell... bár ez valóban nem hangzik túl kellemesen... egy víztartályban... de legfeljebb kikiáltok segítségért, aztán majd a gondnok kihúz, vagy ilyesmi. Majd azt mondom neki, hogy hangokat hallottam. Azt hittem, hogy valamilyen állat esett bele, és amikor belenéztem, véletlenül beleestem. Biztos kihúz majd, és nem lesz belőle baj.

– A gondnok nem fog meghallani – mondta Mary ijedt hangon.

– Miért?!

– Mert az egyetlen módja annak, hogy valóban átkerülj erre a helyre, ahol én is vagyok, az, ha ugrás közben magadra rántod a tartály fedelét. Azt pedig onnantól már csak kívülről lehet kinyitni. Lecsapódáskor a súlya miatt rád zárul, és belül nincs rajta semmilyen nyitószerkezet, még egy fogantyú sem. Tehát hinned kell abban, hogy amikor beugrasz, közben berántva magadra a fedelet, és odabent a sötétben tempózni kezdesz, hogy fent maradj a vízen, akkor kívülről valaki ki fogja nyitni a tárolót. Ebben kell hinned ahhoz, hogy átkerülj ide.

– És mégis ki nyitná ki, ha egyszer a zárt víztárolóból valóban semmilyen hang nem szűrődik ki, és a gondnok sem hallja majd meg?

– Én! – mondta Mary meglepő módon.

– Az meg hogy lehet?

– Úgy, hogy azzal, hogy vállalod értem a halált... azaz annak *lehetőségét* azzal, hogy magadra rántod a fedőt, és bezárod magad oda, ahonnan csak kívülről engedhetnek ki, tulajdonképpen teljesen kiszolgáltatottá válsz, és lemondasz arról, hogy önerőből megmenthesd magad bárhogy is. Másokra kell hagyatkoznod. Egyedül sosem jutnál ki onnan, és megfulladnál. De ha hiszel benne, hogy lesz, aki kiszabadít, akkor félned sem kell, és ki is fogják nyitni: Én fogom megtenni. Ideát, ahol most vagyok. Segítek majd kimászni, és újra együtt leszünk. Aztán itt majd együtt kitaláljuk, hogyan jussunk vissza. Ennek a pontos módját, még én sem tudom, de a lényeg, hogy ez, amit mondtam, teljesen biztos: Így biztosan átjuthatsz hozzám. És én képes vagyok kinyitni azt a fedelet. Mert az a tároló ebben a világban is létezik. Ha benne leszel, én ki tudlak belőle engedni.

Egyszerűen nem tudtam, hogy mit feleljek erre a borzalmas ötletre. Valóban rendkívül veszélyesnek tűnt. *Életveszélyesnek. Sőt, szándékos öngyilkosságnak! Először is, kissé félek a víztől –* vallottam be magamnak. *Nem vagyok éppen a legjobb úszó. Bár ha*

nagyon muszáj, akkor fenn tudok maradni a vízen valameddig...
remélem, hogy minél tovább...

– Mennyi idő múlva nyitnád ki? – kérdeztem ekkor rá.

– Mondtam már: Az idő itt teljesen máshogy telik. Ezért ezt képtelenség kiszámítani.

– Ne viccelj már velem! Nekem kurvára nem mindegy, hogy két perc múlva engedsz ki, vagy tíz évig kell tempóznom odabent, a sötétben úgy, hogy közben kihűlök, halálosan kimerülök, továbbá éhen és szomjan is halok. A hullámat akarod kihalászni odaát? A csontvázamat, vagy mi? Azért valami támpontot adhatnád, hogy mégis meddig kéne odabent rohadnom... akár szó szerint véve!

– Annyira sokáig, hogy meghalj, biztos nem. Ahogy megérezném, hogy ott vagy, azonnal indulnék érted. Szerintem földi mérce szerint pár percnél tovább nem tarthat, hogy kinyissam. Addig úgyis kibírnád, nem? Nézd, emlékszem arra, hogy nem vagy a legjobb úszó, de csak pár perc lenne az egész. Annál szerintem nem tarthat tovább. Hidd el, még ha mindent nem is tudok, de én azon vagyok, hogy sikerüljön, és mindent meg fogok tenni, hogy épségben kihúzzalak, aztán újra együtt legyünk, ugye tudod?

– Igen. Azt hiszem...

– Kétségeid vannak?

– *Csak azok* vannak. Másom nincs is, csak kétségem.

– Akkor hát *nem* teszed meg? – kérdezte elkeseredve.

– De!

– „De"? – kérdezte értetlenül. – Hogyhogy? Miért vállalod a kétségeid ellenére is?

– Miért? Talán van más választásom? Én veled akarok lenni. Nem akarok nélküled élni. Nagyon remélem, hogy nem törsz az életemre, és az vagy, akinek mondod magad. Nem lehetek ebben száz százalék biztos, de az eddigiek alapján úgy gondolom, hogy te tényleg Mary vagy, és még ha kockázatos dologra is kérsz, úgy érzem, te hiszel abban, hogy sikerülhet. Jól mondom?

– Pontosan! Sőt, *tudom*, hogy sikerülni fog! Különben sosem kérnélek meg ilyen szörnyű, veszélyes dologra.

– Akkor viszont megteszem! Beleugrom, magamra rántom a fedelet, aztán meglátjuk, mi lesz. Más választásom szerintem nincs, ha még egyszer az életben valaha látni akarlak. Én pedig veled akarok lenni akár az életben, akár a halálban, úgyhogy vállalom! Szerinted ki tudsz majd húzni onnan? Van hozzá erőd? Képes vagy hozzá elég mélyre nyúlni?

– Ilyenek miatt ne aggódj! Itt mások a fizika törvényei. Nincs olyan, hogy „mély", és nincs olyan, hogy „erő". Fizikai legalábbis nincs, azaz máshogy kell értelmezni. Igen, biztos, hogy kihúzlak. Itt én is vagyok olyan erős, mint bárki más. Csak akarnom kell, és menni fog. És semmit a világon nem akarok annál jobban, mint hogy sikerüljön. Látni akarlak, édesem! Szeretlek!

– Én is téged, Mary. Úgyhogy megteszem. Szólj, hogy mikor induljak, és mikor mit tegyek! Magyarázd el a pontos lépéseket, és amikor mondod, már indulok is hozzád!

Tizedik fejezet:
A tároló

Felkészültem hát arra, hogy kockára tegyem az életemet Maryért. Érte bármikor megtettem volna. Tehát amikor szembesültem azzal, hogy valóban ő az, onnantól már nem haboztam tovább.

Mary azt mondta, hogy mivel náluk teljesen másképp telik az idő, azt gondoltam: *Végül is indulhatnék akármikor. De mivel egy borzalmas helyen van, így jobb lenne, ha nem húznám sokáig az időt.* Úgy döntöttem hát, hogy alszom rá egyet, másnap reggel még egyszer átgondolom ezt az egészet, és ha még mindig úgy látom, hogy meg kell tennem, akkor reggel rögtön bele is vágok. A feleségem csak annyit mondott, hogy a házunk tetején három víztároló van. Mindhárom egyforma méretű. Ő már járt fent korábban a gondokkal még évekkel ezelőtt, amikor egyszer beáztunk, mert az egyik tartály szivárogni kezdett. Több emeleten keresztül dőlt a víz a plafonok résein, és Mary is felment megnézni, hogy mi okozta az épületkárokat.

Azt mondta, hogy a három víztároló közül a középsőbe kell beugranom: ebben teljesen biztos. Ha zárva találom a tartályt, akkor kívülről fizikai erővel ki lehet nyitni, mert egyiken sincs lakat. Egyszerűen csak el kell tekerni a tetején a kereket, ami úgy zárja le a tárolót légmentesen, akár a tengeralattjárókat a tetejükön található, ehhez hasonló fedél. Tehát még ha zárva is találom, ki fogom tudni nyitni.

Este nem igazán tudtam aludni. Végig azon gondolkoztam, hogy mire is vállalkoztam valójában: *Képes vagyok beugrani egy kb. négy méter magas tartályba, amiben három méter magasan áll a víz, és sem a lábam nem ér majd le benne, sem kimászni nem tudok, mert úszás közben egy méterrel magasabban lesz a kijárat fedele, ami magamra rántás közben rám csapódik, és már a súlya is akkora, hogy állítólag belülről, úszás közben képtelenség felemelni? Az csak akkor menne, ha állva elérném alulról, de úszás közben nem lehet feltolni egy olyan nehéz fémfedelet, mert azzal csak magamat nyomnál le a víz alá. Már ha egyáltalán elérném, és nem lenne olyan magasan. Tehát ha Mary hazudik, vagy nem az, akinek mondja magát, és ártani akar nekem, akkor senki sem fog nemhogy kihúzni onnan, de még csak fel sem nyitják majd a tetőt, hogy megtaláljanak. Márpedig ha a fedél lecsukódik, akkor hiába is ordítozom majd odabent, egy árva szó sem fog kihallatszani abból a tartályból, ami ráadásul egy ház tetején van, ahová ha évente egyszer felmegy valaki, akkor sokat mondok.*

Tehát minden bizalmamat Marybe kellett, hogy vessem ahhoz, hogy ilyen őrültséget kövessek el, mert egyáltalán nem készültem sem véletlenül meghalni, sem szándékos öngyilkosságot elkövetni. Ennek ellenére mégis úgy feküdtem le, hogy másnap megteszem, és miközben álmatlanul, aggódva forgolódtam az ágyban, akkor is tulajdonképpen csak azon gondolkoztam, hogy mikor indulhatok már el. Valamiért nem a félelem nem hagyott aludni, hanem a türelmetlenség.

Éreztem, hogy ennek az egésznek meg kell történnie. Akkor is, ha nem akarom, akkor is, ha félek tőle. Bár nem igazán féltem...

Korábban egyszer azt mondtam Marynek... *Talán egy álmomban? Vagy a pokolban a Liftes játék folyamán? Már nem emlékszem pontosan, de azt mondtam neki, hogy:* „Azért nem félek többé, mert amióta te halott vagy, azóta már én sem érzem magam teljesen élőnek. Nem tartok a haláltól, mert nem vagyok teljesen biztos abban, hogy élnék." – *Vagy egyszerűen csak nem akarok. Nélküle. Lehet, hogy csak erről van szó* – gondoltam. *Akkor viszont teljesen mindegy, hogy túlélem-e a tartályba ugrást. Ha találkozhatok vele ezáltal, és újra együtt leszünk, az mindent megér.*

Ha belehalok, akkor sem lesz rosszabb ővele, mint amilyen nélküle élve. – Tehát ezért sem féltem. Mert úgy éreztem, hogy annál, mint amilyen a halála óta volt az életem, csak jobb lehet minden... abban az esetben, ha van esély arra, hogy újra láthassam.

Reggel arra ébredtem, hogy végül mégis sikerült elaludnom. Furán éreztem magam: úgy, mint amikor vizsgára készül az ember. Lámpalázas voltam. Nem úgy, mintha két börtönőr éppen a kivégzésemre kísért volna, inkább csak úgy, hogy: *Nagyon kellemetlen lesz, ha rosszul teljesítek, ezért mindent bele kell majd adnom!*

Ahogy ezeket végiggondoltam, felmerült bennem a kérdés, hogy akarom-e még ezt az egészet. De ez csak egy pillanat erejéig futott át az agyamon. Mert tudtam, mi a dolgom: ugrani! Aztán úszni, amíg Mary ki nem nyitja a fedelet a túlvilágról. Az alvás nem tántorított el attól, hogy megtegyem, sőt még sürgetőbbnek éreztem, még inkább meg akartam tenni.

Bekaptam pár falatot abból, amit a hűtőben találtam. Nem sok minden volt benne: csak egy darab félig megszáradt, sötétsárgára keményedett sajt, és néhány szelet, kissé savanykás szagú felvágott, amelyek valószínűleg már elkezdtek megromlani. Nem voltam biztos abban, hogy jó ötlet ezeket megenni, de nem akartam vásárlásra pazarolni az időt, és úgy gondoltam, hogy akár élőként, a tartályból kimászva, akár holtként, vízbe fúlva is érkezem majd meg a túlvilágra, ott már úgysem fog számítani akármilyen gyomorrontás. Pillanatnyilag fontosabbnak tűnt, hogy ne korogjon a gyomrom. Nem igazán érdekelt, hogy mivel töltöm meg.

Ahogy végeztem a konyhában az állva elfogyasztott reggelimmel, ittam rá azért egy rendes kávét is, mert az legalább nem volt megromolva, mivel frissen készítettem el. Aztán felöltöztem, és kiléptem az ajtón. Fogalmam sem volt, hogy mit vigyek magammal a túlvilágra. Nem tudtam, minek venném ott hasznát. Mary csak annyit mondott, hogy az egy borzalmas hely, de hogy mi miatt, és hogyan lehet ellene védekezni – lehet-e egyáltalán –, azt nem fejtette ki. Csak arra kért: vigyem ki onnan, így feltételeztem, hogy képes lehetek rá, hiszen nélkülem eddig nem sikerült neki kijutni, és ő hisz benne, hogy velem menni fog.

Ezért hát úgy, ahogy voltam, egyszerű, utcai ruhában: farmerban, pólóban és egy vékony bőrdzsekiben elindultam a lifttel a tizedik emeletre, hogy onnan felmenjek a tetőre.

Fel is jutottam elsőre, azzal nem volt gond. Ezúttal nem kavarodtam el a felvonóval más dimenziókba, mivel eszem ágában sem volt kódszerű számkombinációkat végignyomkodni a kezelőpanelen. Bár ha megtettem volna, sem mentem volna vele semmire, hiszen Mary megmondta, hogy azt az átjárót már rég lezárták odaátról.

Így kiszálltam a tizediken, és mint ahogy sejtettem, a tetőre vezető ajtót csak a kilincs tartotta csukva. Mivel senki sem járt fel oda, ezért nem volt kulcsra zárva vagy lelakatolva. Habár ez kissé felelőtlenségnek tűnt a gondnok részéről, mert éppen fel is mehetett volna oda valaki, hogy leugorjon a tetőről, de ezek szerint annyi évtizede nem történt semmi hasonló, hogy teljesen megfeledkezett arról, miszerint azt az ajtót talán nem ártana bezárni. *Bár nem mintha az engem megállítana –* vontam meg a vállam. *Ha zárva találnám, akkor feltörném valamivel. Akár feszítővassal, akár valamilyen lakatvágóval. Senki sem állítana meg, az biztos! Nemhogy a gondnok, de még a rendőrség sem!*

Kinyitottam az ajtót, és halkan visszacsuktam magam után. Mindössze néhány lépcső vezetett fel a tetőre, és máris kint találtam magam a tízemeletes panelház tetején, ahol úgy süvített a szél és olyan hideg volt, hogy beleborzongtam. *Lehet, hogy nem ártott volna jobban felöltöznöm?* – futott át az agyamon. *Bár a vízben mennyivel lesz majd melegebb ennél egy olyan tartályban, amit a tetőn már az ősz kezdete óta minden irányból fúj a hideg szél? Vajon hány fokos lehet a víz odabent? Tizenöt? Tíz?* – Ettől először fázósan összerezzentem, aztán rájöttem, hogy *nem érdekel!* Ha az ember a halálba ugrik egy felhőkarcolóról, akkor sem foglalkozik vele nagyon, hogy hány autó halad alatta az utcán, és milyen színűek vagy típusúak. Egyszerűen csak véghez akarja vinni, amit eltervezett, és kész. Én is így voltam vele. *Kinyitom, és ugrom!* – Ennyi volt a terv.

A tetőn nem kellett messzire mennem ahhoz, hogy megtaláljam a víztárolókat, mivel gyakorlatilag – néhány légelszívásért felelős, forgó, gömb alakú szellőztetőt leszámítva – nem is nagyon volt más odafent. Azonban amikor megláttam a tartályokat, ledöbbentem a látványtól:

Ilyen nincs! Most mi a fenét csináljak?

Mary azt mondta, hogy egyértelműen tudja, érzi, hogy a középsőbe kell beugranom. Egy baj volt csak ezzel: Nem létezett *olyan*, hogy „középső"! Ugyanis habár valóban három tartályt láttam odafent, azok olyan alakzatban helyezkedtek el, mintha egy szabályos háromszög csúcsain álltak volna egymástól egyenlő távolságra. Onnan, ahonnan én néztem, kettőt láttam magam előtt, a harmadikat pedig mögöttük. De az a hátsó nem „középen" volt, mert a háromszögalakzat miatt minden irányból nézve ugyanilyen elrendezésben lehetett volna látni őket. Nem, nem volt semmilyen *középső*, mert a három tartály között, valóban „középen" valójában csak üres hely volt, semmi egyéb.

A francba, ez egyre jobb! – szitkozódtam. *Az ember manapság már ki sem nyírhatja magát rendesen, mert még ahhoz sem kap megfelelő instrukciókat! Na jó, természetesen nem ez a cél, hogy meghaljak, de tényleg kicsit olyan jellege van az egésznek. Nem értem, hogy Mary mit értett „középső" alatt.*

Visszamentem hát a lifttel a lakásomba, és újra bekapcsoltam a szellemdobozt.

– Mary! Hallasz engem?

– Édesem, hol késlekedsz ilyen régóta? – felelt a feleségem azonnal a túlvilágról. – Már elmondhatatlanul hosszú ideje várok rád.

– Ez csak neked tűnik úgy – nyugtattam meg. – Valójában tegnap este beszéltük meg, hogy megyek érted. Lefeküdtem aludni, hogy legyen erőm úszni, és fennmaradni valahogy a víz tetején, amíg kinyitod a fedelet. Most másnap reggel van, tehát nem telt el olyan sok idő.

– Itt annak tűnt. Nélküled... – mondta Mary szomorúan. – Mi a baj? Miért nem vagy még itt?

– Azért, mert pontatlan instrukciókat adtál, édesem. Felmentem a tetőre, de ott nincs középső tartály, amibe beleugorhatnék!

– Dehogy nincs! Emlékszem is rá még életemből, és innen is érzem, hogy három van belőlük!

– Az lehet, de egyik sincs *középen*.

Elmagyaráztam neki, hogy háromszög alakzatban vannak, és mindegy, hogy milyen irányból nézem, mindegyik egyforma távolságra van egymástól. Tehát képtelenség megállapítani, hogy melyik van középen, mert valójában egyik sincs.

– Értem, amit mondasz, de ne aggódj! – nyugtatott meg Mary. – Akkor máshogy fogalmazom meg, hogy te is értsd: Mindegy, hogy van-e az ottani fizikai törvények szerint középső, vagy nincs. Akkor is csak egy van, ami átjárónak használható, és az az egy bizonyos szempontból középen van.

– Milyen szempontból?

– Olyan szempontból, ahogy *én* emlékszem rá. Az alapján tudom, hogy melyik az, mert a tartályok itt is léteznek, csak teljesen másképp. Csupán az ottani emlékeimre tudok hagyatkozni, amikor egyszer jártam fent a tetőn a gondnokkal. Én akkor egy bizonyos pontról láttam a három tárolót, és abból a szögből nézve tűnt úgy, hogy az egyik középen van.

– Milyen szögből?

– Onnan, ahogy kilépsz az ajtón a tetőre. Te mit láttál, amikor kiléptél?

– Arról a pontról úgy tűnt, hogy kettő van velem szemben, és egy mögöttük áll középen.

– Na látod! *Az* a „középső"! Nem az számít, hogy felülnézetből háromszög alakzatban vannak-e elrendezve, hanem csak az, hogy én hogyan érzékeltem, mert ez alapján jegyeztem meg, hogy melyik hol van, és melyik lesz az, amire most szükségünk van. Úgyhogy száz százalék biztos, hogy az, amelyik az ajtóból nézve a másik kettő mögött van... az lesz a megfelelő, ami nekünk kell!

– Értem. De, Mary, teljesen biztos vagy abban, hogy azóta, hogy még életedben fent jártál, nem újították fel a tetőt, és nem tettek fel új tartályokat? Nem lehet, hogy a régiek egymás mellett álltak, és akkor még valóban létezett egy középső?

– Nem hinném. Miért, mennyire tűnnek újnak a mostani tartályok? Én, ha jól emlékszem az elmondásaid alapján, több mint tizenkét éve haltam meg. Annál újabbnak tűnnek, vagy sem?

– Nem – vallottam be. – Mindegyik rozsdás. Van, amelyiknek a korrózió már lyukacsosra marta az alját. Még az is csoda, hogy nem szivárog vagy ömlik ki belőlük a víz. Szerintem már legalább negyven-ötvenévesek. A koruk alapján azt mondanám, hogy te is ugyanazokat a tárolókat láttad, mint én.

– Akkor viszont nem tévedek. Ahogy kilépsz az ajtón, és amelyik középsőnek tűnik, az lesz az!

– Rendben – egyeztem bele. – Megyek akkor vissza a tetőre. Remélem, hogy igazad van, édesem. Őszintén bízom benne, mert ha rossz tartályba ugrom, akkor tényleg nem tudom, hogy ki fog engem kiengedni onnan. Akkor nemcsak te leszel halott odaát, de már én is: itt! És fogalmam sincs, hogy abban az esetben találkozhatunk-e még valaha bárhol is azok után.

– Fogunk találkozni. Emiatt ne aggódj! Egyértelműen érzem, hogy ide fogsz jönni. Nekem nincsenek kétségeim. Ha megteszed, akkor el is jutsz ide. Hidd el, nem mondanám, ha nem lennék benne biztos!

– Nos, rendben. Akkor irány a tető!

Tizenegyedik fejezet:
Amikor eljő a sötétség

Ahogy visszaértem a tetőre, az ajtóból középsőnek látszó tartály felé vettem az irányt. Közelebb érve láttam, hogy mindegyik oldalán volt egy hozzászerelt, rozsdás vaslétra, amin fel lehetett mászni a tetejükre.

Felfelé haladás közben szembesültem azzal, hogy mennyire magas is a tároló. Valahogy a távolból nézve nem tűnt olyan nagynak. *Ez tényleg csak négy méter magas lenne?* – töprengtem, ahogy egyre rosszabb érzések kerítettek hatalmukba. *Nekem többnek tűnik. Vajon tényleg „csak" hárommétéres benne a víz? Vagy lehet, hogy még mélyebb?*

A tartály tetejére érve láttam meg, hogy milyen is a fedele: Száznyolcvan fokban ki lehetett nyitni rajta egy borzasztó nehéz, vastag – például konzervgyárakban hőkezelési tartályokhoz használt –, légmentesen záró, tekerőkerékkel ellátott, kerek fémkorongot. *Ha azt a valamit ugrás közben magamra rántom, annak tényleg olyan súlya van, hogy odabentről még akkor is nehezen tudnám kinyitni, ha a tartályban nem lenne víz, és az alján állva elérném a tetejét* – gondoltam. *Úszva viszont... úgy, hogy le sem ér majd a lábam, a súlyossága miatt még akkor sem tudnám belülről feltolni, ha egyáltalán elérném, mert a felfelé toló mozdulat miatt csak magamat nyomnám lejjebb a víz alá. Innen tehát nem lesz menekvés, ha ugrom* – eszméltem rá a tároló rozsdás tetején ácsorogva. *Na de melyik számít fontosabbnak? A haláltól való – valószínűleg alaptalan – félelem, mivel Mary megígérte, hogy kihúz belőle, vagy annak a lehetősége, hogy újra láthassam őt, és végre együtt legyünk?* – Egyértelműen a második lehetőséget tartottam fontosabbnak. Így akármennyire is féltem, nem láttam más megoldást, mint véghezvinni az öngyilkossággal felérő tervet. *Vajon Frank eljön értem, hogyha mégsem sikerül?* – kérdeztem magamban. Ugyanis még a lakásban, az utolsó pillanatban, mielőtt visszaindultam volna a tetőre, leültem a laptophoz, és írtam Wellernek egy e-mailt. *Talán búcsúlevelet? Ki tudja. Ez majd kiderül.* – Az üzenetet úgy időzítettem, hogy a levelezőrendszer pontosan két nap múlva küldje el neki. Ez állt benne:

„Barátom, Frank!

Valami olyasmit fogok tenni (azaz már megtettem), amivel biztos nem értenél egyet, és valószínűleg lebeszéltél volna róla, vagy még meg is próbáltad volna akadályozni, ha időben értesülsz róla. Ezért is küldöm úgy neked ezt a levelet, hogy két nappal az esemény után kapd meg: egyfajta végső megoldásként, hogy adott esetben megmenthesd az életem.

Először is, köszönetet szeretnék mondani neked. Tudnod kell, hogy a Weller-doboz valóban működött! Sikeresen kapcsolatba léptem Maryvel, és nemcsak hogy beszéltem vele (többször is), de azt hiszem, képes vagyok visszahozni őt a halálból. Igen, tudom, tudom... ez őrültségnek hangzik... legalábbis egy átlagos, épeszű ember számára, mint te. De, Frank, most, hogy talán már soha nem térek vissza, elárulom neked, hogy én *kétszer is* jártam a túlvilágon, és mind a kétszer épségben tértem vissza. Ezért próbálom most meg harmadszor is! Korábban sem azért történt, mert balesetet szenvedtem volna, és klinikai halál állapotában láttam egy ideig a túlvilágot, hanem szándékosan utaztam oda az úgynevezett „Liftes játék" segítségével. Keress rá a neten! Az is egy ahhoz hasonló városi legenda, mint a „Frank doboza". De hidd el, az legalább annyira valós volt, mint a doboz, amit készítettél nekem. Még ha csak városi legendának is hitték, akkor is működött. Nekem sikerült! A segítségével kétszer is jártam a túlvilágon, és ép bőrrel megúsztam. Azonban az a módszer többé nem működik. (De azért ne kísérletezz vele! És a gyerekeidnek se mesélj róla, mert túl veszélyes! Még talán így is, hogy Mary elmondása alapján odaátról lezárták azt az átjárót!) Szóval már voltam ott nem is egyszer, ezért merem harmadszor is megpróbálni. És hiszek abban (habár ez most teljesen más jellegű utazás lesz), hogy jó esélyem van arra, hogy ismét túléljem. De ha esetleg mégsem, vagy ha halálos veszélybe sodornám magam, azonban két nap múlva még életben lennék, arra az esetre írom neked ezeket a sorokat.

Az történt, hogy a szellemdobozon keresztül Mary elmondta, hogyan juthatok el hozzá azért, hogy hazahozzam őt. Ő egyedül nem képes rá, ezért kell elmennem érte. Ha utánaolvasol a Liftes játéknak, látni fogod, hogy mennyire hihetetlennek, abszurdnak tűnik, hogy valóságos legyen. Mégis működött. Nem is egyszer! Úgyhogy talán ez is fog. A feleségem tehát azt kérte (és ehhez lehet szükségem a segítségedre), hogy menjek fel a házunk tetejére, és ugorjak be az ott álló, egyik négyméteres víztárolóba úgy, hogy abban három méternyi víz áll. Ugrás közben magamra kell rántanom a fedelét, amit odabentről a súlya miatt képtelenség kinyitni, még akkor is, ha nem zárja le senki kívülről a rajta lévő kerékkel. Anélkül, hogy szelepként rázárná valaki a fedőt, már önmagában a nagy súlya is szerintem majdnem teljesen légmentesen lezárja a tartályt, amiben vaksötét fog uralkodni. Tehát ebbe a víztárolóba kell beleugranom, és valahogy azon a viszonylag keskeny helyen, a mély vízben tempóznom kell ahhoz, hogy a felszínen maradjak. A víz felett körülbelül egy méternyi levegő lesz. Fogalmam sincs, hogy az meddig elég egy felnőtt embernek, pláne ha hevesen kapálózom, és nehéz lesz a szűk helyen felszínen maradni, mert akkor erősen lihegni fogok, és szerintem hamar elfogy majd az oxigén. Tehát ha valaki nem enged ki onnan, nem húz ki minél előbb a vízből, akkor vagy elfáradok, elsüllyedek és megfulladok, vagy amikor fogyni kezd a levegő, el fogom veszíteni az eszméletem, és akkor azért süllyedek el ájultan. Abban az esetben is csak fulladás vár rám.

Mary azt mondta, azért tegyem meg ezt, mert ez az egyetlen módja annak, hogy átjussak hozzá a túlvilágra. Ne érts félre! Ez nem öngyilkosság! Még azelőtt ki fogja nyitni odaát, hogy meghalnék, tehát ugyanúgy, mint a Liftes játékkal, ezzel is elvileg élve kellene, hogy átjussak a túlvilágra. Legutóbb (így, utólag elárulom neked) a pokolban jártam. Kétszer is. Remélem, ezúttal annál valami elviselhetőbb helyre kerülök. Bár a feleségem azt mondta, hogy borzalmas. Ezért is akarom őt kihozni onnan. Meg kell tennem. Vagy legalább meg kell próbálnom. Úgyhogy pár perccel azután, hogy megírom neked ezt a levelet, felmegyek a tetőre, és önként beleugrom.

Ha minden jól megy, akkor amire két nap múlva a rendszer elküldené neked ezt az e-mailt, már itthon is leszek, és visszavonom a levél elküldését, és meg sem kapod. Jó esetben akkor már Maryvel együtt leszünk itt. Ha sikerül, akkor örökké hálás leszek neked a dobozért, mert anélkül soha nem léphettem volna vele újra kapcsolatba, hogy kimentsem onnan.

Ha nem sikerül... akkor nem leszek itt időben, hogy törölni tudjam az e-mailt, és két nap múlva elküldésre kerül neked.

Tehát ha ezt a levelet megkapod, akkor az azt jelenti, hogy *baj van*, és a következőre kérnélek:

Gyere el a házunkhoz! A címet megtalálod az e-mailhez csatolt fájlban fényképekkel is ellátva, mert ez egy panelház, ami meglehetősen hasonlít a többi épülethez, amelyek körülveszik. Könnyű őket összetéveszteni, úgyhogy fotókat is küldök, hogy biztosan felismerd a mi házunk bejáratát.

A lenti kapun valószínűleg nem jutnál be, mert a gondnok mindig ügyel rá, hogy zárva legyen. De megmondom, hogy ennek ellenére hogyan juthatsz be mégis. Csengess fel valakihez kaputelefonon, és mondd, hogy a postás vagy, és nincs itthon az a szomszédja, akinek ajánlott levelet hoztál! Be kell jönnöd a házba a postaládákhoz, mert értesítőt szeretnél neki bedobni a ládájába. Erre biztos, hogy be fognak engedni, mert a postásoknak mindenki segít. Ha az első lakó nem engedne be, akkor csengess be máshová. Valaki biztos, hogy előbb-utóbb megnyomja odafent a gombot, és kinyitja a kaput. Ha ez sikerül, kérlek, menj fel a lifttel a tizedik emeletre. Ott van egy ajtó, ami a tetőre vezet. Elvileg azt a háznak biztonsági okokból zárva kellene tartania, de hanyagságból erről évek óta megfeledkeztek. Szóval az ajtó nyitva lesz. Ahogy kilépsz a tetőre, rögtön veled szemben három jókora víztárolót fogsz látni: kettőt veled szemben, és egyet mögöttük: onnan nézve „középen":

ez *nagyon* fontos! Ugyanis abban a „középsőben" leszek, ha esetleg balul sül el valami, vagy mégsem Mary volt az, akivel beszéltem, és esetleg aljasságból öngyilkosságba kergettek úgy, hogy nekem eszem ágában sem állt olyat tenni. Ezért is írom meg neked ezt a levelet, hogy tudd: Ha meghalnék, azt nem szándékosan tettem. Nekem az egyetlen célom az, hogy visszakapjam az elhunyt feleségemet, és hogy ismét vele éljek! Tehát nem meghalni akarok, hanem élni. De nem egyedül, hanem Maryvel.

Szóval ha a dolog nem sikerül, akkor még két nap múlva is a tartályban leszek. Kérlek, hogy hozz magaddal valami kötelet, vagy ilyesmit. Mássz fel a tartály tetejére, nyisd ki a fedelét, és ha még életben találsz, és ott leszek (mert ez utóbbi nem teljesen biztos), akkor dobd le a kötelet, és húzz ki onnan. Mentsd meg az életem, kérlek, mert tényleg nem áll szándékomban meghalni! Remélem, megteszed.

Kérlek, hogy ahogy két nap múlva megkapod ezt a levelet (ha megkapod), *azonnal* indulj, mert a tartályban kevés az oxigén. Ha nem sikerül átjutnom a túlvilágra, és ott kimászni belőle, akkor nem tudom, hogy két napig ki lehet-e egyáltalán bírni benne bárhogyan is élve. Ha igen, akkor sem lesz sok időd, hogy kihúzz onnan. Tehát kérlek, siess majd, mert lehet, hogy csak perceken fog múlni az életem. Ne haragudj, hogy ilyen felelősséget akasztok ezzel a nyakadba, és hogy téged kérlek meg erre az egészre, de őszintén szólva nincs senki más rajtad kívül, akihez fordulhatnék.

Ha nem leszek a tartályban, az azt jelenti, hogy átjutottam, de még nem tudom, hogyan jöjjek vissza a Földre. Abban az esetben ne aggódj, mert szerintem előbb-utóbb kitalálom, és újra látni fogjuk egymást. Van már gyakorlatom a halálból való visszatérésre, hogy úgy mondjam...

Ha viszont a tartályban leszek holtan, akkor előre is elnézésedet kérem, hogy kiteszlek annak. De legalább akkor nem fognak eltűntnek nyilvánítani, és tudni fogják, mi történt velem. Majd azt mondják, hogy öngyilkos lettem, de te ne törődj vele! Te tudni fogod az igazságot, és nekem az elég. Nem érdekel, hogy mások mit gondolnak majd.

Ha pedig élve találsz rám, akkor viszont az életemet fogod megmenteni azzal, ha kinyitod azt a fedőt, úgyhogy kérlek, tedd meg ezt egy gyerekkori barátodért!

Ha még találkozunk, és élve visszajövök, akkor mesélek többet is arról, hogy mit láttam odaát. Akár a korábbi utazásaimról is beszámolok, mert nincs többé *semmilyen* titkom előtted. Ezért is bízom meg benned feltétel nélkül, mert már mindent tudsz rólam. Úgyhogy majd elmondok sok mindent, ha te is úgy akarod, és ha elég erősek az idegeid az ilyesmihez, mert egyik sem volt (és ez sem lesz) éppen kellemes utazás...

Köszönöm előre is, hogyha segítesz! Bízom benned!

Baráti üdvözlettel,
Dallas"

Ez állt a levélben. A rendszer két nap múlva fogja elküldeni Wellernek. *Ha Mary hazudott, vagy mégsem ő volt az, akivel beszéltem, akkor az e-mail által lesz egy aprócska esélyem arra, hogy túléljem, és valaki mégiscsak kinyissa a fedőt, mielőtt megfulladok* – gondoltam. *Bár negyvennyolc óra meglehetősen sok. Annyi idő alatt akár a kimerültségtől, akár az oxigénhiánytól egyaránt megfulladhatok.* – Viszont úgy éreztem, hogy kell két napot adnom a dolognak, mielőtt Frank kihúzna onnan. Azért, mert Mary megmondta, hogy náluk máshogy telnek a percek és órák, és hogy nem tudja megmondani, pontosan mennyi időbe telik majd, hogy kinyissa. Azonban megesküdött, hogy sietni fog. Ettől függetlenül nem szerettem volna, ha Frank túl hamar kapja meg az üzenetet, mert akkor valószínűleg feleslegesen pánikba esve, idejekorán kirángatna a tartályból egy rakás mentős és rendőr kíséretében, és megfosztana attól a lehetőségtől, hogy Mary nyissa ki a fedőt odaátról. Ugyanis lehet, hogy ha Weller túl hamar mentene meg, akkor a kedvesem annyi időn belül még nem érne oda a tartályhoz a saját világában... valamiféle dimenziók közötti időeltolódás miatt. Mert amikor Mary fel tudná nyitni a fedőt a túlvilágon, az a Földön lehet, hogy csak egy vagy másfél nap múlva következik majd be.

Muszáj volt hát adnom a feleségemnek két napot arra, hogy segítsen átjutni. Még akkor is, ha belehalok. Nélküle nem akartam élni. Már azóta nem, hogy elvesztettem. Tehát még a halál lehetősége sem ijesztett meg annyira, mint az, hogy nélküle kelljen leélnem az egész életemet.

Odasétáltam hát a tartály közepére, és leguggoltam a fedeléhez. Az a rozsdás kerék, amivel lezárták, egy igazi monstrum volt. El sem tudtam képzelni, hogy ha lecsapódáskor esetleg eltekeredik a kereke, akkor Marynek honnan lesz hozzá elegendő ereje, hogy kinyissa. Még abban sem voltam biztos, hogy én ki tudom-e majd nyitni ahhoz, hogy beleugorjak. Bár az igaz, hogy Marynek a pokolban is földöntúli ereje volt. Még azzal a szőrös, patás fenevaddal is felvette a harcot, pedig annak olyan izmos lábai voltak, mint egy kengurunak. Egyetlen rúgásával megölhette volna a feleségemet, mégis néhány karmoláson és harapásnyomon kívül nem volt rajta más sérülés, amikor utoljára láttam.

Úgyhogy szerintem lesz hozzá elég ereje – biztattam magam. *Mary olyan volt odaát, mint egy bosszúálló angyal: természetfeletti hatalommal bírt. Ha valaki, akkor ő képes lesz eltekerni ezt a vacakot* – kopogtattam meg a fedelet, amelynek az egész kongó tartályon végigszaladt a hangja. Visszhangzott odabent. Még az is hallatszott emiatt, hogy valóban víz van benne, tehát nem üres. *Eddig minden megfelel annak, amit Mary mondott* – állapítottam meg. *Akkor a többi miért ne lenne igaz? Szerintem sikerülnie kell!*

Nekiveselkedtem, és tekerni kezdtem a kereket.

Nem mozdult.

Rájöttem, hogy azt sem tudom, merre nyílik. Nem volt rajta nyilakkal ábrázolva egyik irány sem. Úgyhogy megpróbáltam az ellenkező irányba tekerni.

Végre megmozdult!

Nem túl könnyen, szinte a teljes erőmet bele kellett adnom, hogy mozgásra bírjam, de szépen, lassan nyílni kezdett a fedő, a kerék pedig forgott annak rendje és módja szerint. Körülbelül az ötödik teljes, háromszázhatvan fokos elfordításra végül cuppanó hangot hallottam, és odabentről bűz ütötte meg az orromat.

A fenébe! Nem gondoltam volna, hogy még büdös is lesz benne! Mi ez a szag? – Először arra gondoltam, hogy valamilyen állat beesett a tartályba: talán egy galamb... vagy patkányok, és hogy rothadó hullák úsznak a víz tetején. Na, abba nem szívesen ugrottam volna bele, hogy kapálózás közben még nyeljek is jó néhány kortyot abból a vízből, amiben azok hullája már fehérre ázott, sőt hogy némelyik elhullott állat esetleg még a számba is kerüljön közben.

De nem... A fedelet nagy nehezen felnyitva – valóban jókora súlya volt – már láttam, hogy nincs odabent semmi más, csak feketének tűnő, sötétlő, rengeteg víz, ami elvileg tiszta, mert a ház... *Pontosan mire is használja ezt?* – kérdeztem magamtól jobban belegondolva. Igazából nem tudtam rá a választ. *Azt hiszem, vagy fürdővízhez, vagy a WC-k leöblítéséhez. Az is lehet, hogy ívóvíz van benne. Akkor viszont teljesen tisztának, sőt ihatónak kell lennie! De elképzelhető, hogy ez nem ivóvíz, hanem a radiátorokat töltik fel vele, amit télen felfűtenek. Abban az esetben nem biztos, hogy jó ötlet, ha beleiszom, mert fogalmam sincs, mi lehet belekeverve. A hidegre való tekintettel, még akár fagyálló folyadékot is tartalmazhat, ami nyilván mérgező.*

Ahogy a tároló fedele már néhány másodperce nyitva volt, onnantól nem áradt többé borzalmas szag belőle. Ez kissé megnyugtatott. *Lehet, hogy nem a víz bűzölög, hanem csak sokáig le volt zárva, és a levegő áporodott meg benne. De most, hogy kiszellőzött, talán nem lesz rosszabb odabent, mint egy áltagos, zárt úszómedencében.*

De meddig akarok még itt tökölődni ezen? – kérdeztem magamtól. *Most akkor ugrunk, vagy nem?*

Leültem a tartály nyílásának szélére úgy, hogy belógattam rajta a lábam. Egyik kezemmel fogtam a nyílás peremét, a másikkal pedig megpróbáltam megemelni a fedőt, hogy beugráskor magamra tudom-e majd rántani. Elég nehéznek tűnt fél kézzel elvégezni a műveletet, úgyhogy nem voltam biztos abban, hogy sikerülne.

Így hát kitaláltam helyette valami mást: Arrébb ültem, és szembe helyezkedtem a fedővel. Két kézzel felemeltem függőleges helyzetbe. Ez viszonylag könnyedén ment. Onnantól már csak két dolog volt hátra:

A fedelet olyan helyzetben kellett tartanom, hogy inkább befelé dőljön, hogy amikor elengedem, lecsapódjon és lezáruljon a tartály, nekem pedig közben be kellett csúszni mellette a nyíláson át, és vízbe esni.

Amikor úgy éreztem, hogy megvan a megfelelő mozdulat...

Vettem egy mély levegőt...

Elkezdtem óvatosan csúszni lefelé a nyíláson, ügyelve arra, hogy azért még tartsam a fedőt, és ne csapódjon rám, vagy akár ugrás közben a kezemre. Pontosan utánam kellett lecsapódnia, amikor én már a tartályban leszek.

Lassan csúsztam és csúsztam, és amikor már átlendültem a holtponton, és zuhanni kezdtem, azonnal elengedtem a fedőt.

Jól kalkuláltam, mert nem a másik irányba, kifelé, hanem befelé csapódott le, azaz lezárta a tartályt, én pedig belezuhantam odabent, a vaksötét, fekete – akkor lepődtem csak meg rajta, hogy mennyire – *jéghideg* vízbe!

Még jó, hogy előtte vettem egy nagy levegőt, mert egy méter magasságból belezuhanva elsőre túl mélyre süllyedtem! Egy pillanatra a talpam el is érte a tartály alját. Aztán mivel a tüdőm tele volt még levegővel, így hamar emelkedni kezdtem, és kibukkantam a felszínen.

Valamiért naivan, a lelkem mélyén abban reménykedtem, hogy olyan lesz majd az egész, mint amikor a tengerben úszik az ember, a strandon: hogy majd napfényes időben csillogó víztükör látványa tárul elém, amikor kibukkanok. Helyette azonban – nyilvánvaló okokból – csak a koromsötétség, és – ha annyira nem is, mint a tartály felnyitásakor –, de meglehetősen áporodott, dohos szag fogadott odafent.

Tempózni kezdtem, hogy fent maradjak a felszínen. Az igazat megvallva ez egyáltalán nem volt olyan könnyű, mint ahogy korábban elképzeltem. Több okból sem:

Először is, ruhástul ugrottam a vízbe. Konkrétan azért, mert fogalmam sem volt, milyen helyen fogok kilépni a tartályból, és nem szerettem volna anyaszült meztelenül, vagy akár egy szál fürdőnadrágban megjelenni egy másik világban, ami talán a pokolnál is rosszabb. Ruhában pedig nem könnyű úszni, ezt mindenki tudja. Másodszor pedig, bőrkabátot viseltem, ami úszás közben úgy rám nehezedett – valószínűleg valódi bőr lévén alaposan megszívta magát vízzel –, mintha vastag fókabőrt húztam volna magamra az úszáshoz. A harmadik oka az ügyetlen kapálózásomnak: Nem voltam hozzászokva ahhoz, hogy egy helyben tempózzak. Az ember a medencében – vagy tengerben – konkrét irányba, egyenesen szokott úszni, nem pedig egy helyben. Az a vízibalett sportolóknak nagyon szépen megy – akár fejen állva is –, de egy átlagos, nem túl jó úszónak nem könnyű feladat. Ráadásul habár a tartály magas volt, de annyira viszont nem széles, mint amilyennek kívülről gondoltam. Lehet, hogy vastagabb volt a fala, mint hittem volna. Ezáltal pedig belül jóval szűkebbnek bizonyult a hely, mint arra odakintről nézve számítani lehetett.

A kevés hely miatt tempózás közben néha bele-belekaptam a tartály rozsdás, érdes falába, ami már első érintésre is enyhén felsértette a kezem. Nem tudom, mi lehetett rajta az a durva réteg, de akár vízkő, akár rozsda borította a belső falat, nem volt túl kellemes a tapintása. Úgy tűnt, hogy ha sokat tapogatom és felé kapkodok, előbb utóbb vagy csontig le fogja horzsolni mindkét kezem, vagy akár mélyen fel is vágja, például ha a rozsda miatt vannak rajta kiálló vasdarabok vagy -szilánkok.

Kezdtem egyre jobban pánikba esni. Már az első néhány tempónál éreztem, hogy ezt az úszásnak alig nevezhető kínlódást képtelenség lesz órákig – pláne két teljes napig, amíg Frank megtalálna(!) – folytatni. *Előbb fogok megfulladni felhorzsolt, felvágott, vérző tenyerekkel, a végkimerültségtől elsüllyedve, ájult állapotban!* – Habár a levegő sem tűnt túl soknak, de én abban a pillanatban – bár lehet, hogy csak a hirtelen rám törő pánik miatt – nem az oxigénhiányt találtam veszélyesebbnek, hanem inkább arra szavaztam volna, hogy a sérülésektől, a fájdalomtól és a kimerültségtől el fogom veszteni az eszméletem talán már egy-másfél óra alatt, és aznap meg is halok. Frank pedig két nap múlva egy felpuffadt vízihullát fog kihalászni – vagy a rendőrökkel kiszedetni –valahogy a tartályból.

– Mary! – kiabáltam. Szándékosan nem kiáltottam segítségért, mert szerintem úgysem hallotta volna meg senki, továbbá még mindig hittem abban, hogy a feleségem igazat mondott, és ki fog húzni valahogy. – Mary! Hol vagy?! Nem fogom ezt sokáig bírni! Ha azt akarod, hogy segítsek, és elhozzalak arról a helyről, akkor gyere, kérlek! Siess, és húzz ki ebből a fémkoporsóból, mert itt halok meg!

Válasz nem érkezett, mivel nyilvánvalóan nem hoztam magammal a szellemdobozt. És odakintről, azaz odafentről sem hallottam kongó lépteket, ahogy a tartály tetején megindult volna valaki a fedél felé, hogy kinyissa.

Kezdtem teljesen elveszíteni az eszem a félelemtől.

Korábban nem voltam klausztrofóbiás, de ebben a pillanatban, azt hiszem, azzá váltam. Ki akartam jutni. Bármi áron. Gyakorlatilag bárhová! Akár vissza a pokolba, a ketté hasadt fejű, halott anyámhoz és a csecsemőméretű hasonmásomhoz. Talán még az is jobb lett volna, mert előlük legalább el tudtam futni.

Ebből a tartályból azonban nem lehetett hová.

Valóban fémkoporsó volt. De nem végső nyughelyként, ahol az ember végül békésen, örökre megpihen, hanem egy átkozott kínzókamraként, ahol halálra rettegi magát – mert esetleg szívrohamot kap –, összevissza veri és horzsolja a kezeit, és közben azt sem tudja, pontosan mit csinál, mert olyan sötét van.

Na igen, a sötét... – Ekkor tudatosult bennem, hogy az is mennyire zavar. *Sokkal* jobban, mint vártam. A sötétség miatt elkezdtem rettegni attól, hogy mi lehet körülöttem a vízben. Vagy akár *alattam*! Lelki szemeim előtt már láttam is, ahogy Frank két nap múlva kinyitja a tartályt, és tele lesz a víz a felpuffadt hullám körül elpusztult galambokkal, csótányokkal, vízisiklókkal, patkányokkal, esetleg még varjakkal is.

Kalimpálás közben egy pillanatra ismét belekaptam valami élesbe. Félőrült félelmemben *máris* a varjúra gondoltam, hogy: *Egy elhullott, madár éles csőre az, amit már rég férgek zabálnak, és az egész varjú fel van puffadva, aminek a szájából és a nyitott hasából folyamatosan dőlnek az élő, izgő-mozgó férgek. Egyenesen bele a*

vízbe, amiből ijedtemben már jó pár kortyot lenyeltem véletlenül!
Akkor viszont lenyelhettem a rothadó madárból kidőlő férgekből is
néhány maréknyit!
– Nee! – ordítottam el magam. Már nem is Maryt hívtam. Őt egy
pillanatra el is felejtettem. Inkább csak a halálfélelem tört ki
belőlem. Nem akartam meghalni. Azt hittem, a feleségem szinte
azonnal ki fogja nyitni a fedelet, és hogy nem kell ilyen kínokat,
ilyen félelmet átélnem. – Nee! Segítség! – kiáltottam most már
akárkinek, aki meghallatta volna. De senki sem volt a közelben. A
ház tetején vagy fél éve nem járt senki.

És a lezárt tartályból egyébként sem szűrődött ki hang.

Amikor eljő a sötétség – gondoltam magamban félőrült
pánikrohamomban. Azt sem tudom, konkrétan miről jutott eszembe
ez a mondat. És hogy miért pont ez. Természetes, hogy sötétség
volt odabent. Ezzel már jó előre tisztában voltam. Nem tudom, mi
lepett meg rajta annyira. *...Amikor eljő a sötétség, és a világnak
vége lészen* – folytattam magam sem tudom, hogy miért az egyfajta
bibliai nyelvezetű, Bibliában fel sem lelhető, baljósan hangzó
gondolatot: *Amikor a sötétség érted jő, Ádám fia, ember, akkor
majdan férgeken lakmározol, mert már semmi egyéb étek számodra
nem vala. S a Halál lészen alattad, reád várva, kit az éjsötét víz
elfed, hogy őt meg ne láthassad. A mélységből fog kinyúlni éretted,
hogy bűnös valód lerántassék hozzá a mélybe, ahol kaszájának
hegyével első ízben kiszúrá mindkét szemed, azok után derékban
kettévága, hogy a tested, ahogy a felszínre érkeze, már két
darabban lészen: Vakon. És holtan! Belőled onnantól férgek
lakmározának pokoli éhüket enyhítvén. Férgeken fogsz hát élni,
míg halálodat nem leléd, s onnantól a belőled fogant férgek a te
testedből élnek majdan tovább! E körforgás pedig soha nem ére
véget, Ádám fia, ember, mert már most a poklok poklában vagy te,
ki Isten legnagyobb csalódása s szégyene vagy!*

– Nee! – ordítottam ismét. *Azt hiszem, tényleg kezdek megőrülni!*
Nem tudom, honnan jönnek ezek a gondolatok. Talán egy filmből,

amit láttam? Egy korábbi rémálmomból? Mert a Bibliában – a
régies szavak ellenére – semmi ilyesmi nincs, az biztos!

És ekkor még borzalmasabb dolog történt. Távoli nevetést
hallottam. Frank Weller röhögése volt az. Hangosan, otrombán
hahotázott, és ezt ordította:

„Na, milyen a víz, ecsém? Jólesik a pancsikolás? Alaposan
bevetted ezt a szellemdoboz faszságot! Rászedtelek! Most aztán ott
fogsz szépen megfulladni, felpuffadni és megrohadni, miközben
férgek zabálják a felpuhult húsodat, mert én aztán ki nem szedlek
onnan! Nemhogy most azonnal nem, amikor ennyire félsz, de még
két nap múlva *sem*! Eszem ágában sincs odamenni! Végig *én*
voltam az, aki a dobozon keresztül beszéltem hozzád, te
szerencsétlen, naiv marha! Hogy lehetsz *ennyire* hiszékeny, *ennyire*
hülye?! Tényleg képes voltál beleugrani? Hát, akkor úgy kell
neked! Ne tudd meg, mennyire jókat röhögtünk a srácaimmal,
miközben percenként mondogattam azt neked az adóvevőn
keresztül... Ja, igen, mert az a szar valójában semmi más, csak egy
sima walkie talkie néhány visszhangeffekttel és előre felvett
rádióműsor-bejátszásokkal megspékelve... Szóval olyan jókat
mulattak rajta a gyerekek, amikor percenként mondogattam neked
olyanokat, hogy 'édesem, így', 'édesem, úgy', te meg megkajáltad
az egészet! A kölykök sírtak a röhögéstől! Köszönjük szépen a
kiváló műsort! Tényleg napokig hahotáztunk rajtad, ahogy
magyaráztál az állítólagos szellemszerelmednek. Hogy te mekkora
egy barom vagy! Egy nagyra nőtt, ostoba kisfiú! Mindig is az
voltál. Már az iskolában is gyűlöltelek. Ezért is örültem, hogy van
lehetőségem bosszút állni rajtad. Most végre belefulladsz a döglött
állatokkal teli vízbe, amiket mind én nyírtam ki, és hordtam bele
hónapokon keresztül! Végre te is csupán egy leszel a dögök közül:
azzal a tudattal, hogy én miattam kerültél abba a fémkoporsóba
elevenen! Ennek már a gondolata is röhögéssel tölt el. Alig várom,
hogy megkapjam két nap múlva a szerencsétlen leveledet, amiben
precíz módon leírod, hogy hogyan mentselek meg. Hogy te milyen

kis ügyes vagy, és előrelátó! Olyan szuperül összeszedted, hogy mit és mikor kell tennem, mint egy igazi kiscserkész! Csengessek fel, mint egy béna postás, mert akkor majd beengednek? Háhá! Miből gondoltad, hogy valaha is fel fogok csengetni a hülye házadban bárkihez is? Nem ettem meszet! Miért segítenék én neked? Ja, és vigyek kötelet is magammal, mi? Tűzoltólétrát esetleg ne vigyek mellé ajándékba? Még mi nem kéne, te szerencsétlen, egyedül élő, impotens emberi roncs?! Egy igazi vesztes vagy, Mayweather! Mayweather[10] a Mélyvödör! Mindig így csúfoltunk a hátad mögött már az iskolában is! Mert olyan mélyen van az IQ-d, mint a poshadt víz a vödör alján! Vagy talán mert mindig is az volt a sorsod, hogy egy mély vödörbe fulladj bele. Hát, most íme, megkaptad! Ha mástól nem is, de tőlem igen! Mindig vesztes voltál. Ezért döglött meg a feleséged is! Miattad! Mert egy figyelmetlen fasz voltál, és olyan esetlen módon, mint egy gyerek, nekihajtottál annak a furgonnak, amit még egy hülye is időben észrevett volna, hogy kikerülje! Te még vezetni sem tudsz! Te ölted hát meg a ribancot! Meg akarod menteni? Most?! Amikor már kicsináltad? Nem késő ehhez egy icike-picikét? Te rohadt, tetves, gyilkos! Az lesz a legjobb, ha megfulladsz odabent! Megérdemled, hogy férgeket zabálj, amíg élsz, és aztán azok zabáljanak meg téged! Szemét feleséggyilkos gazember! Te tetted! Úgyhogy hiába várod, hogy a kis szerelmes leveled alapján két nap múlva csaholva rohanjak segíteni, mint egy hűséges kiskutya! Nem fogok én szart se tenni! Aznap be sem kapcsolom a számítógépet. Amúgy sem szoktam e-mailezni, ezt nem tudom, korábban említettem-e. Én csak chatelni szoktam, tehát még ha akarnám sem látnám soha a levelet, amit küldtél! Háhá! Háááá-háááááá!" – visszhangzott a tartály falai között.

És ebből döbbentem rá:

---

[10] A „Mayweather" nevet angolul „méjvedör"-nek ejtik.

Frank hangja nem visszhangozhat idebent! Az imént magamban beszéltem. Azokat a szörnyűségeket mind én magam mondtam! Önkívületi állapotban ordítottam Franknek képzelve magam.

Ahogy ezzel szembesültem, valami azonnal visszarántott a valóságba. Már ha egyáltalán még abban voltam, és nem a túlvilágon, vagy valahol, a kettő között.

Te jóisten! Nekem teljesen elment az eszem! – kiabáltam ezúttal már csak magamban gondolkozva kétségbeesetten. *Frank hangját utánozva ordítozom olyasmiket, amivel halálra rémisztem önmagam? Mire jó ez? Így a végén tényleg szívrohamot fogok kapni. Amit önmagamnak okozok!*

Ekkor már tudtam, hogy azokat valóban nem Weller mondta. Azért teljesen nem őrültem meg, mert sikerült észhez térnem, úgyhogy csak egy olyan erős pánikrohamban lehetett részem, amilyet még életemben nem éltem át.

Még az is lehet – merült fel bennem a szörnyű gondolat –, *hogy van egy enyhe skizoid hajlamom, amit a pánikroham most kihozott belőlem. Talán hajlamom van a tudathasadásra, és ezért képzeltem azt, hogy Frank beszél hozzám, miközben az egészet csak én találtam ki. Sőt, előtte pedig Istennek képzeltem magam, és az Ő nevében jósoltam meg, hogy milyen megérdemelt, szörnyű sors vár rám!*

Rájöttem, hogy csak ez lehet a megoldás, vagy legalábbis egyikük sem mondott semmit, és nem is üzentek nekem. Azok nem mások szavai voltak.

Hiszen egyik az, hogy Franknek még csak nem is említettem, hogy én okoztam volna az autóbalesetet. Azt pláne nem, hogy nem ellenőriztem le Mary biztonsági övét, miszerint biztos megfelelően a helyére kattant-e. Azt pedig úgyszintén nem tudja, hogy levelet küldtem neki, amit két nap múlva kézbesít az e-mail szolgáltató. *Honnan a fenéből tudná előre, hogy levelet fog kapni? Az előbb ugyanis ezt „mondta"! Én teljesen hülye vagyok! De szó szerint! Valahogy össze kell szednem magam! Talán már nincs sok hátra!*

...De vajon mihez is? Ahhoz, hogy kihúzzanak innen, ahhoz, hogy megfulladjak, vagy hogy végleg megőrüljek, és esetleg Franknek képzelve magam fojtogatni kezdjem a saját nyakamat, aminek hatására elkékült arccal elsüllyedek és meghalok?

Úgy éreztem, hogy így vagy úgy, de eljött vég: *Innen nincs kiút.* Mary nagyon is jól mondta. Csakhogy azt ígérte, kihúz innen. *Akkor viszont hol van most?! Miért késlekedik?!*

A világ már amúgy is koromsötét volt számomra, mert a tartályban semmit sem lehetett látni. Azonban kezdtek elhalkulni számomra a hangok: a rendszertelen, heves csobbanások ahogy úszni próbáltam, a saját lihegésem, nyögéseim és ordításaim, valamint a kongó dörrenések, amikor időnként, tempózás közben véletlenül megütöttem vagy megrúgtam a tartály falát belülről. Látvány már amúgy sem volt, de kezdett minden elhalkulni.

Mi történik? – kérdeztem magamban egyszerre reménykedve és ijedten. *Hová tűnnek a hangok? Átjutottam volna? Ez már a túlvilág? Mindjárt vége? Mary azt mondta, ott másak a fizika törvényei, azaz tulajdonképpen ott nincs is ilyesmi. Tehát akkor lehet, hogy hangok sincsenek? Vagy csak minden halkabb?*

Aztán eszembe jutott a hihetőbb, sajnos nagyon is valószínű, másik magyarázat a jelenségre:

Kezdek elájulni. Ha nem venne körül már amúgy is sötét, akkor azt is látnám, hogy minden elsötétül számomra. De a fény teljes hiányában én csak azt hallom, hogy minden halkul. Hamarosan elvesztem az eszméletem! Vagy az oxigénhiány miatt, mert a sok ordítozástól és lihegéstől máris elfogyott a tartályból a belélegezhető levegő, vagy a hidegtől, a sokktól, a pánikrohamtól és a kimerültségtől. Végül is mindegy, melyiktől, de a hangok egyértelműen eltűnőben vannak! – Lassan megszűnt számomra a külvilág.

Ekkor Frank ordenáré módon ismét zaklatni kezdett. Rám ordított:

– Kapd be!

Nem feleltem neki. Tudtam, hogy nincs velem, hogy nincs sehol a tartály közelében. *Csak képzelem az egészet!*

– Kapd be, Dallas! Nem hallod? Kapd már be!

„Kapd be te!" – akartam visszaordítani még akkor is, ha nincs ott, de helyette csak valami olyasmi jött ki a torkomon fuldoklás közben, hogy: – Kapgy gluggy blllö!

Frank nem szállt le rólam:

– Kapd már el a kezem, Dallas! Figyelj rám! Muszáj megfognod, mert őrült módon hadonászol, és így, a segítséged nélkül nem tudlak egyedül kiszedni onnan!

– Mi?! – riadtam fel egy pillanatra a fuldokló kábulatból.

Egy kezet láttam magam felett, ami értem nyúl le. Szó szerint „nyúlt", ugyanis Franknek irreálisan hosszú volt a karja. Több mint egyméteres. A tartály fedelétől leért egészen a nyakamig. Annál fogva próbált megragadni, hogy vízbe fojtson!

– Hagyj békén! Neee! – könyörögtem neki. – Ne ölj meg, Frank! Kérlek! Már megbántam mindent! Sajnálom!

– Dallas, nem vagy magadnál! Térj észhez! Segíteni akarok rajtad! Nem az vagyok, akinek hiszel – hallottam egy meglepő módon sokkal nőiesebb hangot, mint Welleré. – Nem megfojtani akarlak, csak megragadni a grabancodat, hogy kihúzzalak! Ne üsd már el a kezem minden alkalommal, amikor végre sikerülne biztonságosan megragadnom a kabátod gallérját! Így a végén tényleg meg fogsz fulladni.

Ekkor néztem fel. De egyből meg is vakultam. Azaz végleg talán nem, hanem csak egy pillanatra, ugyanis nagyon erős fény áradt be a tartályba odafentről, és valóban – továbbra is így láttam – egy irreálisan hosszú kar nyúlt le értem, aminek a végén lévő kéz próbálta hátul, a tarkómnál elkapni a kabátomat. Úgy tűnt, valóban nem fojtogatni akar, hanem csak azt megragadni, hogy kihúzhasson.

– Mary?! – eszméltem fel egy pillanatra. – Te lennél az? Mi történt veled? Ez most valóban megtörténik? Miért ilyen hosszú a karod? Miféle végtag ez? Vagy ez csak egy kötél? Ennyire rosszul látok? Mit eresztettél le hozzám?

– Igen... khm... én vagyok! – felelte a női hang eleinte kissé bizonytalanul, a végén pedig már határozottan. – Ne a karomat nézegesd, és ütögesd félre újra és újra, hanem maradj nyugton, hogy elkaphassalak! Vagy ragadd meg a kezem, vagy legalább hagyd, hogy rendesen megfogjam a ruhádat!

– Nem fogom meg a kezed! – mondtam undorodva. – Nem akarok hozzányúlni! – Abban a pillanatban, azt hiszem, tényleg nem voltam normális: Jobban undorodtam attól a gondolattól, hogy valakinek túl hosszú a karja, és hogy hozzáérjek, mint hogy felmértem és értékeltem volna a tényt, hogy azért kéri, fogjam meg a kezét, hogy *végre megmenthesse az életem!*

– Rendben, ne nyúlj hozzá, de akkor legalább ne ellenkezz! – mondta a nő most már parancsoló hangon. – Hagyd, hogy elkapjam a ruhádat, és kihúzzalak! Ki foglak menteni onnan, *édesem!*

„Édesem..." – Erre a szóra valami azonnal átkattant bennem. Majdnem teljesen kitisztult a tudatom, és végre... akkor először... felfogtam:

Megmenekültem! Azt hiszem, ez most tényleg nem hallucináció! Sikerült! Valóban ő az: Mary!...

...De miért ilyen undorítóan hosszú és vékony a karja, mint egy... nem is tudom... kaszáspóknak?!

Tizenkettedik fejezet:
Mary

Ahogy lassan kezdtem kiemelkedni a vízből, éreztem, hogy Marynek egyáltalán nem esik nehezére félkézzel kivennie engem onnan. Pedig voltam közel kilencven kiló. Az igaz, hogy az ember súlya víz alatt jóval kevesebb, de ő ekkor már a levegőben tartott, és még mindig nem lassult a felfelé haladás sebessége vagy folytonossága. Iszonyatos erő lehetett még abban a furcsa, betegesen vékony, hosszúra nyúlt karjában is. Szerintem nem azért emelt lassan, mert ne tudott volna akár egy csuklómozdulattal is kihajítani onnan, hanem csak nem akarta, hogy megsérüljek.

Ahogy húzott fel egyre magasabbra és magasabbra, úgy tisztult ki egyre jobban a tudatom is. Már felfogtam, hogy megmenekültem. Jól láthatóan haladtam a fény felé...

Ekkor az jutott eszembe: *Lehet, hogy mégis meghaltam? Ez lenne az a bizonyos „fény" az alagút végén?*

De nem. A kinyílt tartály fedele felől áradt nagyon erős fény lefelé, amitől szinte semmit sem láttam. Maryt sem. Annyira elvakított, hogy csak azt tudtam nagyjából kivenni, ami közvetlenül az orrom előtt volt: a bőrt a vékonyka karon. Emberinek tűnt. Hogy Mary karja volt-e, azt nem tudtam volna megmondani, pláne ebben a megnyúlt, torz állapotában, de ezt leszámítva, finom, hamvas bőréből ítélve egyértelműen emberi, női testrésznek tűnt, és egyáltalán nem volt olyan, mintha mondjuk, egy kaszáspók ízelt lába lenne, vagy akár egy polip puha, tapadókorongos csápja.

– Hol voltál?! – kérdeztem Maryt felfelé haladás közben. – Miért hagytál ennyi ideig a tartályban sínylődni? Miért nem jöttél hamarabb?

– Sajnálom! – mondta a női hang. – Történt egy kis probléma. Én sem tudtam pontosan, hogy az utazásod hogyan fog végbemenni. Mint mondtam korábban is, itt az idővel komoly problémák vannak. – Ekkor már majdnem teljesen kiemelkedtem a tartályból. A fejem búbja egy szintben volt a nyílás peremével. – De mindjárt elmondom részletesebben is, ha kivettelek onnan!

– Biztos, hogy te vagy az? – kérdeztem, csak hogy tényleg végre megnyugodhassak. – Nem ismerem fel egyértelműen a hangodat, bár tény, hogy ez egy másik világnak tűnik, ahol minden nagyon idegen lesz számomra, és furcsa. Gondolom, a karod is azért ilyen. Ugye ettől függetlenül *azért még ember vagy?* – kérdeztem aggódva. – Kérlek, legalább ennyit árulj el előre, hogy ne érjen még nagyobb sokk! Már az bőven elég volt, ami a tartályban történt velem. Kis híján eszemet vesztettem a bezártságtól és a félelemtől.

– Ember vagyok – mondta a nő –, erről biztosíthatlak. Majd meglátod! Ne aggódj, minden rendben lesz!

– De arra nem válaszoltál, hogy Mary vagy-e – jegyeztem meg gyanakodva. – Ha nem ő vagy, akkor *ő* küldött ide, hogy segíts?

– Nem ő küldött – jelentette ki a nő nyíltan, akárki is volt az. – Mindjárt meglátsz, ha kiemeltelek. Kérlek, légy türelemmel! Nekem sem túl könnyű ez a művelet, mert azért elég nehéz vagy, még az itteni viszonyokhoz mérten is.

– Azt hiszem, mégiscsak Mary vagy. Ismerős nekem a hangod! – jöttem rá. – Biztos, hogy már többször is hallottam. De mintha nem olyan lenne, mint amikor utoljára találkoztunk és aztán szertefoszlottál a levegőben. Fiatalabb vagy esetleg valamiért? Nekem úgy tűnik.

– Igen, fiatalabb vagyok – igazolt vissza a lány végre valamit, amire rákérdeztem. – De hogy konkrétan mennyi idős – folytatta –, azt nem tudnám megmondani neked, még ha akarnám sem. Itt semmi sem úgy zajlik, ahogy a normális, földi világban. Ez az oka annak is, hogy ennyit késlekedtem azzal, hogy kimentselek. De ezt mindjárt elmagyarázom. Azonban előbb kiveszlek onnan, és vegyél szemügyre! Előre szólok, meglepő lesz számodra, amit látni fogsz, úgyhogy most ne a korommal foglalkozz, hanem készülj fel lelkiekben arra, hogy nagy meglepetésben lesz részed!

– *Sokkoló* lesz?! – kérdeztem félve. Már éppen eleget szenvedtem a tartályban. Azok után nem szívesen láttam volna viszont Maryt például húszlábú pók formájában, vagy egy négy méter magas óriásként, akinek a derekáig is alig érek fel.

– „Sokkoló"? – kérdezett vissza. – Még nem tudom, hogy mennyire. Inkább meglepő. Az biztos. Viszont előre kérlek, hogy ne haragudj rám, Dallas!

Fura volt, hogy Dallasnak hívott. Mary nem nagyon szólított a nevemen soha. Felmerült bennem, hogy talán mégsem ő az. *De akkor ki segít most ki a bajból? Ki menti meg az életemet, és miért? És mindenekelőtt: Ha ez itt nem Mary, akkor hol van most a feleségem?!*

Ekkor emelkedtem ki derékig a tartályból, és a lány karja – mert egyértelműen emberi lénynek, fiatal lánynak tűnt az illető – most már nem tűnt olyan irreálisan hosszúnak. Nem is értettem, hogy én akkor miért láttam úgy. Normál méretű embernek tűnt. Ám akkora volt a fényesség – talán csak az addigi, tartályban uralkodó sötétséghez képest –, hogy még mindig félig vak voltam miatta. Épphogy csak a körvonalait láttam. *Szerintem Mary az* – gondoltam reménykedve.

Ahogy az általam feleségemnek gondolt személy fél kézzel kiemelt, és lerakott maga elé a tartály tetejére, már módomban állt valamennyire felmérni, hogy kivel állok szemben, még akkor is, ha félvak állapotban csak részlegesen láttam bármit is: Valóban tetőtől talpig emberi alakja volt. Most már a karja sem tűnt kicsit sem hosszabbnak, mint amilyennek testalkatához képest lennie kellett volna. Egy karcsú lány állt előttem hosszú, sötét – talán fekete(?) – hajjal. Nálam alacsonyabb volt, de nem sokkal. Szakadt rongyokat viselt: Valamilyen rövidnadrághoz hasonló, tépett alsóruházatot, ami régen talán, egykor hosszúnadrág lehetett, ami vagy ennyire tönkrement, vagy ő maga tépte le rövidebbre. Továbbá szintén hasonló módon megszaggatott vagy elhasználódott, ujjatlan pólót, vagy egykori blúzt hordott. A lábán nem viselt semmit. Kecses, vékony lábfeje – ahogy lenéztem rá – rendkívül nőiesnek, fiatalosnak tűnt, azonban egy merő kosz volt az egész, akár egy utcagyereké.

A látásom végre kezdett kitisztulni, és örömmel konstatáltam, hogy ezek szerint nem vakultam meg, hanem mivel túl sokáig voltam sötétben, a szemem csak lassan alkalmazkodik a napfényhez.

– Itt ennyire erősen süt a nap? – kérdeztem Marytől. Már ha valóban ő volt az. – Nálunk, amikor elindultam, ősz közepén jártunk, és borús volt az ég. Hetek óta nem sütött a nap. Itt milyen évszak van? Vagy csak nekem tűnik minden ennyire fényesnek, mert túl sokáig voltam sötétben?

– Itt valóban borzasztó erős a fény – mondta a fekete hajú lány –, de nem azért, mert nyár lenne. Szerintem itt évszakok sincsenek, és fogódzkodj meg, ezt most nehéz lesz hirtelen elfogadni: Itt még Nap nevű csillag sincs!

– Oké – bólintottam. – A pokolban láttam már annál nagyobb szörnyűségeket is, mint hogy nincs nap, úgyhogy ettől még azért nem fogok megőszülve életem végéig magamban beszélni, nem létező bogarakat hessegetve magamról. Ezt még fel tudom dolgozni, mivel tisztában vagyok azzal, hogy ez nem a Föld. De akkor mi okozza ezt a vakító fényt? És jól érzem, hogy nagyon meleg is van? Először nem tűnt fel, mert nagyon átfagytam a hideg vízben. De most már kezd kissé kínzóan égetni.

– Igen, itt hőség van, és nagyon erős fény. De nem a napból árad. Egyszerűen csak van. Nem tudni, hogy miből vagy honnan ered.

Látásom eközben már majdnem teljesen visszatért, és valóban sokkolóbb meglepetés is ért annál, mint hogy ezen a túlvilági helyen nem létezik nap:

Ugyanis aki előttem állt, az *nem Mary* volt! Ezt most már egyértelműen meg tudtam állapítani. *Ezért nem hasonlított hát a hangja sem az övéhez!*

– Ki a csoda vagy, te lány? – kérdeztem elképedve. – Te nem a feleségem vagy! Most már jobban látlak. Maryt ezer közül is felismerném! Még fiatalabb korában is, hiszen már gyerekkorunkban is együtt játszottunk. Valóban fiatalabb vagy, mint amilyen ő volt, amikor meghalt vagy amikor utoljára láttam, de a külsőd még csak nem is hasonlít az övére. ...Talán a hajadat leszámítva.

– Valóban nem vagyok Mary – vallotta be a megmentőm a fejét lehajtva. Úgy tűnt, szégyelli magát emiatt.

– Értem. Nézd, akárki is vagy, nagyon köszönöm, hogy eljöttél, és kiszedtél onnan! Akárhogy is csináltad azzal a fura, hosszú, bivalyerős karoddal... Legalábbis én úgy láttam, hogy olyan irreálisan megnyújtottad, amire semmilyen ember nem lenne képes.

– Igen, itt máshogy működik a fizika, mint a Földön, de ezt már nyilván amúgy is tudod. Ez nem feltétlenül az én különleges képességem. Egyszerűen itt szerintem a fizikának nincsenek törvényei. Én ennyit tudtam meg vagy értek az itteni, környezeti viszonyokból. ...És nincs mit! Örömmel segítettem. Nagyon boldog vagyok, hogy eljöttél.

– Ha te nem Mary vagy, akkor honnan értesültél arról, hogy jönni fogok? Ő szólt róla? Ő küldött ide? Ezért tartott tovább a mentési akció, mert a feleségem nem tudott eljönni? Mary... – mondtam ki a nevét szinte akaratlanul. – Ugye nem történt vele semmi baj? Jól van? Itt van valahol? Ugye minden rendben van vele?

– Ígérem, elmondom, és mindenre válaszolni fogok, de előbb szeretném, ha megtudnád, hogy *én ki* vagyok. És még egyszer előre kérlek, hogy ne haragudj rám!

– Már másodszor kérsz elnézést. De miért? Mit tettél te valaha is ellenem? Hisz nem is ismerlek! Mi okom lenne dühösnek lenni rád? Idegen létedre épp az imént mentetted meg az életemet. Hálás vagyok érte, nem pedig mérges.

– Azért haragudhatsz... minden joggal... mert bevallom: korábban nem mondtam neked igazat.

– Mikor? Mindössze egy perce, ha ismerlek – lepődtem meg.

– Kérlek, üljünk le itt, a tartály tetején egy percre! – javasolta a lány. – Idefent amúgy is nagyobb biztonságban vagyunk, mint odalent. Talán jobb lenne, ha nem állva hallanád mindazt, amit el kell mondanom.

– Nos, rendben. – Amúgy is teljesen ki voltam merülve a több órás (vagy több napos?) egy helyben való tempózástól, kapálózástól és őrjöngő ordítozástól, úgyhogy nem vitatkoztam vele túl sokat, egyből leültem törökülésbe. Valóban meleg volt, mert a (rozsdás, ezen a helyen szintén réginek tűnő) fémfelület majdhogynem bántóan forró volt, de még épphogy elviselhető ahhoz, hogy még ülve tudjak rajta maradni. – Ki vele! Miért haragudnék rád? Én inkább megköszönni szeretném, amit értem tettél. Miben nem mondtál igazat? És mikor? Vagy hol?

– A szellemdobozról van szó... – kezdte a lány nagyon félénken. Majdnem olyan bátortalanul, mintha éppen az apjának készülne elmondani, hogy előző éjjel a rendőrség drogozás miatt bevitte, és cellában töltötte az egész éjszakát.

– Tudsz a dobozról? – kérdeztem.

– Sajnálom! – kért ismét elnézést, ekkor már könnybe lábadt szemmel.

– Mi a baj? Nekem elmondhatod! Nem fogok rád haragudni. Nagyon kedves, szép, fiatal lánynak tűnsz. Lehet, hogy nem Mary vagy, de ettől még nem fogok neheztelni rád. Sosem állítottad, hogy ő lennél, csak én hittem azt, amikor a tartályt kinyitottad. Nem a te hibád, hogy összekevertelek vele, hiszen csak én nem láttam tisztán.

– De igen. Az én hibám! – vallotta be egy újabb töredékét annak, ami a lelkét nyomta.

– Mit tettél, te lány? Kezdesz aggasztani. És egyáltalán ki vagy te? Mi a neved? Ennyit legalább elárulnál végre?

– *Tényleg* nem ismersz meg? – felelt kérdéssel a kérdésre.

– Hm... – néztem meg jobban, kicsit közelebb hajolva hozzá. Még mindig zavarosan láttam. Hunyorognom kellett, hogy jobban kivegyem az arcvonásait. – Az biztos, hogy te nem Mary vagy, de most, hogy mondod, valóban ismerős vagy valahonnan. A hangod is az volt már az első pillanattól kezdve. Mégsem hiszem, hogy valaha is láttalak volna.

– Mert megváltoztam. *Sokat* változtam.

– Milyen értelemben?

– Jóval idősebb vagyok azóta: valójában azt sem tudom, hány éves. Mivel itt másképp telik az idő, így fogalmam sincs, mióta vagyok itt. Lehet, hogy több száz éve, az is lehet, hogy évezredek óta.

– Tessék?! Annyira azért nem tűnsz öregnek. Ne viccelj már!

– Tényleg nem? – kérdezte a lány teljesen meglepetten és kicsit megkönnyebbülten.

– Mi az, ami meglep ebben? Te talán nem látod magad? Mármint akármiben, ami tükröz? Vannak itt ablakok vagy tükrök? Vagy nincsenek? Nincs semmi, amiben megnézhetnéd magad?

– Nincsenek. Itt csak por van (valami homokszerű dolog), forróság, erős fény és valamilyen épületszerű képződmények, de még abban sem vagyok biztos, hogy valóban azok. És ahogy mondod: sosem láttam magam ezen a helyen. Az arcomat nem. A végtagjaim pedig, mint ahogy az imént te is szembesülhettél vele, elég sok mindenre képesek. Változékonyak. Azokból nem tudtam megmondani, hogy milyen lehet a külsőm, mert ha például a karom képes megnyúlni, akkor lehet, hogy az arcom is torz, és nem látszik rajta az akár több száz éves kor sem.

– Hát... pedig gyönyörű lány vagy! – bukott ki belőlem. *Bárcsak ne bukott volna!* – Utólag már nagyon szégyelltem magam azért, mert Mary, az egyetlen szerelmem mellett más nőnek bókoltam bármilyen okból is. – Mármint úgy értem, hogy fiatal – helyesbítettem gyorsan. – Nem vagy te több száz éves, ne viccelj! Miért, én mennyinek tűnök ebben a világban? – kérdeztem rá.

Erre egy nagyon fura, meglepő választ kaptam:

– Pontosan annyinak, Mr. Mayweather, amennyinek *utoljára láttam.*

– Értem. Akkor viszont ha én sem változtam meg csak attól, hogy ide kerültem, akkor te is annyi idős lehetsz, amennyinek látszol. Szerintem huszonéves vagy. Maximum harminc. De inkább huszonéves. Na de várjunk csak...!

Az imént elhangzott „Mr. Mayweather" miatt emlékek rohantak meg:

Ki is szólított így mindig? Kire is hasonlít annyira ez a lány, aki ezek szerint idősebb, mint amilyennek lennie kéne, vagy amilyennek én esetleg láthattam korábban? – És akkor szinte akaratlanul is kimondtam a nevét, mert már felismertem az arcáról:

– Te *Anne* vagy! Anne Levinsky!

Tizenharmadik fejezet:
Az igazság

– Te Anne Levinsky vagy! Az eltűnt lány, akivel utoljára tizenhárom éves korában találkoztam a házunk liftjében sárga esőkabátban, és akit akkor látott mindenki utoljára! Sőt, aki *nem is létezett soha*! – jutott eszembe gyanakodva. – Álljunk meg egy szóra! Csak most ugrott be, hogy Mary mit mondott nekem rólad az utolsó találkozásunkkor! Te sosem léteztél! A Levinsky házaspárnak nem volt unokája. A nejem elárulta! Ez lenne tehát a hazugság? De hogy érted, hogy *te* hazudtál? Miben ne mondtál volna igazat? Hiszen te nem lehetsz valós! Hogy kerülsz ide, és hogyhogy egyáltalán élő személy vagy? Mert az vagy, vagy nem?

– Igen, valóban Anne vagyok. Bár rosszul ejti a nevemet, Mr. Mayweather. Habár az Egyesült Államokban születtem, és ott valóban „enn"-nek ejtik a keresztnevemet, de mivel lengyelek leszármazottja vagyok, ezért a családban mindenki a hazámban használt kiejtés szerint szólít, ami „ánne".

– Rendben, „Ánne", ám nem válaszoltál a kérdésemre. Mit hazudtál te nekem? És hogy lehet, hogy itt ülsz velem szemben, amikor nem is lehetsz valódi? Mary megmondta, hogy annak az idős párnak sosem volt unokája.

– Dehogynem volt! Ezért kértem, hogy üljön le.

– Tegezz nyugodtan, Anne! Nem vagy már gyerek.

– Köszönöm! Szóval ezért kértelek, hogy ne állva hallgasd meg a mondandómat, mert sokkolóan fog hatni. Elárulom hát az igazat, de készülj fel arra, hogy neheztelni is fogsz, és csalódott leszel. Előre kérlek: ne haragudj rám, és mielőtt nekem esnél, hallgass végig!

– Megígérem. Nézd, bármiről is legyen szó, végül is egy darabban kiszedtél onnan. Az életemet mentetted meg. Tudomásom szerint korábban, gyerekkorodban sem tettél ellenem semmit, tehát nem hinném, hogy bármiért is „neked akarhatnék esni". De ha valóban csináltál valami durvát, amiből bajom származott, abban az esetben, ha legalább nyomós okod volt rá, akkor szerintem meg fogom érteni.

– Oké... – mondta Anne bátortalanul. – Akkor elkezdem bevallani, hogy mi mindent műveltem. De előre szólok, önmagam védelmében tettem, azért, hogy kijussak innen! Önvédelemből az ember akár hazudhat is, vagy nem? – kérdezte reménykedve. – Ha az élete múlik rajta!

– Gondolom, igen. Bár még mindig nem értem, hogy miféle „életről" beszélünk. Mivel Mary azt mondta, te sosem léteztél. Még most sem értem, hogyan ülhetsz itt most előttem élve, még ha piszkosan is – vallottam be –, de látszólag egészségesen, idősebben, meglepően szép, fiatal lányként.

Na tessék! Már megint kimondtam! Hogy lehetek ilyen hülye? – korholtam magam. *Miért bókolok neki állandóan? Tudat alatt ennyire lenyűgözne a külseje, hogy nem bírom levenni róla a szemem? –* Rájöttem, hogy valóban így van. Először azt hittem, hogy csak azért, mert ismerős volt, és tudni akartam, hogy kicsoda, de jobban belegondolva valóban a szépségét is csodáltam egyszerre. *Nem tudom, hogy láttam-e valaha életemben ilyen szép lányt, mint Anne Levinsky. Talán filmekben vagy divatmagazinok címlapjain... –* tűnődtem el egy pillanatra. *Hé! Ezt abba kell hagynom! A végén még megtetszik vagy mi! Nem ezért vagyok itt! Én Maryért jöttem. Ő az én szerelmem. Dallas! –* figyelmeztettem magam. *Ne bámuld így ezt a lányt! Az apja lehetnél! Még ha nagykorú is, de te nős vagy. Ha a nejed pillanatnyilag nincs is jelen... és sok szempontból nincs is veled többé, de te akkor is a halála óta aszerint élsz, hogy még mindig házasok vagytok, és nincs jogod más nőre szemet vetni! –* Ettől a gondolattól kicsit felrázódtam az enyhe kábulatból (amiben már percek óta a lányt néztem), és egyből elfordítottam a tekintetem – ekkor vettem észre, hogy – a kebleiről, amelyeket már egy ideje szemérmetlenül, pofátlan módon bámultam.

– Hidd el, Mr. Mayweather... akarom mondani: *Dallas*, hogy létezem. Nagyon is! Ha nem így lenne, akkor most te sem élnél, hanem megfulladtál volna. Téged átvertek. Hazudtak neked. Én mindig is valós személy voltam, és akkor kerültem ide, amikor sok évvel ezelőtt utoljára találkoztam veled ott, a liftben, a házunkban, sárga esőkabátot viselve.

– Nem volt az olyan régen, Anne. – Most már „ánnének" ejtettem a nevét, ahogy kérte. – Tudod, mennyi idő telt el azóta ott, a Földön? Csupán néhány hónap! Úgyhogy valóban nagyon máshogy telhet itt az idő, mert elvileg csak ennyivel kellene idősebbnek tűnnöd, nem pedig komplett felnőttként ülnöd itt, velem szemben.

– Én nagyon sok évnek éreztem, mert megéltem itt azokat az éveket, Dallas. Ezért is tűnik ennyinek a különbség, mert szerintem ezek szerint legalább tíz évet lehúztam ezen a szörnyű helyen.

– Értem. De várjunk csak! Azt mondtad, hazudtak nekem azzal kapcsolatban, hogy Levinsky-éknek nem is volt unokája. Azért gondolkozz, mielőtt kijelentesz valamit! Ugyanis ezt Mary mondta! Ő pedig sosem verne át engem! A szellemdobozon keresztül sem tette, hiszen itt van rá a bizonyíték: Valóban nem fulladtan bele a tartályba, hanem épségben ki tudtál húzni belőle, és átjutottam egy másik világba.

– Sajnálom, Dallas, de az akkor sem volt igaz. Egyébként is hol mondta neked ezt rólam a feleséged?

– A liftben. Amikor a keresésedre indultam, vissza, a pokolba. Mert akkor még azt hittem, úgy tudtam, hogy ott vagy. Aztán Mary beszállt hozzám a fülkébe, és elárulta, hogy csak a pokol próbál azzal a sugallattal manipulálni, hogy meg kell mentenem egy szomszéd kislányt.

– Tehát a liftben mondta ezt? – kérdezte Anne. – *Hányadik emeleten?*

– Az ötödiken szállt be.

– Dallas, nem emlékszel a Liftes játék egyik alapszabályára?! „Sose állj szóba a nővel, aki az ötödiken száll be! Ne válaszolj neki! Ne is reagálj arra, amit mond!". Azóta én is sok mindent megtudtam arról a játékról, majd elmesélem hogyan... Szóval nem emlékszel rá, hogy ez volt az egyik legfontosabb alapszabálya? Miért szegted meg?

– Mert hát... mégiscsak Maryről beszélünk! És tényleg ő volt az! Ennek ellenére azért kicsit én is kételkedtem persze, és tartottam attól, hogy átverés. Tehát azért én sem vagyok ám teljesen hülye. De aztán bebizonyította, hogy ő az, mert végig segített, megvédett, és miatta jutottam ki. Azonban az utolsó pillanatban, amikor kértem, hogy lépjen ki velem együtt ő is a való világba, azonnal szertefoszlott.

– Először is, ne haragudj, de nagy hibát követtél el! A szabály az szabály. A nővel az ötödiken valóban nem lett volna szabad szóba állnod! Ez óriási kavarodást okozott az életedben! Téged megtévesztettek a sötét erők, Dallas. Az a nő nem Mary volt. Vagy legalábbis nem az a verziója, akit te szeretsz. Talán mivel leutánozták, így lehetett benne valami a valódi énjéből, és ezért döntött úgy, hogy segít neked, de az a lény akkor sem minősült annak, akinek gondoltad! Az csak a pokol manipulációja volt, azaz a Liftes játék szerint: „a nő az ötödiken"! Még akkor is, ha Marynek látszott, és segített. Higgy nekem! Azért is tudom, hogy így van, mert hazudott rólam. Tessék! Itt ülök előtted. Élek. Mégis azt állította, hogy sosem léteztem. Láthatod, hogy nem mondott igazat. És még egy okból tudom, hogy miért nem ő volt az... – lábadtak könnybe ismét Anne szemei.

– Mondd...!

– Onnan, hogy...

– Gyerünk, áruld már el! Tudni akarom, mi van vele, és hogy hol van! Mondd!

– Dallas... Készülj fel arra, hogy amit most elárulok, attól ki fogsz borulni!

– Rendben. Megpróbálok erős maradni.

– Mary *nincs többé*. Ezért nem is álmodsz vele, gondolom, már jó ideje. Előtte létezett a lelke egy ehhez hasonló helyen: egyfajta túlvilágon. Azt, hogy ha valóban ő van akkor a liftben, vissza tudtad volna-e hozni, erősen kétlem, ugyanis a valódi feleséged a te világodban már elhunyt. Eltemettetted. Egy légnemű, gyakorlatilag megfoghatatlan szellemet pedig nem lehet csak úgy visszateremteni a valóságba, hogy a régi, halott helyett új fizikai testet öltsön. Ez szerintem eléggé nyilvánvaló. Mary teste meghalt, és azóta is a temetőben van, már ne is haragudj, amióta végső nyugalomra helyezték ott a földi maradványait. A lelke élt csak sokáig, amíg kommunikálni is tudtál vele. De már a lelke sem létezik többé – árulta el Anne szinte reszketve a stressztől, miközben folyamatosan az arcomat fürkészte, hogy hogyan fogok minderre reagálni.

– Micsoda?! Hogyhogy „nincs többé"?! Miről beszélsz? Végig vele beszélgettem a szellemdobozon keresztül! Ne viccelj már velem, te lány! Jó, tudom, hogy a Földön meghalt, nem vagyok hülye, de a lelke él. Beszéltem is vele! Korábban az álmaimban, utána pedig Weller dobozán keresztül. Ő maga hívott ide!

– Sajnálom, de ez sem igaz – vallotta be Anne. – Rosszul gondolod. Mary szerintem továbbjutott oda, ahová tartozik: a mennybe. Ezért se bánkódj miatta! Ő már egy sokkal jobb helyen van, mint most mi. Én azonban ocsmány játékot űztem veled, de ismétlem: kizárólag önvédelemből, hogy magamat mentsem. Ugyanis én, vele ellentétben, nagyon is élek! Én nemcsak hogy létezem, és nem egy test nélküli lélek vagyok csupán, mint ami ő volt, hanem egy ugyanolyan élő, hús-vér ember, mint te! És itt ragadtam, már ne is haragudj, de valamilyen szinten a te hibádból ezen a pokoli helyen, mert olyan erőkkel játszottál, amelyekkel kapcsolatban nem mérted fel, hogy mire képesek. Ezért hát, kínomban úgy döntöttem, hogy...

– Igen?! Mit tettél, Anne?!

És akkor kimondta:

– Marynek adtam ki magam. *Végig én* voltam az, akivel a szellemdobozon keresztül beszéltél. Én hívtalak ide, és nem ő. Ezért húztalak ki én a tartályból, mert végig én vártam rád. Ezért is szóltam el magam véletlenül, amikor megérkeztél, hogy: „Nagyon boldog vagyok, hogy eljöttél!". Azért kértelek, hogy gyere értem, mert tudtam, hogy rád számíthatok, és hogy vakmerőbb vagy bárkinél, hiszel a természetfelettiben, sőt tudsz is róla sok mindent. Senki más nem volt, aki alkalmasabb lett volna arra, hogy kiszabadítson innen, mint te, Dallas! Kizárólag ezért tettem. Ne gyűlölj érte, kérlek! Nem voltam biztos abban, hogy egy vadidegen kislányért is megtennéd ugyanazt, mint Maryért, akiért még a pokolba is leszálltál! Én még azt sem tudtam, hogy eredetileg utánam akartál jönni, és hogy az a Maryutánzat beszélt le róla. Ha azt tudom, akkor egyből megmondtam volna a dobozon keresztül, hogy én vagyok az, és saját nevemben kértelek volna meg, hogy segíts kijutnom innen. Csak azért mondtam, hogy Mary vagyok, hogy száz százalék biztos lehessek afelől, hogy tényleg mindent meg fogsz tenni, és eljössz. Tehát *végig én voltam az.* A feleségeddel egyszer sem beszéltél Weller dobozán keresztül, mert ő... sajnos sosem volt itt, Dallas. Sőt, más, ehhez hasonló helyeken sincs már. Nincs többé közöttünk a lelke, nem tudunk vele innentől kommunikálni. De ne bánkódj miatta! Felment a mennybe. Jó helyen van, biztos helyen. Sajnálom, ha onnan már nem fogod tudni visszahozni, de hidd el, nem érheti többé bántódás, és annál csodásabb világ biztos nem létezik.

– Szóval azt a-a-karod m-m-mondani – dadogtam könnyekkel küszködve –, hogy *minden* hiábavaló volt?! Hiába ugrottam gyakorlatilag öngyilkosságot elkövetve egy mély víztárolóba, mert nincs is itt az a személy, akiért mindent feláldozva idejöttem? És hogy már nem is létezik? Végig csak te voltál az?! Végig te szóltál hozzám innen, a túlvilágról?!

– Igen – hajtotta le a lány a fejét, és sírva fakadt. – Végig *csak én* voltam. Tudom, hogy én nem érek annyit. Ezért mondtam, hogy haragudni fogsz. Minden jogod megvan ahhoz, hogy most gyűlölj. Akár meg is ölhetsz, ha akarsz, bár nem tudom, hogy ebben a világban ez lehetséges-e. Sőt, azt hiszem, nem. De ha gondolod, megpróbálhatod. Nem foglak okolni érte.

– Nézd, én nem mondtam, hogy ne érnél sokat. Ne becsüld alá magad! Hisz tudod, hogy érted is lementem a pokolba. Elindultam, hogy kihozzalak onnan, csak aztán útközben megállítottak. De *ehhez akkor sem* volt jogod, hogy Maryről hazudj nekem! Ezt nem hiszem el! Úgy érzem, jelenleg fel sem tudom mérni mindazt, amit most elmondtál. Egyszerűen nem vagyok képes felfogni, és nem is akarom. Mary *tényleg* nincs többé?!

– Sajnálom, de nincs. *Csak én* vagyok: az értéktelen Anne Levinsky –mondta a lány bűnbánó arccal.

Amikor szomorú... – gondoltam magamban egyszerre küzdve könnyekkel, haraggal, meglepettséggel és kíváncsisággal, ami mind Anne létezésével kapcsolatos. – *Amikor szomorú* – kezdtem újra a gondolatot –, *még gyönyörűbb! Olyan ez a lány, mint egy festmény, vagy hétköznapi értelemben, mint egy fotómodell. Mintha nem is ember lenne, hanem egy földre szállt angyal: egy fekete hajú, hazug, sötét angyal!* – tettem hozzá dühösen. *Lehet, hogy tényleg ki kéne nyírnom azért, amit velem tett! Itt helyben!* – Aztán rájöttem valamire:

– Anne! Azt hiszem, te most sem mondasz nekem igazat!

– Dehogynem! Miből gondolod, hogy ne úgy lenne? Már mindent eléd tártam: a teljes igazságot.

– Én nem vagyok ebben olyan biztos! Ugyanis, gondolom, emlékszel arra... mármint ha *valóban* te beszéltél velem Weller dobozán keresztül... hogy én állandóan kételkedtem a kilétedben.

– Igen. És meg is volt rá minden okod – mondta szégyenkezve.

– Nem ez a lényeg, hanem az, hogy amivel aztán végleg meggyőztél, hogy te Mary vagy, arról te egyszerűen *nem tudhatsz!* Szerintem te most is hazudsz nekem! Nem lehetsz az a személy, aki idehívott, mert ő tudott valamit, ami egyértelműen bizonyította, hogy akivel beszélek, az a feleségem az.

– Arra gondolsz, amit az álMary szertefoszlása után, térdre rogyva mondtál? Arra, hogy: „Hogy lehetsz ennyire kegyetlen?! Miért nem hagytad, hogy átjöjjön? Miért hagytál az utolsó pillanatig reménykedni, ha a végén mégis újra elvetted tőlem az egyetlen embert, akiért élek?!'"?

– Te meg honnan a fenéből tudsz erről?! – döbbentem rá, hogy ezek szerint akkor talán mégiscsak végig ő vert át, és ő csalt ide. – Nem emlékezhetsz erre, hiszen csak én és Mary voltunk a liftben, aztán a folyosón. Még az is csoda, hogy ő hallotta mindezt, miután szertefoszlott. De te nem voltál ott! Nem hallhattad!

– Először is, valóban csoda lett volna, ha a köddé válása után még érzékel abból a világból bármit is, de sajnos nem így történt. Szerintem ő akkor már nem volt tanúja az eseményeknek. *Én* viszont igen.

– Az hogy létezik? Nem lehettél jelen! Ne játssz velem, hallod?!

– Pedig tényleg ott voltam! Elmondom, mi történt: Amikor ezek szerint elindultál értem a pokolba, mert úgy hitted, hogy odakerültem, *valóban* jól gondoltad. Az a másik Mary átvert téged, mint ahogy mondtam is. Ott éltem napokig, vagy talán még hosszabb ideig, és teljesen kétségbeestem. Azt sem tudtam, hol vagyok. Mindenféle borzalmakat láttam magam körül, és rettegtem, hogy azok a szörnyek meg fognak ölni. Sejtettem, hogy valami túlvilági helyen lehetek, de hogy hol, azt nem tudtam. Ezért hát levetettem a rikító, sárga esőkabátomat, hogy ne legyek olyan feltűnő a sötétben, és bujkálni kezdtem. Egyik sötét saroktól a másikig osontam, hogy semmilyen lény ne vegyen észre. Így teltek a napjaim. Aztán egyszer csak megjelentél az egyik emeleten a lifttel. Odáig már annyi borzalmat láttam, hogy többé azt sem tudtam, mi a valóság, és mi nem. Azt hittem, te csak valami pokolbeli utánzata vagy Mr. Mayweather-nek, és nem mertem hozzád odarohanni segítségért. Ennek ellenére azért egyre kíváncsibb lettem arra, hogy biztos így van-e, és követni kezdtelek emeletről emeletre, annyira a falhoz lapulva, sötétségben lopózva, hogy azok a lények egy olyan kis gyereket észre sem vettek. Aztán amikor megálltál a lifttel az ötödiken, mégis úgy döntöttem, hogy odaszaladok hozzád, és segítséget kérek, hogy hátha mégis valós lehetsz, és az vagy, akinek látszol. De ekkor szállt be hozzád az a másik Mary. Én pedig úgy gondoltam, hogy ha épp egy holt száll be hozzád, akivel társalogni kezdesz (mivel tudtam a feleségedről a földi életemből, hogy már nem él), akkor te sem lehetsz élő, valódi ember. Onnantól megint nem mertem a közeletekbe menni. Végigkísértelek titeket minden emeleten, de csak a sötétben bujkálva. Láttam, hogy az a Mary mire volt képes. Tényleg elképesztő dolgokra! Ennek ellenére nem tudhattam, hogy kik vagytok, ezért csak kíváncsian figyeltem, de nem mertem felfedni magam előttetek. Aztán még az utolsó emeletre is utánatok mentem, ahol te kiszálltál. Akkor láttam azt a jelenetet: továbbra is a pokolból. Mivel te akkor már kiléptél a valódi világba, így azonnal halványulni kezdtél számomra. Elkezdtél eltűnni a pokolból, és akkor jöttem rá, hogy mekkora hibát követtem el azzal, hogy nem mentem oda hozzád, amikor megtehettem volna. Aztán láttam, hogy Mary megpróbál kiszállni utánad, és egyből szertefoszlik. Valamint hogy ő nemcsak elhalványult, de valóban gyakorlatilag megsemmisült. Te számomra továbbra is egyre halványabbnak tűntél, és fokozatosan átkerültél a saját világodba, én pedig a pokolban, egy lépcsőfordulóban rejtőzve figyeltem az utolsó másodperceidet, aminek még onnan szemtanúja lehettem. Akkor hallottam mindazt, amit térdre rogyva mondtál. Tehát nem Mary hallotta azokat. Ő addigra eltűnt. Még a lelke is. *Én viszont ott voltam!* Egészen odáig, amíg még halványan átláttam a másik világba, és hallottalak. Utána már te is eltűntél a szemem elől, és visszakerültél a valóságba. Tehát *így* történt. Ezzel győztelek meg: amit részben jól gondoltad, hogy valóban csak ketten láthattak. Ám azok nem te és *Mary* voltatok, hanem te és *én*! Ezért én vagyok az egyetlen, aki még hallotta odaátról az utolsó, elhaló kiáltásaidat. Ezzel az emlékkel győztelek meg. ...Most már tudod. És ezt is sajnálom, hogy így alakult, hidd el!

Tizennegyedik fejezet:
Anne pokla

Percekig csak ültem lehajtott fejjel a rozsdás, forró fémen, ami egyre jobban égette az ülepemet, de nem törődtem az erősödő fájdalommal, sem Annéval, aki összekuporodva, még mindig sírva ült velem szemben a tetőn, tőlem egy méterre. Annyira elmerültem a gondolataimban, hogy el is feledkeztem a külvilágról, ahová kerültem:

Hogy tehette ezt? Végig abban a hitben tartott, hogy a feleségem lelke életben van, még van esélyem arra, hogy kiszabadítsam a pokolból, és esetleg akár vissza is hozzam az élők közé. Hogyan lehet valaki ENNYIRE önző, hogy csak a saját érdekeit szem előtt tartva, ilyen durván belegázol mások érzelmeibe, és nem törődik azzal, hogy ők mit akarnak vagy mit tennének szabad akaratukból? – Aztán erre a kérdésre a jámborabbik, megbocsátó felem már meg is adta a választ: *Önvédelemből tette! Hiszen mondta is. Ki egyebet kérhetett volna meg? Akad más a Földön, aki annyira hisz a túlvilágban, hogy még akár öngyilkos módon is beugrik valahová – ahol normális esetben életét vesztené –, csak azért, hogy átjuthasson a másik oldalra? Vagy egyáltalán kivel tudott volna kommunikálni ideátról, ha én nem építtetem meg Wellerrel azt a dobozt? Sajnos... úgy tűnik, tényleg nem volt más választása, ha valóban egy darabban, életben haza akart jutni. Már így is öregedett vagy tíz-tizenkét évet, pedig odaát, a Földön csak pár hónap telt el. Újabb hónapok alatt ideát a teste talán meghal az öregségtől, és akkor soha többé nem térhetett volna vissza az élők közé. Most még talán van rá esélye.* – Tehát akármennyire is neheztelem rá, valahol meg tudtam érteni, sőt *kimondottan* megértettem az indokait, mindössze nagyon nehezen állt át az agyam az ösztönös haragról arra, hogy ne okoljam, és ne akarjak rajta bosszút állni. A szívem azt kiabálta, hogy indulatból minimum töröljem képen, vagy egyszerűen kapjam fel, és vessem le a tartály tetejéről... akármi is van ebben a világban odalent. A józan eszem azonban azt tanácsolta, hogy az nemcsak hogy őrültség lenne, mivel nélküle talán én sem juthatok vissza a Földre, de még esztelen kegyetlenség is, ami jogtalan, hiszen csak az életét féltette, mint ahogy bárki más tette volna. *Ezért nem okolhatom* – döntöttem el.

– Figyelj, Anne! – szólítottam meg továbbra is lehajtott fejjel a rozsdás fémfelületet bámulva. – Azt hiszem, idővel túl tudok ezen lépni. Ne sírj! Jobban belegondolva megértem, hogy miért tetted mindazt, amit elkövettél. Szerintem sem nagyon volt más választásod. Talán ha az életem védelme érdekében biztosra akartam volna menni, akkor én is ugyanezt teszem adott esetben, mint te. Úgyhogy habár dühös vagyok, nem tagadom, de szerintem az eszem győzedelmeskedni fog az indulataim és ösztöneim felett. Nem fogok rajtad bosszút állni. Nem állítom, hogy ne haragudnék, de majd idővel lenyugszom. A szerelmem, Mary elvesztésén azonban már jóval nehezebb lesz túltennem magam, de az más lapra tartozik. Ami téged illet... szerintem rendben leszünk. Úgyhogy kérlek, tényleg ne sírj, jó?

És ekkor valami olyan dolog történt, amire nem számítottam volna:

Anne – kora ellenére, miszerint már felnőtt volt – úgy ugrott felém, szinte rám vetve magát, és ezzel felborítva engem, mint egy kisgyerek, aki nincs tisztában azzal, hogy már „nagylány", és apuci bizony nem biztos, hogy a nyolcvankilós, „erős csontú kicsikéjét" még mindig olyan könnyen el fogja bírni, ha az a nyakába ugrik, mint ötéves korában. A lány odaugrott hozzám, és szorosan átölelt. Mozdulni sem tudtam.

Részben a meglepettségtől, részben azért, mert olyan ereje volt. *Ezek szerint jól gondoltam, hogy szinte emberfeletti fizikai erőre tett szert ebben a világban.*

Továbbá azért is dermedtem meg, mert a legnagyobb meglepetésemre *jólesett* a női ölelés: egy gyönyörű, fiatal lány lelkes, teljes szívéből áradó szeretete, azaz hálája. *Az igazat megvallva* – gondoltam magamban kissé szégyenkezve – *nem is nagyon akarom kitépni magam a karjaiból.* – Még annak ellenére is szégyenérzet ébredt bennem, amikor hozzám bújt, és én jól éreztem magam emiatt, hogy Mary lelkének távozásával tudtam, hogy már tényleg özvegy vagyok, és semmi bűnt vagy hűtlenséget nem követek el azzal, ha örömömet lelem egy nő ilyen jellegű megnyilvánulásában. Legszívesebben én is visszaöleltem volna, de nem mertem. Haragudtam is rá, továbbá nem is igazán ismertem. Azt sem tudtam, hogyan reagálna arra, ha viszonoznám a gesztust. Gyerekkorában láttam utoljára. Felnőtt nőként sosem találkoztam vele. *Azt sem tudom, volt-e már dolga férfival! Szerintem kilencvenkilenc százalék, hogy nem, mivel az egész felnőtt életét a túlvilágon töltötte, ahol még az sem derült ki számomra, hogy vannak-e egyáltalán emberek. De még ha vannak is, szerintem itt nem úgy működnek a dolgok, mint a Földön. Bár az igaz, hogy ölelkezni lehet – ezt épp most bizonyította be, sőt még most is bizonyítja, mert úgy tűnik, nem nagyon szándékozik elereszteni –, tehát akkor talán mást is lehet még itt csinálni. Akkor viszont nem tudom... Még az is lehet, hogy van ideát szerelme vagy párja, aki szintén vissza akar jönni velünk a Földre* – bizonytalanodtam el.

– Anne? – szólítottam meg.

– Köszönöm! Köszönöm! – súgta a fülembe hálásan, olyan közelről (és olyan... szinte már romantikusan), hogy egészen zavarba ejtett. Forró lehelete olyan volt a nyakamon, hogy minden szőrszálam felállt tőle, és nemcsak ott, de még a karomon is.

– Mit köszönsz? – kérdeztem zavaromban.

– Hogy nem dobsz el, nem gyűlöltél meg egy életre, és vagy olyan értelmes és jószívű, hogy legalább megpróbálod túltenni magad a tényen, hogy az orrodnál fogva vezettelek! Köszönöm neked, édesem! – nyomott egy hosszú csókot az arcomra. – Jaj, ne haragudj! – szabadkozott utána azonnal. Először azt hittem, hogy a puszi miatt, de kiderült, hogy: – Ne haragudj, hogy „édesemnek" hívtalak – mondta a lány ijedten. – Csak megszokásból tettem, tudod, mert te mondtad, hogy Mary nem szokott Dallasnak hívni, én meg nem akartam hiteltelenül viselkedni a szellemdobozon keresztül, és akkoriban még állandóan így szólítottalak.

– Semmi gond! – mondtam kissé bosszúsan. A dolog nem érintett éppen a legjobban, mert Maryn kívül valóban senki sem használta rám soha ezt a kifejezést, ráadásul arra emlékeztetett, hogy ez a lány sokáig hazugságban tartott, és olyasmiket hitetett el velem, amiért mások talán sosem bocsátottak volna meg neki. – Semmi gond! – ismételtem meg megnyugtatásképp. – Csak kérlek, maradjunk a Dallasnál!

– Persze, persze! – puszilt meg még egyszer gyorsan, és elengedett.

Úgy tűnik, ez a lány súlyos szeretethiányban szenved – gondoltam magamban. *Szinte képtelen uralkodni az érzelmein, és minden lehetőséget megragad arra, hogy kifejezhesse a háláját és örömét. Valószínűleg legalább ennyire vágyik arra is, hogy végre szeresse valaki.* – Úgyhogy máris elvetettem annak gondolatát, hogy ideát, a túlvilágon lenne olyan férfi – már ha vannak itt egyáltalán hímneműek –, aki a párja lenne.

– Akkor hát, nem dobsz le innen? – kérdezte a lány. Először azt hittem, csak viccel, de úgy tűnt, komolyan gondolja.

– Dehogy! Megmentetted az életemet. Igaz, hogy idecsaltál, de azt a részét is értem, hogy miért tartottad szükségesnek. Csak időre van szükségem ahhoz, hogy elfogadjam és feldolgozzam. Szerintem most sokkal fontosabb, hogy kijussunk innen. Össze kell fognunk! Egyébként valóban segítettem volna kijutnod innen, még akkor is, ha őszintén megmondod Weller dobozán keresztül, hogy te vagy az. Tehát amúgy is segítenék neked. És én sem akarok itt néhány hónap alatt nyolcvanéves vénemberként csoszogni, amíg végül *éhen halok.*

– Á, ilyesmitől itt nem kell tartani! – legyintett Anne.

– Hogy érted? Te is öregszel, vagy nem? Azóta jobban megnéztelek. – Miután kimondtam ezt, kissé zavarba jöttem, hogy vajon nem félreérthető-e egy ilyen kijelentés, de azért csak folytattam: – Szerintem olyan tíz-tizenegy évvel lehetsz idősebb. Tehát mivel akkor tizenhárom voltál, így most talán huszonnégy lehetsz.

– Igen, valóban öregszem, és nagyon örülök, hogy ezek szerint annyira azért nem vészes a helyzet, mint gondoltam. Ahogy mondtam is, én már attól féltem, hogy öregasszony vagyok. Annyira frusztrált, hogy semmilyen tükröződő felületben nem tudom megnézni az arcomat, hogy egy idő után már az sem győzött meg a fiatalságommal kapcsolatban, hogy a testem, amennyit látok belőle, fiatalnak tűnik. De egyébként nem a korra gondoltam, hanem az *evésre*.

– Mi van vele?

– Azt mondtad, nem akarsz éhen halni. Nos, *itt* nem kell enned egyáltalán. Senki sem teszi.

– Hogyhogy? Miért, tulajdonképpen miféle hely ez?

– Na, látod, ez egy jó kérdés – vonta meg Anne a vállát. – Nem tudom. Szerintem mások sem tudják.

– Ötletük sincs?

– Azt én nem tudhatom. Nem kommunikálunk egymással.

– Komolyan? Miért nem? Mármint úgy érted, hogy tizenegy év alatt egyetlen teremtett lélekkel sem álltál szóba, nem beszéltél azóta senkivel?

– Nem én! Az túl veszélyes! Hidd el, volt, aki megpróbálta. Nem is egy. Azonban nem igazán lett jó vége. De erre még térjünk vissza később! Azért is mondtam, hogy idefent biztonságosabb, mert itt nem hallanak minket. Idefigyelj, Dallas! Itt, ebben a világban senkit se szólíts meg! Ne próbálj kommunikálni! Nagyon veszélyes! Elragadhatnak miatta. Azonnal!

– Értem – bólintottam ijedten. Ez nem hangzott túl kecsegtetően.

– Szóval akkor ezért nem tudsz még te sem sokat erről a helyről, mert nem mersz szóba állni másokkal.

– Így van. Amit tudok, azt csak a megfigyeléseim alapján tanultam meg.

– Ha már itt tartunk: Mondd csak, te tulajdonképpen hogyan élted meg ezt a tizenegy évet? Úgy, hogy nagyon gyorsan öregszel? Hogy szinte hetek-hónapok alatt felnőttél, és rohamosan nőtt a tested? – pillantottam véletlenül ismét akaratlanul is a karcsú derekához képest méretes kebleire, amelyek mikor én utoljára láttam azt a kislányt, nyilvánvalóan még sehol sem voltak a jelenlegiekhez képest. Aztán inkább folytatni akartam a beszélgetést, és reméltem, hogy nem vette észre, ahogy állandóan odatéved a tekintetem a tépett, feszes ruhája alatt domboruló titkokra, amelyeket nem volt jogom bámulni, és legalábbis rendkívül udvariatlan dolognak minősült részemről. – Vagy inkább – folytattam – te teljesen valóságosnak érezve végigéltél itt tizenegy teljes évet? Azért is kérdezem, mert ha nagyon hamar nőttél fel, akkor te gyakorlatilag még csak gyerek vagy egy felnőtt nő testében. A második esetben viszont minden értelemben felnőtt vagy, csak más idősíkokban léteztünk, és ezért csökkent a korkülönbség, viszont akkor te ugyanúgy huszonnégyévnyi élménnyel, tudással és élettapasztalattal rendelkezel, mint bármilyen földi ember, még akkor is, ha nem ott nőttél fel.

– Nos, mint mondtam – úgy tűnt, nem vette észre, hogy állandóan bámulom, pontosabban nem látszott rajta, hogy zavarná –, itt nagyon másképp telik az idő. Hogy valóban megéltem-e tizenegy évet, és annyi tapasztalattal rendelkeznék, mint egy huszonéves? Bizonyos értelemben biztos, hogy igen, mert itt olyan szörnyűségeket láttam, hogy ilyen emlékekkel bárki felnőtté válna! Egy gyermeki elme nem bírná el a súlyukat. Olyankor az ember (még ha fiatal is) kénytelen idejekorán felnőni a helyzethez, hogy épelméjű maradhasson. – Valóban nagyon érett módon fejtette ki mindezt. Nem úgy hangzott, mintha egy gyerek próbálna meg „felnőtteset" játszani. – Más értelemben viszont mélyen, legbelül talán még mindig gyerek vagyok. Tudod, sok mindenből kimaradtam. Az egész kamaszkoromat egyedül éltem le. Igaz, akadnak itt emberi lények... már amennyire... de nem kommunikálhatok velük. Tehát önellátónak kellett lennem mindvégig. Másrészről pedig az egyedüllét miatt sok minden kimaradt az életemből, amiben minden normális kamasznak része van.

– Mint például a drogozás és az ivás? – kérdeztem rá elsőre arra, ami csak úgy eszembe jutott. Utólag belegondolva sértőnek tűnt, hogy miért pont ez ugrott be azonnal, de valahogy a kamaszokról én egyből erre asszociáltam... valószínűleg nem helyesen.

– Nem. Én a randevúzásra gondoltam – mosolyodott el a lány szomorúan. – Mivel az a rész teljesen kimaradt az életemből, így sem kamaszként, sem fiatal felnőttként nem volt még párkapcsolatom, sőt igazából... mivel gyerekként akkor ez még nem is foglalkoztatott... ezért alig tudok bármit is ezekről a dolgokról. Ezért se haragudj azért, hogy az előbb olyan szorosan megöleltelek, de nagyon örültem, hogy sikerült épségben átjutnod ide, annak is, hogy végre szólhatok valakihez, és hogy megölelhetek valakit, amit már tizenegy éve nem tettem ...akkor még a nagyszüleimmel. Igazából azt sem tudom, felnőttként illik-e ilyesmit csinálni... ölelgetni egymást meg ilyenek – tűnődött el egy pillanatra. – Nem sértettelek meg vele?

– Nem! – legyintettem rá. – Bárkit megölelhetsz, ha hálás vagy neki. Mármint ha nem lesz belőle bajod... – utaltam arra, amiről korábban beszélt, miszerint ezen a helyen senkivel sem állhat szóba.

– Akkor jó! – sóhajtott fel megkönnyebbülten. – Kérlek, nyugodtan szólj rám, ha túllépném a határt! A korom ellenére... akármennyi is legyen az a valóságban... én szociális értelemben még tényleg csak gyerek vagyok, aki azt sem tudja, mit csinál. Szóval nem akartam semmi *undi* dolgot csinálni, vagy ilyesmi.

– „Undi"? Na, akkor íme az első lecke a felnőttek világából: – mosolyodtam el. – Ezt a szót nem használjuk. Helyette inkább azt mondjuk, hogy „Nem akartam illetlenül viselkedni.", vagy merészebb esetben „Nem akartam kikezdeni veled.".

– „Kikezdeni"? Az meg mit jelent?

– Én ebbe most, ha lehet, nem mennék bele – vettem le ismét a szemem ezúttal a karcsú, teljesen fedetlen, rendkívül izmos oldaláról, ahol nem takarta el a testét a szakadt ruházata. – De majd később mesélhetek róla, ha tényleg akarod. Beszéljünk inkább arról, hogy mit tudtál meg erről a helyről, és hogyan fogunk elhúzni innen a búsba!

Felálltam – azóta, hogy megérkeztem ide, most először –, és körülnéztem. Tulajdonképpen semmit sem láttam magam körül, mert nap nem volt az égen, sem felhők. Felettünk nem is sárga, hanem már szinte fehéren vakító fény jött az égből, ami valamiért – nap ide vagy oda, de – képes lehetett hőt sugározni, felmelegíteni a levegőt, ugyanis rendkívül nagy volt a forróság.

A víztároló ebben a világban valamiért jóval szélesebb volt. Nem láttam le róla. Ekkor még nem tudtam, mi van alattunk. Körös-körül csak a tartály rozsdás tetejét láttam, és az eget, továbbá azt, hogy további két, hasonlóan nagy és széles víztároló áll a miénk mellett... azonban... meglepetésemre *nem olyan* elrendezésben, mint odaát!

– Te, Anne! Ezt mégis hogy képzelted?! – szóltam dühösen a lányra.

– Mire gondolsz? – rezzent össze, mint egy gyerek. Láttam rajta, hogy valóban nincs szokva sem a felnőttekkel történő, felnőttként való kommunikáláshoz (miszerint már nem kell minden emelt hangon feltett kérdést szidásnak vennie, mert joga van visszaszólni vagy akár érvelni ellene), sem abban nem volt még biztos, hogy nem fogom-e mégis lehajítani a tartályról, mint ahogy korábban említette.

– Anne, ezek a tartályok nem úgy helyezkednek el, mint az én világomban!

– *Nem?* – kérdezte gyermeki naivitással az arcán. Pedig tudtam, hogy ennyire azért nem butuska. Pontosan tudta, hogy miről beszélek.

– Ne csináld már! – szóltam rá újra. – Tudod jól, hiszen elmondtam a dobozon keresztül, hogy a Földön a tárolók háromszög alakzatban vannak elrendezve. Ezek pedig... ezek... *egymás mellett* állnak! És mi *valóban a középső* tetején állunk!

– És? – kérdezte reménykedve. Szerintem abban bízott, hogy nem tudom összekötni a vonalat „A" és „B" pont között, pedig azért nem voltam teljesen hülye.

– Anne, ne játszd a gyereket! Ennyire már tényleg nem lehetsz az! Te azt mondtad nekem, hogy ugorjak be a hátsó tartályba, ami az ajtóból nézve középsőnek tűnik. Itt viszont ezek *egymás mellett* állnak! Itt *valóban* a középső tartály az, amiből kihúztál. Tehát áruld már el, honnan a jóistenből tudtad, hogy melyikből húzz ki, ha egyszer a két helyen teljesen máshogy vannak elrendezve a tartályok! Miért mondtad nekem, hogy a hátsóba ugorjak? Mi van, ha rossz tárolóba vetettem volna bele magam? Akkor most megfulladva, felpuffadva lebegnék benne egy ház tetején, odahaza, a Földön úgy, hogy csak évek múlva találnának rám!

– Neeem, dehogy! – mentegetőzött. – Én *pontosan tudtam*, hogy ott a hátsó tartály lesz az, amibe ugranod kell, mindössze abban nem voltam biztos, hogy az itt melyiknek felel meg – felelte büszkén, szinte fel sem fogva, hogy mit ejtett ki épp a száján.

– Tessék?! Te nem tudtad, hogy amibe én ott beleugrottam, az itt melyik a háromból? Meghallhattam volna, te buta! – Erre a lánynak ismét eleredtek a könnyei. Nagyon elszokhatott attól, hogy emberekkel társalogjon, pláne úgy, hogy még szidalmazzák is közben. – Honnan tudtad, hogy melyikbe érkezem majd meg?

– Őszintén? – kérdezte könnyes szemmel, reménykedve abban, hogy ha bevallja, akkor nem kap több szidást.

– Azt megköszönném – mondtam kissé lehalkítva a hangom, kedvesebben, de azért továbbra is határozottan.

– Őszintén... fogalmam sem volt. Azt egyértelműen tudtam, hogy ott melyik az a víztároló, és azt is, hogy ezek azok a tárolók. Mármint ugyanaz mind a három, csak egy másik világban, de hogy melyik-melyik, arról gőzöm sem volt.

– Komolyan?! És csak úgy beleugrasztottál úgy, hogy abban sem voltál biztos, melyikből kell majd kihúznod?!

– Miért? Tényleg kihúztalak, vagy nem?

– Na jó, de *mikorra*? Tudod, mennyit szenvedtem odabent? Nekem egy örökkévalóságnak tűnt! Szinte beleőrültem! Nem vicc! Már magamban beszéltem, sőt néha mások beszéltek hozzám, és csak később jöttem rá, hogy *azokat is* mind én *mondtam*! Kezdett teljesen elmenni a józan eszem a fáradtságtól, a bezártságtól, a rettegéstől és a sötétségtől.

– Sajnálom...! – sírta el magát Anne, mert már nem bírta a számonkérés okozta stresszt. Pontosan annyira nem, mint egy tizenhárom éves kislány. – De akkor is kihúztalak! – állt fel aztán mégis megmutatva, hogy valahol azért akkor is felnőtt ember, és ez a tudat már kezd ébredezni benne.

– Megkérdezhetem, hogy mégis mi alapján? – kérdeztem teljesen értetlenül. – Feldobtál egy érmét, vagy mi?

– Itt nincsenek érmék. Nem. Tényleg nem is sejted a választ a kérdésedre?

– Nem!

– Pedig egyszerű! – mosolyodott el. – Kinyitottam *mindet* egymás után. Elég erős vagyok hozzá. Érezhetted is az előbb. Nem könnyű őket kinyitni, de nekem sikerült, és... – Itt egy pillanatra rájött, hogy veszélyes vizekre tévedt, aztán mégis kimondta: – ...az utolsóban végül meg is találtalak.

– Az „utolsóóóban"?! Bassza meg, így legyen ötösöm a lottón! – káromkodtam el magam már nem is neki, hanem csak úgy a világnak vagy túlvilágnak, akárhol is voltam éppen. – Így legyen ötösöm! Vagy inkább *így ne legyen soha!* Ezt a balszerencsét! Tehát ezért tartott ilyen sokáig, hogy kiszedj onnan! Mert előtte felmásztál a másik kettőre, és kinyitottad azokat a nehéz fedeleket is?

– Igen – mondta szemlesütve.

– Oké, vége. Befejeztem a kiabálást. Ami történt, megtörtént – láttam be. – Most már oly mindegy. De azért ez durva... akárhogy is nézzük. Gondolj bele: Ha elfáradtál volna a második a tartály kinyitásánál, és végül nem tudod kinyitni a megfelelőt, akkor én most *halott lennék.* Vagy egyszerűen csak nem lennék itt, hanem valahol egészen máshol.

– Talán – felelte. – Nem tudom. De végül is szerencsénk volt, vagy nem? – kérdezte reménykedve.

– Ja – mondtam nem igazán meggyőzően. – Bár én ezek után még egy hármas lottón sem játszanék soha az életben, ezt tegyük hozzá! Az egy kész rémálom volt, amit ott átéltem. Ezentúl nem bízom többé semmit a szerencsére, az biztos! És ha tudtam volna, hogy itt ilyesmi is közre játszik, akkor valószínűleg bele sem mentem volna az egészbe.

– Ne haragu-hu-húúdj! – zokogta magát el most már a lány, mert nem bírta még a hangnemet sem, amiben beszéltem hozzá. Pedig a végén a lottó témával már inkább csak hülyéskedtem, még ha szarkasztikusan is. *De ő lehet, hogy nem érti a szarkazmust* – jutott eszembe. *Túl fiatal még hozzá a gondolkodása.*

– Jól van, na! Nyugodj meg! – húztam önkéntelenül is magamhoz, és megöleltem. Nem úgy, ahogy ő engem az előbb, inkább csak úgy, mint egy gyereket, akit megsajnáltam. Ő erre megint belém csimpaszkodott, és úgy éreztem, majd' összeroppantja a bordáimat, olyan erővel szorított magához. A nyakamba fúrta a könnyes arcát, és úgy folytatta a sírást:

– Nem akartam semmi rosszat! Csak kijutni innen! Tudtam, hogy képes vagyok kinyitni az összes tartályt, és reménykedtem abban, hogy rögtön már az elsőben rád találok. Mi mást tehettem volna? *Te* mit tettél volna?

– Nem tudom. Komolyan nem – adtam neki igazat, és megpróbáltam kicsit lazítani a szorításán, de nem igazán sikerült levakarni magamról. Úgy tűnt, vagy én vagyok a napokig... vagy ki tudja, meddig tartó úszástól *ennyire* kimerülve, vagy neki van akkora ereje, mint egy kisebbfajta anyamedvének, amelynek okát el sem tudtam képzelni. Így hát mivel szabadulni amúgy sem voltam képes, én is visszaöleltem, hogy hátha akkor megnyugszik, és végre abbahagyja a bordáim ropogtatását. Ez, úgy tűnt, hatott, és máris enyhített a szorításán. – Mondd csak... – töröltem le néhány könnyet Anne gyönyörű, de meglehetősen piszkos arcáról, amelyen a cseppek most sötét csíkokat húztak lefelé, mintha egy bennszülött törzs harci arcfestését viselné. – Mitől vagy te ennyire erős? A Földön nemhogy egy huszonéves lány, de még egy korombeli férfinak sincs ekkora fizikai ereje.

– Nos... Mivel ha jól számoltad, hogy „tizenegy éve" élek itt, így több mint egy évtizedem volt arra, hogy eddzem magam. Általában ezt teszem. Tudod, itt tulajdonképpen semmi sincs. Majd mindjárt megmutatom, ha odasétálunk a peremhez, de készülj fel arra, hogy a látvány sokkoló lesz! Szóval itt bizonyos lényeken kívül nem nagyon találsz semmit. Vannak valamilyen épületeknek látszó izék, de szerintem azok vagy romok, vagy csak valamilyen természetes képződmények, amik teljesen lakhatatlanok. Tehát házak nincsenek, és boltok sincsenek. Itt valamiért senki sem éhes, nem alszanak, mert nem is álmosak. Ezáltal nincs is miért vásárolni, mert úgysem esznek, emiatt pedig nem is szoktak...

– Te jó ég! – szóltam közbe.

– Na, igen... – fintorgott a lány. – Tizenegy éve nem mentem ki mosdóba, hogy úgy mondjam. És nemcsak azért, mert sosem eszem, hanem fürödni sem tudtam sehol, mert itt... fogózkodj meg... víz sincs!

– Akkor ezért vagy ennyire koszos?

– Az vagyok? – kérdezte meglepődve, kissé talán még sértődötten is.

– Ne haragudj! Nem sértésnek szántam, de szinte fekete vagy a piszoktól. Annyira nem lehetsz lesülve, hogy ilyen sötét legyen a bőröd, ráadásul foltokban.

– Komolyan? – lepődött meg most már látványosan. – Én észre sem vettem. Látod, mennyire fura ez a hely? Annyira természetes, hogy nincs víz, és hogy nem fürdünk, hogy mindenki olyan, amilyen. De amúgy van egy jó oldala is a dolognak: Mivel nem eszel, nem iszol, nem jársz WC-re, ezért gondolom, nincs is... hogy is mondják? Tudod, az az izé!

– Mármint az „anyagcserére" gondolsz?

– Arra, igen! – mosolyodott el megkönnyebbülten, hogy értjük egymást.

– Ne haragudj, Anne, de az emberi test anyagcseréje általános iskolai tananyag biológiaórán. Tizenhárom év alatt komolyan sosem hallottál róla?

– Mindig is bukásra álltam bioszból – felelte sértődötten. – Utáltam. Hülyeség az egész! Tüdő, belek, mirigyek, meg olyan mindenféle nyálkás, véres izé. Gusztustalan! – fintorgott, mint egy gyerek. – Nem is beszélve a... – És itt elakadt a szava.

– A... – akadt meg nekem is a nyelvem egy pillanatra, mert nem voltam biztos abban, hogy erre gondol – nemi szervekre gondolsz?

– Fuj! *Kimondtad*! De undi vagy!

Te jóisten! – gondoltam magamban. – *Tényleg itt ragadtam, a túlvilágon egy gyerekkel, aki még a „hímvessző" szó orvosok által használt, legcizelláltabb verzióját is valószínűleg undorítónak gondolja. Hát, valóban van mit tanulnia az életről, ami azt illeti!*

– Anne! Felnőtt ember nem mond olyat, hogy „undi". Már mondtam. És a világon semmi gusztustalan nincs az emberi testben.

Egyik testrészünkben sem. Pláne azért nem, mert ha tudod, hogy mit mire használj, és hogyan, akkor valószínűleg nem fogsz például szívrohamot kapni harmincévesen, mert nem eszel majd összevissza úgy, mint egy ötéves, és nem is fogsz teherbe esni, mondjuk, tizenhét évesen. Bár azt a tipikus baklövést te szerencsére már megúsztad – molyosodtam el belegondolva, hogy még mi mindenről maradhatott le a kamaszkor kiesése miatt, ami által a sors nagyon sok kellemetlenségtől és veszélytől mentette meg.

– Rendben – ment bele –, akkor majd megpróbálom kerülni az „undi" szót, ha ennyire furán hangzik. Te viszont akkor ne beszélj nekem azokról az „n" betűs dolgokról, ha kérhetem. Azok u... – Azt akarta mondani, hogy „undik", de már tanult a korábbiakból, így hát elharapta a mondat végét.

– Oké. Nem emlegetem őket. Fuj! – mondtam ki én is mosolyogva. – De visszatérve az anyagcserére: Itt valóban még az sincs?

– Nem, mert ha jól emlékszem... ennyit azért megjegyeztem biológiából: Az izzadás is annak a része. Amiatt vagyunk szomjasak... részben... és mivel itt nem érzünk ilyesmit, gondolom, ez amiatt is van, hogy sosem izzadunk. Tehát még ha koszosnak is tűnök, akkor sem éreztem magamon ennyi év alatt semmilyen kellemetlen szagot.

– Értem. Akkor azért van valami előnye is ennek a helynek – mondtam egy enyhe mosolyt megeresztve. *Ugyanis tizenegy év alatt azért elég brutális szaga alakulhatott volna ki* – gondoltam magamban. – *Akár egy ketrecben élő anyatigrisnek! Ráadásul télen, amikor még ki sem engedik az állatokat a szabadba „szellőzni". Na, az durva lenne! Fuj!* – mondtam ki most én is már másodszor ezt a szót magamban, ahogy belegondoltam, milyen szagot éreztem volna, ha úgy ölel át. – Szóval akkor – mondtam Annének – itt nem alszunk, nem eszünk, nem iszunk, nem izzadunk, nem járkálunk öt percenként WC-re sem. Mondd csak, mit lehet akkor itt egyáltalán csinálni? Te mivel töltötted ezt a sok évet?

– Gyere velem! – indult el a tető pereme felé. – Megmutatom! Mindjárt te is meglátod. – Ahogy odaértem mellé, és lenéztem, máris folytatta: – *Bujkálással* töltöttem! Rettegéssel és meneküléssel. Részben ezekkel, részben pedig edzéssel unalmamban. Ha épp nem kergettek, vagy nem voltam életveszélyben, és el tudtam bújni hetekre vagy hónapokra, akkor többnyire edzettem magam. Nézz csak le! Szerintem te is látod, hogy kik ellen kellett megvédenem magam, és miért akarok mindenáron kijutni innen!

Tizenötödik fejezet:
Váróterem

Lenéztem, és egy olyan hely tárult a szemem elé, amihez hasonlót még fantáziafilmekben, sőt álmaimban sem láttam, vagy tudtam volna elképzelni. Az egész város vagy micsoda tulajdonképpen egy porral vagy homokszerű anyaggal borított, kopár pusztaságnak tűnt. Nem voltak rajta utcák, sem növények vagy állatok. A talajból itt-ott valóban kiemelkedtek egyfajta házaknak látszó, kisebb-nagyobb építmények, bár én is inkább képződményeknek neveztem volna őket. Nem tudtam elképzelni, hogy milyen célt szolgálnak.

Odalent, talajszinten sokféle teremtmény haladt erre-arra, de látszólag mind céltalanul. Némelyikük bambán ült a földön, és csak unottan meredt maga elé. Mások körbe-körbe járkáltak, mivel nem volt hová menniük, így talán rájöttek, hogy egyszerűbb, ha nem mennek sehová, hanem csak körbesétálnak, hogy valamivel elüssék az időt. Az is lehet, hogy beleőrültek a sokéves várakozásba – már amennyiben ők is olyan régóta, vagy még régebb óta voltak itt, mint Anne. Majdnem minden lény úgy nézett ki, amilyeneket a pokolban láttam: mint az „árnyemberek". Olyanok voltak, akár egy valódi teremtmény árnyékának elmosódott körvonalai. Egyik sem tűnt valódi, hús-vér élőlénynek, inkább talán csak szellemeknek. Megrökönyödve szembesültem azzal a ténnyel, hogy itt rajtunk kívül egyetlen hozzánk hasonló külsejű, *élő* teremtmény sincs. *Ezek mind holtak!* – állapítottam meg sokkos állapotban. *Vagy legalábbis holtak lelkei lehetnek.*

Némelyik valóságosabbnak tűnt. Azoknak kevésbé voltak elmosódott körvonalai, mások azonban valóban úgy néztek ki, mint néhány fekete füstgomolyag, amiknek még az alakját sem teljesen lehet kivenni, hogy micsodák.

A mozgásukból ítélve akadtak köztük emberek is... azaz egykori emberek. Ugyanis egynéhányuknak annak ellenére, hogy szinte csak árnyaknak tűntek, viszonylag kivehetőek voltak a korábbi arcvonásaik.

Aztán megláttam néhány rohanó lényt is, akiket jóval nagyobb, ormótlan valamik kergettek. Az űzött teremtmények fejvesztetten menekültek előlük. Nem tudtam megállapítani, hogy ez itt valamiféle unaloműző játék része, vagy valóban veszélyben van-e az itteni létezésük.

– Azok ott mit csinálnak? – kérdeztem Annét. – Miért futnak előlük?

– Ne nézz rájuk! – szólt rám rémülten. – Ne! Azonnal fordíts el a tekinteted!

Megtettem, amire kért, és inkább felé fordultam.

– Kikre gondolsz? A menekülőkre vagy az üldözőikre?

– Az üldözőkre! Azokra nem szabad! Sose nézz rá egy olyan teremtményre, Dallas! Hallasz engem?! – lépett oda hozzám, és fogta a két keze közé az arcom. – Ígérd meg, hogy nem nézel rájuk! Mert ha igen, akkor örökre elvesztelek!

– Hogyhogy? – kérdeztem értetlenül. – Mik azok a hatalmas lények?

– Én sem tudom. Amikor idekerültem, először azt hittem, hogy ördögök. De mivel a pokolban, amikor a lifttel odakerültem, már láttam ahhoz hasonló teremtményt, így rájöttem, hogy ezek valami egészen mások.

– Mit csinálnak? Miért üldözik azokat a szerencsétlen lelkeket?

– Pontosan azért, amit az előbb csináltál! *Mert rájuk néztek.* Ezért nem szabad.

– És mi van, ha utolérik őket? Olyankor mi történik?

– Nem „ha" hanem „amikor" utolérik őket, ugyanis mindig az a vége. Előlük nincs menekvés, Dallas! Ezért nem szabad rájuk nézni. Soha.

– Rendben. Mi történik olyankor?

– Megsemmisítik őket. Valahogy széttépik. Nem tudom. Mivel árnyakról beszélünk, ezért nehéz megmondani. És mivel én sem nézhetek rájuk, így csak periférikus látással mertem megfigyelni őket valamennyire, amiből nem sokat tudtam leszűrni. Szerintem széttépik a lelkeket, és onnantól már sehová sem mehetnek tovább. Sem a pokolba, sem a mennybe.

– És te hogyan húztad ki ennyi éven át úgy, hogy sosem kaptak el? – kérdeztem részben kissé hitetlenkedve, részben csodálattal.

– Úgy, hogy először is, nem nézek rájuk. Egyszer majdnem megtettem. Egy pillanatra ránéztem egyre, amikor idekerültem, és utána hónapokon át üldözött! Aztán már többen is követték. Életemben nem futottam, bujkáltam annyit, mint akkor. De örökre megtanultam, hogy ilyen ostobaságot ne tegyek többé.

– De az előbb nem azt mondtad, hogy „mindig az a vége, hogy utolérnek mindenkit"?

– Az árnyemberek, a lelkek esetében igen, de én nem vagyok az. Ők inkább csak emlékei, visszfényei egykori önmaguknak. Nem is teljesen léteznek, nem olyan értelmesek, mint egy ember, és pláne nem olyan gyorsak. Erejük sincs szinte egyáltalán. Én viszont amióta itt vagyok, edzem, képezem magam a legképtelenebb helyzetekre, mozdulatokra, vagy akár pillanatokra, amikor menekülni kell. Annyi helyet tudok, ahol el lehet bújni – mutatott végig a kopár pusztaságon, ahol látszólag nem is volt hová –, hogy azt elképzelni sem tudod! Engem akkor még utolértek volna, ezért hónapokig rejtőzködtem. Manapság már nem nagyon menne nekik. Gyorsabb vagyok. Szerintem nemcsak náluk, de *bármilyen* földi embernél.

– *Komolyan* mondod?

– Majd megmutatom, ha alkalom kínálkozik rá – bólintott a lány.

– Rendben. És mondd csak, azonkívül, hogy ezek az árnyak összevissza kóborolnak, ücsörögnek és néha széttépik őket azok a vadak, tulajdonképpen mit csinál itt mindenki?

– Itt? A világon semmit. Szó szerint. Ezért az évek alatt el is neveztem ezt a helyet „Váróteremnek". Szerintem azért kerülnek ide az árnyemberek, akik közül egyébként nem mindenki rossz vagy pokolra való, hogy átkerüljenek egy másik helyre, ahová egy felsőbb erő hívja őket.

– Ez lehet akkor a purgatórium – gondolkodtam hangosan.

– A mi?

– Még nem hallottál róla? A Bibliában írnak erről. Oda kerülnek a lelkek megtisztulni, mielőtt továbbmennek. Tisztítótűz által szabadulnak meg a bűneiktől, hogy bűntelenül járulhassanak az Úr színe elé. Az „éghajlat" is stimmel... vagy mi a fene ez, ami itt van. A purgatórium forró. Nem csoda, hogy ez egy kietlen sivatag. Végül is mi más lehetne?

– Dallas, itt nem tisztul meg senki! Nem hinném, hogy ez az a hely, amiről olvastál. Sajnos én nem ismerem azt a részt a Bibliából. Jártam hittanra, de odáig szerintem még nem jutottunk el. Viszont a leírásod alapján annak a helynek a Szentírás szerint valamilyen fontos szerepe, célja van.

– Ahogy mondod – bólintottam.

– *Ennek* viszont nincs. Ezt hidd el nekem! Ezért hívom Váróteremnek. Itt mindenki csak vár. És senki sem megy a mennybe. Előbb-utóbb mindegyik ránéz valamelyik bestiára, és akkor üldözőbe veszik. Onnantól pedig megvannak számlálva a perceik. Itt nem ég vagy lángol senki azért, hogy jobb ember legyen. Itt *csak várnak*... aztán ránéznek valamelyik dögre... és azok széttépik őket. Van, aki évek óta itt van. Ők sem jutottak tovább soha egy szebb világba. Ezért is hittem eleinte, hogy ez *is* a pokol, mert ahogy látom, innen nincs semmilyen jobb helyre vezető kiút, akármilyen is vagy, és akármit is teszel itt.

– Értem – feleltem tömören, mert nem igazán tudtam hozzászólni a témához. Ilyen helyről sosem hallottam vagy olvastam. – Akkor ez – találgattam – nem a mennynek, hanem inkább a pokolnak lehet az előszobája: egy köztes világ, ahol céltalanul, akár az örökkévalóságig rostokolsz. Egyébként a pokolról is ezt mondják, csak megjegyezném, hogy valami ilyesmi a lényege. Szóval ez egy hely, ahol tétlenül várakozol, de azt sem tudod, mire, aztán széttépnek. Talán akkor kerülnek végleg a pokolra – gondolkoztam hangosan. – De te nem kerülhetsz oda! – jutott eszembe. – Hiszen amikor idekerültél, csak egy ártatlan gyerek voltál. És szerintem lélekben a mai napig az vagy. Lehet, hogy nemcsak a gyorsaságod miatt nem érnek utol, hanem nem is nyúlhatnának hozzád, mert te nem vagy odavaló. Ez még nem jutott eszedbe?

– Hogy őszinte legyek, nem. De szerintem nagyon is el akartak kapni. Hidd el, eléggé elszántan üldöztek, kerestek hónapokon át. Nem úgy tűnt, mintha ne érdekelném őket. Még ha szét talán nem is téptek volna a te elméleted szerint, de az biztos, hogy megkínoztak, megszaggattak volna, lehet, hogy meg is ölnek, vagy csak ott hagynak, hogy belehaljak a sérüléseimbe. Úgyhogy jó okkal menekültem előlük.

– Azt mondod, ma már képes vagy lefutni őket? Gyorsabb vagy náluk?

– A legtöbbjüknél igen.

– Az nem semmi! Kivételes lány vagy! – dicsértem meg. – Más szerintem nem élt volna meg itt ennyi éven át, pláne nem ép elmével. És te nemcsak túlélted, de még fejlődtél is, és olyan fürge vagy, mint egy olimpiai sportoló, hacsak nem még gyorsabb.

– *Nem ez* az egyetlen trükköm – mosolygott rám Anne hamiskásan.

– Komolyan? Mesélj!

– Tudod... – kezdte kissé szégyenkezve, bizonytalanul amiatt, hogy vajon hogyan fogok reagálni a témára.

– Mi az? Mire gondolsz?

– A karomra.

– Mi van vele? Nagyon izmos, kidolgozott. Nő létedre. Nem semmi! – mondtam elképedve, ahogy megfeszítette, hogy megmutassa.

– Arra gondolok, amitől a tartályban megijedtél.

És ekkor jutott eszembe: *A pókláb! Vagy csáp, vagy tudom is én, mi, amit lenyújtott hozzám, hogy elérjen. Akkor tehát mégsem csak illúzió volt? Az valóban megtörtént volna?!*

– Nem mondod komolyan, hogy az a valóban megtörtént! Az a *te karod* volt? *Az?*

– Igen, de mondom, ne ijedj meg emiatt! Ez csak valami fura mellékhatása annak, hogy itt élek, és hogy belőlem csak egy van. Nyilván nem itt lenne a helyem, ezért olyan dolgok mennek végbe a... Hogy is mondtad? ...az *anyagcserémben*, amik a Földön teljesen ellentmondanának a fizika törvényeinek.

– Oké, mondjuk úgy, hogy elhiszem és elfogadom – mondtam még mindig beleborzongva az emlékbe. Reméltem, hogy ő ezt nem vette rajtam észre. – Elmagyaráznád akkor, hogy mit láttam? Miért volt olyan a karod?

– A válasz egyszerű – mondta Anne vidáman. Büszkének tűnt a „képességére", már ha valóban adottság volt. – Meg tudom nyújtani magam!

***

– Midet tudod megnyújtani? – kérdeztem több másodperces, sokkos állapotban történő, dermedt magam elé bámulás után.

– Majdhogynem bármimet. Úgy kezdődött, hogy amikor több hónapig rejtőzködtem, megkerültem az egyik ilyen épületnek látszó valamit, és bejáratot kerestem rajta, hogy hátha elbújhatok benne. Volt rajta egy kilincsnek tűnő kacs, inda vagy micsoda. Megragadtam, és húztam, rángatni kezdtem. Sajnos nem ajtó volt, mert nem nyílt ki, azonban az egyre erősebb, kétségbeesett húzásnak nem az lett a következménye, ami várható lett volna, hanem valami egészen más: Nem nyílt ki semmi, nem is tört le az a növényágszerű fogantyú, sőt az építmény vagy képződmény sem omlott össze. Helyette az *én karom* kezdett el *megnyúlni*! Hidd el, én is halálra rémültem a látványától. Azt hittem, hogy hallucinálok, vagy hogy eltört minden ízületem, és már csak a bőröm tartja össze a karomat. Fájt is. De utána, amikor azonnal elengedtem, a fájós végtag szépen, lassan visszahúzódott normálhosszúságúra. És az a fura, hogy később sem látszott rajta sérülés, sőt ha már az anyagcserénél tartunk: *izomlázam* lett tőle! Ez azért nagyon fura, nem?

– Ez *olyannyira* fura, hogy ehhez képest egy hasbeszélő tengericsillag élete unalmas történet lenne. Folytasd! – kértem megdöbbenve, de némileg kevésbé félve a korábban látottaktól, és most már nagyon kíváncsi voltam a folytatásra. – Mihez kezdtél ezzel az egésszel?

– Na, vajon mit? Hát, ráedzettem! – mondta büszkén.

– Mire? Hogyan?

– A nyújtásra! Mivel izomlázat kaptam tőle, ezért megértettem, hogy csak megerőltető így megnyúlni ebben a világban, azonban nem árt, sőt erősebb leszel tőle, és később még hosszabbra ki tudsz nyúlni, ha gyakorlod.

– Te jó ég! – masszíroztam a homlokomat kissé aggódva érte, hogy vajon mit tett magával. Én nem voltam abban biztos, hogy ez a dolog valóban veszélytelen lenne az egészségére nézve. – És még midet tudod ilyen módon megnyújtani?

– A lábaimat is. Ugye megmondtam, hogy nem a gyorsaság az egyetlen trükköm? – nevetett fel halkan, hogy odalent ne hallják meg. – Most képzelj el egy maratoni futót, aki kétméteres lábakon fut ugyanazzal a lendülettel! Szerinted azt ki érné utol?

– Te itt ilyeneket csinálsz?! – Kezdtem kissé úgy érezni magam, mint egy horrorfilmben, ahol a legjobb barátom maga a szörny, akitől mindenki fél, de engem valamiért nem bánt. – Úgy futsz itt ide-oda, mint egy... egy... *sáska*?!

– Miért, azok hogyan futnak? – kérdezte még mindig nevetve.

– Mi tudom én! Lehet, hogy csak repülni szoktak, de akkor is hatalmas, izmos, hosszú lábuk van!

– Hát, ha tudnak futni, akkor igen, a hasonlat valóban nem rossz.

– Figyelj, Anne, értem én ám a viccet. Tudod, én is voltam huszonéves, de most ugye csak hülyítesz ezzel az egésszel? Ugye nem gondolod, hogy ezt valóban el fogom hinni?

– De hát *láttad* a karomat, vagy nem?

Ó, te jó ég, bár ne láttam volna! – jutott eszembe. Elképzeltem, milyen lehet *úgy a lába*, vagy akár az *egész teste. Jesszus!*

– De ugye legalább az arcod és a fejed olyankor nem nyúlik meg? Mondd, hogy nem! Kérlek! Az már tényleg borzalmas lenne!

– Nem, azt hiszem, az nem szokott. Végül is azzal sem messzire nyúlni nem tudnék, sem gyorsabban futni. Szerintem az olyankor is normális marad. Viszont a *nyelvem*...! – Majd rám nézett, és még hangosabban kezdett el nevetni. – Ha látnád most magad!

– Csak hülyéskedtél?

– Persze! A nyelvemet nem nyújtogatom, mint egy kígyó! – kacagott tovább. – Miért tenném? Mondtam, hogy itt nincs mit enni. Semmire sem lenne jó, ha csapkodnék vele, mint egy félőrült béka.

– Akkor hát a többi is csak vicc volt, ugye? – kérdeztem megkönnyebbülten elmosolyodva.

– Nem, az mind igaz – jelentette ki számomra megrázó módon. – Tényleg úgy futok, mint a sáska, és olyan hosszú a karom, mint egy gyilkos póknak! – nézett rám gonoszul vigyorogva.

Fura egy humora van ennek a lánynak – állapítottam meg magamban.

– Szóval komolyra fordítva a szót – folytatta Anne –, azokkal kapcsolatban nem vicceltem. – Valószínűleg meglátta rajtam, hogy kissé megijesztett és elbizonytalanított. Úgy tűnt, nem szerette volna, hogy félni kezdjek tőle.

– Nos, remélem, hogy ezek a képességek, még ha itt hasznosak is, de ha visszamegyünk a mi világunkba, akkor majd el fognak tűnni, mert ha ott rohangálnál pók-sáskaként, akkor szerintem elég hamar elkapnának, és nem igazán bánnának veled kesztyűs kézzel – mondtam félig mosolyogva, félig aggódva. – Üldöznének!

– Kik? Orvosok a pszichiátriáról? – mosolygott Anne.

– Nem, én a *hadseregre* gondoltam. Szerintem elfognának, és kísérleteznének rajtad, hogy milyen okból vagy erre képes. Fegyvernek akarnák használni mindazt, amit itt kifejlesztettél, még akkor is, ha nem tudnák kideríteni, hogy hogyan csinálod.

– Ó... – nyögte a lány lehervadt mosollyal. – Akkor viszont nem használnám őket, és kész. Nem muszáj. Csak akkor működik, ha én úgy akarom.

– De vajon a Földön is úgy lenne? Csak akkor aktiválódna ez a dolog, ha akarod? Sosem látná rajtad senki? – Erre már nem válaszolt, csak riadtan meredt rám. – Jó, jó, ne aggódj! – nyugtattam meg. – Én is csak találgatok. Szerintem se látnák rajtad. Én sem tapasztalok most semmi rendelleneset. Biztos vagyok abban, hogy uralni tudnád a dolgot, már ha nem múlna el rögtön, abban a pillanatban, hogy a Földre érkezünk – hitegettem, mert az igazat megvallva, én ebben nem voltam olyan biztos.

– Hát, remélem, igazad van! – mondta ezúttal sokkal kevésbé vidáman, mint az utóbbi percekben. – De ha már a Földről beszélünk... Mondd csak, Dallas, neked van valami terved arra, hogy hogyan juthatnánk ki innen? Már azok alapján, amiket eddig elmondtam. Mert amúgy ennél sokkal többet nem nagyon lehet tudni erről a helyről, ahogy pár perc alatt össze tudtam róla foglalni mindent, még ha ez abszurdan is hangzik. Elég kevés itt a lehetőség. Szóval van valami ötleted?

– Persze hogy van! – mondtam mosolyogva, ami úgy láttam, nagyon meglepte. – Ha nem lenne tervem, eleve ide sem jöttem volna. A lifttel is hazataláltam, vagy nem? ...Jaj, ne haragudj! – jutott eszembe, hogy neki viszont ez nem sikerült, és itt ragadt.

– Semmi gond! A lényeg, hogy együtt kijussunk. Te ebben sokkal jobb vagy. Abból is látszik, hogy már előre gondolkoztál ezen. Úgyhogy ki vele! Hogyan akarsz kiszabadulni? – kérdezte türelmetlenül.

– A válasz igen egyszerű – tartottam fel a mutatóujjam. – A lifttel is működött az út oda-vissza. Akkor viszont a tartállyal is menni fog! Ráadásul most már azt is tudjuk... khm...! – néztem ezen a ponton kissé megrovóan Annéra. – Most már azt is tudjuk, hogy melyik tartály melyiknek felel meg odaát. Tehát abba ugrunk bele, amiből kihúztál engem. Nem is értem, hogy ez neked eddig miért nem jutott eszedbe. Miért nem? Hiszen tudtad, hogy ez egy átjáró. Megpróbálhattad volna te magad is az utazást. Miért hívtál ide engem? Elég lett volna megkérned arra, hogy nyissam ki odaát a fedelet, és itt beleugranod. Mi az oka, hogy nem próbáltad meg?

– Attól tartottam, hogy nem nyitná ki nekem senki. Tudtam azonban, hogy te vagy olyan bátor, hogy leszállj akár a pokolba is azért, akit szeretsz és aki miatt aggódsz, így biztos voltam abban, hogy ha rá tudlak venni, akkor eljössz. És akkor vissza is jutunk talán. De abban nem lehettem biztos, hogy ha én mennék oda egyedül, akkor kinyitnád-e. Hogy ki mernéd-e. Vagy hogy elhinnéd-e, hogy én vagyok benne azok után, hogy azt mondták neked: sosem léteztem. Továbbá azt sem tudtam, hogy velem ellentétben *neked* lenne-e elég erőd ahhoz, hogy mindhárom tartályt végignyitogasd, ha az elsőben nem találsz meg. Ráadásul én sem voltam meggyőződve arról, hogy a Földön is ilyen erős lennék, vagy meg tudnék nyúlni, tehát még ha fel is értem volna belülről a fedélig, akkor sem garantált, hogy lett volna elég erőm feltolni. Szóval féltem. Egyedül nekivágni mindenképp. Aztán amikor kapcsolatba léptél velem a szellemdobozon keresztül, onnantól már attól tartottam, hogy akármit is mondok, talán sosem hiszed azt, hogy Mary lennék, rólam pedig konkrétan azt hitted ugye, hogy nem létezem. Ezért *nekem* szerintem ki sem nyitottad volna. Kinek? Egy pokolbeli démonnak, árnyembernek, aki annak az Anne nevű lánynak adja ki magát, aki „Mary" szerint amúgy is csak kitaláció volt? Végül ott végeztem volna holtan, megfulladva a tartályban. De most már láthatod, hogy én vagyok az. Mármint nem Mary, hanem egy valódi ember, aki nem érdemelte meg, hogy idekerüljön. Most már biztos, hogy segítesz. Mármint ugye segítesz? – kérdezte elbizonytalanodva.

– Persze. Ezért jöttem. És mint mondtam, van is tervem arra, hogy hogyan jussunk ki.

– Igen ezt említetted, bár én kétlem, hogy ketten beleugorva működne ez a dolog, és ne végeznénk holtan odabent.

– Miért?

– Mert egyikünknek a túlsó oldalon kellene lenni, hogy kinyissa, nem? Ha együtt ugrunk, akkor ki fogja kinyitni? Erre gondoltál már, Dallas? Kérlek, mondd, hogy igen, mert bevallom, nekem is volt eredetileg egy tervem, de az ennél sokkal veszélyesebb.

– Persze hogy gondoltam rá. Tettem *bizonyos* előkészületeket... – mondtam büszkén.

– Miféléket?

– Írtam egy barátomnak, tudod, Frank Wellernek, aki a szellemdobozt készítette, hogy két nappal azután, hogy beleugrom, nyissa fel a fedelet, és engedjen ki. Így ha végül mégsem jutok át, akkor talán még túléltem volna úgy is. És ha ketten jutunk vissza, akkor is ő fog megmenteni minket. Kettő napunk van tehát arra, hogy visszatérjünk!

– Ne, viccelj, ez nagyon naiv ötlet volt! – képedt el a lány.

– Miért? – lepődtem meg.

– Mert ha egy barátodnak olyan levelet küldesz, hogy öngyilkos akarsz lenni, és két nap múlva halásszon ki valahonnan, akkor szerinted majd ki fogja várni a két napot a karosszékben ücsörögve, és utána szépen, lassan elmegy érted? Egy frászt! Ez nagy hiba volt, Dallas! Ahogy elküldted neki azt a levelet, azonnal rohant is, hogy kimentsen. Már ha valóban olyan jó ember, és aggódik érted, mint gondolod. Szóval Frank rég kinyitotta a tartályt, és konstatálta, hogy üres. Valószínűleg úgy vélte, hogy csak megviccelted, vagy ha nem, akkor képes voltál egyedül kimászni belőle, és azóta talán kórházban vagy. Lehet, hogy jelenleg is keresi, melyikben fekszel az intenzíven... vagy esetleg pszichiátrián.

– Jaj, dehogy! – emeltem fel a kezem csitítólag. – Nem tudott azonnal értem menni.

– Miért?

– Mert nem *azonnal* küldtem el neki a levelet, hanem két nappal később.

– „Két nappal később"?! Honnan?! – nézett rám Anne úgy, mint ha elment volna az eszem. – A jövőből küldted neki?

– Dehogy! Egyszerűen csak úgy küldtem az e-mailt, hogy a rendszer két nap múlva kézbesítse. Előre beidőzítettem. Nem tudott odamenni idejekorán, mert két napig hallani sem fog az egészről.

– Hogyan „időzítetted" az e-mailt? Ezt nem értem.

– Jaj, Anne! Ne mondd már, hogy nem hallottál ilyesmiről! Értem, hogy tizenegy éve vagy itt, de a Földről csak pár hónapja tűntél el. A kamaszok is e-maileznek. Sosem küldtél még időzített e-mailt?

– Nem. Nem tudom, hogyan kell.

– Ja, értem. Amúgy nem bonyolult. Csak az üzenet megírása után beállítod, hogy mikor küldje el, és annyi.

– Aha... – mondta a lány töprengve. – Ez amúgy nem *lett* volna rossz ötlet, azonban sajnálattal közlöm, hogy *akkor sem* fog működni.

– Miért?! – kérdeztem ijedten. – Ne csináld már! Én az egész tervemet erre alapoztam! Hogyhogy nem fog működni?

– Hát, az időeltolódás miatt! Dallas, ami neked pár hónap volt, az nekem tizenegy évembe került. Mióta is vagy itt? Több órája is lehet már, nem? Bár itt nincsenek órák, de nekem kb. annyinak tűnik. Nos, az a több óra elképzelhető, hogy a Földön mindössze pár perc volt, azonban fogalmunk sincs, hogy pontosan mennyi. Tehát nem tudhatjuk, hogy Frank mikor fog a tartályhoz érkezni. Egy: Ha jóval előbb megy oda, mint amikorra mi az indulást tervezzük, akkor talán nem várja ki a megérkezésünket, és elmegy, mert azt gondolja majd, hogy egyszerűen eltűntél, aminek még az okát sem fogja tudni. Kettő: Ha viszont a két világ között valamiért annyira eltérne az idő múlása, hogy a barátod csak nagy késéssel ér oda, akkorra mi már meghalunk, mert nem lennénk képesek akár hetekig életben maradni odabent. Úgyhogy sajnálom, Dallas, de ez az ötleted annyiféleképpen sülhet el rosszul, hogy egyáltalán nem biztonságos. Alig van arra esély, hogy Weller időben ki tudjon menteni minket onnan. Szerintem ha ezek tudatában beleugrunk a tartályba, valószínűleg halálunkat leljük benne.

– Úristen! – kaptam a fejemhez. – Ezekre valóban nem gondoltam.

– Mindegy! – legyintett Anne. – Ne aggódj miatta! Mint mondtam, nekem is van egy tervem, mindig is volt, de egyedül nem tudtam kivitelezni.

– És mi lenne az? – csillant fel a szemem.

– Emlékszel, amit a liftről mondtál? Ha egyik irányba működött, akkor visszafelé is működnie kell, nem igaz?

– Nem értem, mire akarsz ezzel kilyukadni.

– Mire, mire, te lángész! A liftre! Nem most mondtam?

– De hát Mary az állította, hogy azt az átjárót lezárták a túloldalról!

– Az lehet, de *az a Mary* másban sem mondott igazat.

– Igazad van – bólintottam bizonytalanul. – De amúgy... hol találsz itt liftet? Egy elcseszett sivatagban, a Naprendszer túloldalán?

– Nem is hinnéd, hogy milyen közel van – mosolygott Anne hamiskásan.

– Tessék?! Hol?! Ezek itt, már ha nem hülyültem meg, és jól látok, akkor csak három tartály a sivatagban. Én nem látok alattuk tízemeletes panelházat. Hová lett alóluk a lift meg a ház?

– Nem alattuk van, hanem innen nem messze, egy másik helyen. Egy épületképződmény oldalába ágyazódva van az ajtaja.

– Úgy érted, hogy itt található, ezen a világon?

– Pontosan!

– Akkor ezek szerint Mary tényleg csak hazudta, hogy átjárhatatlan? Valójában semmi baja, és bármikor beszállhatunk?

– Nem, nem, Dallas! Azért teljesen nem hazudott róla. Én sem mondanám, hogy „átjárható”. Valóban lezárták, ahogy mondta. De nem a pokolban, hanem itt, ezen a helyen. Meg is tudom mutatni. Tényleg nem működött volna, és én sem tudok rajta egyedül visszamenni, de együtt talán sikerülhet.

– Hogyan zárták le? És mit kellene pontosan tennem? Mit vársz tőlem?

– Tulajdonképpen nem zárták le fizikailag láncokkal, vagy ilyesmi, hanem őrzik: azok a monstrumok, amik széttépik a lelkeket üldözés közben. Én nem tudok elbánni velük – mondta Anne –, csak legfeljebb lehagyni őket futásban.

– És én szerinted majd elbánok velük, vagy mi?

– Természetesen nem. És nem is lesz rá szükség. De időbe telik, amíg elhívod a liftet gyakorlatilag a túlvilágról, azaz a Földről. Az a tervem, hogy én elcsalom az őröket. Mivel gyorsabb vagyok náluk, így nem fognak tudni elkapni. Te pedig addig elhívod a liftet. Én abban a pillanatban, amikor a felvonó ideér, visszajövök, és együtt beszállunk, aztán beütöd a kombinációt, ugyanis én még azt sem ismerem. Ezért sem tudtam volna használni, még akkor sem, ha nem őrzik. Szóval szerintem ez az egyetlen esélyünk.

– Talán – ráncoltam a homlokomat aggódva. – Ha valóban el tudod csalni őket, *valóban* utánad is ered mindegyik kivétel nélkül, *valóban* megjön a lift, ha hívom, és *ha* működik egyáltalán, továbbá *ha* egy darabban térsz vissza, ráadásul *még előttük* úgy, hogy nem fognak velünk együtt ők is beszállni! Nem gondolod, hogy kissé sok itt a „valóban” és a „ha”?

– De. Viszont a tizenegy év is „sok" volt, amit itt töltöttem, és inkább próbálom meg ezt, mint hogy itt haljak meg öregségben. Mert attól még, hogy jelenleg el tudok futni előlük, én is öregszem. Hetvenévesen már nem fogom tudni lerázni őket. Előbb-utóbb elkapnak. Muszáj kijutnom. Tudom, hogy kockázatos, de a lifttel legalább kijuthatunk, és nem kell hozzá más, csak mi ketten. A tartályhoz viszont kellene valaki a túloldalon, aki kinyitja, márpedig Frank barátod fogalmunk sincs, hogy mikor nyitná ki, mert a két világban az idő teljesen másképp telik.

– Értem. Egyébként ha te mindkét átjáróról tudsz, akkor más hasonlókról nem hallottál esetleg?

– De. Többről is. Ám azok még veszélyesebbek. Van egy szintén nem messze, egy futóhomokos területen, amiben simán el lehet süllyedni és megfulladni. Az az, amit korábban említettem, ami közvetlenül a tengerbe vezet, de egy olyan helyre, a víz alatt, amiről azt sem tudjuk, hol van. Csak egyik fulladásos halálból a másikba kerülnénk általa. Annak semmi értelme.

– Más átjáró nincs?

– Még egyről tudok ezeken kívül. Az viszont a levegőben van, és mivel egyikünk sem tud repülni, így sosem érnénk el. Nem tudom, hogy az hová vezethet. Talán szintén a levegőben lépnénk ki belőle, akár ezer méterrel a Föld felett. Ha ott bukkannánk ki a másik világban, akkor lezuhanva szörnyet halnánk. Tehát teljességgel kizárt, hogy az használható legyen. Vagy a tartály, vagy a lift! Más nincs.

– Lehet még akár több átjáró is?

– Szerintem... *az összes* itt van.

– Tessék? Ne viccelj! Nem azt mondtad a szellemdobozon át, hogy a világon sok ilyen átjáró van? Úgy értem: *szerte* a világon. És mindegyiknek *pont itt* van a kijárata?

– Valamiért igen. De ennek én sem tudom az okát.

– Ez akkor is abszurd.

– Miért?

– Mert ez a hely akkorának tűnik, mint egy kisváros. A Föld minden átjáróját ide sűrítették össze? Egyetlen pici területre?

– Igen, mert szerintem ez a hely kimondottan ezért létezik. Ez a Váróterem. Minden átjáró ide vezet. Még akkor is, ha ez a Földhöz képest nagyon apró terület. Sőt, nem is hinnéd, hogy *mennyire* kicsi.

– Van róla fogalmad, hogy mekkora? Te tudod? De még mielőtt válaszolnál, kérlek, áruld már el, hogy az átjárókról honnan tudsz! Ne mondd, hogy csak úgy rájuk találtál!

– Nem. Egyszer egy árnyember súgta meg. Ő felismerte bennem az élő, emberi lényt, és megértette, hogy nem itt van a helyem. Valamiért segíteni akart, hogy kijussak innen. Ő mondta el, hogy melyiket hol találom.

– És most hol van ez a barátod? – kérdeztem.

– Rájöttek, hogy beszélt velem. Azóta tudom, hogy tilos bárkivel is szóba állni itt...

– Miért, mi történt?

– Széttépték az őrök őt is. Pedig soha nem nézett rájuk. Ő annál okosabb volt.

– Értem. Sajnálom! És azt honnan tudod, hogy mekkora ez a terület, dimenzió, bolygó vagy akármi?

– Onnan, hogy... ez most lehet, hogy hihetetlenül fog hangzani... de *bejártam az egészet.*

– Az egészet?! Az meg hogyan lehetséges?

– Még az elején, amikor rájöttem, hogy meg tudom nyújtani a lábaimat, és nagyobbakat tudok lépni, ezáltal pedig jóval gyorsabban futni, akkor egyszer megint üldözőbe vettek. Én rohanni kezdtem. De elég gyorsan magam mögött hagytam őket. Viszont már annyira elegem volt ebből az egészből, hogy miután messze elmaradtak mögöttem, nem álltam meg. Csak futottam és futottam. Mivel itt nincs nap, hanem a fény minden irányból árad, így nincsenek egyértelmű árnyékok sem, égtájak úgyszintén nem léteznek. Moha sem nő a fák oldalán, ami alapján megítélhetnéd, merre van észak, mivel itt nem nőnek növények. Tehát nincs mi alapján tájékozódni. Ám futás közben folyamatosan néztem magam mögé, hogy még követnek-e, és figyeltem, hogy a lábnyomaim a porban egyenesen vezessenek, és ne kanyarodjak el semmilyen irányba. Tehát végig innen elfelé futottam, mert reméltem, hogy máshol, valahol, innen messze talán jobb lesz.

– És láttál valamilyen más tájat? Bármit, ami élhetőbb az itteninél?

– Nem. Mindenhol ez van. Olyan mintha nem is futnál, nem is haladnál, vagy mintha a táj ismétlődne. Mindenhol ugyanazt látod, csak van, ahol kevesebb árnyemberrel és őrrel találkozol. De a táj ugyanolyan.

– Tehát ezért döntöttél úgy, hogy végül visszafordulsz? Mert máshol sem jobb?

– Dehogy! Eszem ágában sem volt visszafordulni! Én csak futottam és futottam egyenesen el innen. Nem adtam fel.

– Akkor hogy a csudába kerültél végül vissza?

– Na, ez az a rész, amit nehezen fogsz elhinni.

– Tégy próbára!

– Oké! Szóval pár napos... vagy talán hetes(?) futás után egyszer csak ismerős helyet pillantottam meg magam előtt.

– Komolyan? Csak nem a Földet? Megláttad a távolban?! – kérdeztem reménykedve.

– Dehogy! Bár úgy lett volna! Nem, nem a Földre bukkantam rá, hanem futás közben észrevettem, hogy *ugyanide érkeztem vissza!* Egyszerűen körbefutottam az egész átkozott... nem tudom, mit. Bolygót? Dimenziót? Létsíkot? Még a mai napig sem értem az egészet, de én végig egyenesen futottam, és egyszer csak visszaértem ugyanide! Körbefutottam az egészet!

– Az lehetetlen! Annyira kicsi bolygó nem létezik. Ha pár nap vagy hét alatt körbejártad, akkor az egésznek a kerülete csak kb. harminc-negyven kilométer lehet. Az nem is bolygó, hanem csak egy... *hegyméretű* golyó a semmi közepén!

– Én sem állítottam, hogy ez bolygó lenne. Viszont a Földhöz hasonlóan mégis sima és kerek lehet, ahogy mondod, mert semerre sem láttam hegyeket vagy völgyeket. Mindent ez a homokszerű por borít, amit látsz, és mindenhol sík, kopár pusztaság van. Szerintem valóban gömb alakú, még akkor is, ha ennyire kicsi.

– Olyan, mint egy mesterséges börtönbolygó – tűnődtem el.

– Ahogy mondod. De ez nem mesterséges. Azaz nem emberi kéz alkotta. Ez valami egészen más.

– Tehát nincs kiút – szögeztem le. – Bárhová is mennénk, mindenhol ugyanezt fogjuk találni?

– Így van.

– Akkor viszont el kell tűnnünk innen! Bármi áron! Neked van igazad! Akár olyan áron is, hogy minket is széttépnek. Én sem akarok itt megöregedni és meghalni ezen a *szargalacsinon,* ahol egész nap menekülni kell, bujkálni, és még mi ketten sem szólhatunk egymáshoz.

– Látom, már kezded kapiskálni – mosolyodott el Anne szomorúan –, hogy milyen itt az élet, és mi vár ránk, ha örökre itt ragadunk...

– Mikor akarsz indulni? – vágtam szinte a szavába, mert annyira türelmetlenné váltam. – Mármint a lifthez.

– Ja, hát, nem tudom. Mint mondtam, itt nem kell aludni, nem eszünk, nem fáradunk el. Igazából minden perc ugyanolyan, mint az előző. Igazából várhatunk valamennyit, ha rá akarsz készülni. Vagy beilleszkedhetnél olyan értelemben, hogy megtanítanálak rá, hogyan maradhatsz itt akár éveken át életben.

– *Éveken át?* Te meg miről beszélsz? Nem ettem meszet! Én *most azonnal* el akarok tűnni innen! Nem viccelek.

– Komolyan mondod? Hát, te aztán nem sokat vacakolsz! Nem vagy egy időhúzó, halogató típus – dicsért meg Anne.

– Ha az lennék – mosolyodtam el –, akkor szerinted leszálltam volna önként a pokolba, hogy kiszabadítsam a feleségem, aztán pedig azzal a céllal, hogy téged megtaláljalak? Vagy beleugrottam volna úgy egy négyméteres tartályba, hogy szándékosan zárom magamra a fedelét? Hidd el, ha sokat pöcsölnék, aggodalmaskodnék, tervezgetném az ilyen dolgokat, akkor egyiket sem tettem volna meg. És valójában mindegyiknek volt valami haszna. A siker hiányában adott esetben az, hogy *legalább megpróbáltam.* Úgyhogy én most is így érzek a szökéssel, meneküléssel kapcsolatban: Az ilyesmit akkor kell meglépni, amikor még van az emberben lendület, amikor a félelem és a következmények túlgondolása még nem köt annyira gúzsba, hogy a végén mégse tegyél semmit.

– Bölcs ember vagy, Dallas Mayweather – nézett rám a lány elismerően. Először azt hittem, hogy megint csak ugrat, és hogy ezt szarkasztikusan értette, de nem. Épp ellenkezőleg: – Tudod, a legtöbb emberből pontosan az hiányzik, ami *benned* megvan: a tettre készség, a vakmerőség és a bátorság. Te egy hős vagy, Dallas. Másokhoz képest biztosan. Ugyanis nekem lehetnek bármilyen különleges képességeim, lehetek akármilyen gyors vagy ügyes, mégis... *ez az*, ami belőlem például hiányzik. Ha olyan lehetnék, mint te, akkor talán már egyedül is kijutottam volna innen.

– Ezt nem tudom sem megerősíteni, sem megcáfolni – vontam meg a vállam inkább elütve ezzel a dicséretet, mert én nem voltam abban teljesen biztos, hogy ennyire jó példakép lennék bárki számára is. Nem voltam túl jó véleménnyel önmagamról. Úgy gondoltam: *Olyan ember vagyok, akinek helyén van a szíve, bármit megtesz a szeretteiért, de aki egyben egy meggondolatlan faszfej is, aki állandóan veszélybe sodorja magát... és ezzel sajnos másokat is. Attól függ, hogy nézzük.* – Szerettem volna azt hinni, hogy olyan vagyok, amilyennek Anne lát engem, de én csak úgy tudtam magamra gondolni, ahogy mindig is. – Szóval nem tudom, Anne, hogy egyedül képes lettél volna-e kijutni innen. De most, hogy már itt vagyok, kár ezen bánkódni vagy őrlődni. Együtt biztos, hogy jobbak az esélyeink.

– Rendben. Köszönöm! Valószínűleg igazad van. És mikor akarsz indulni? Figyelj, azért ez veszélyes dolog ám! Még le sem másztunk innen. Nem tudod, hogyan kell közlekedni ezen a helyen, hogy melyik lény hogyan reagálhat. Egy rossz lépéssel, meggondolatlan gesztussal mindkettőnket bajba sodorhatsz. Meg kellene ismerned az itteni szokásokat ahhoz, hogy lemerészkedhess közéjük.

– Nem tudom, de nekem abból, amit elmondtál, eléggé egyszerűnek tűnik a helyzet: Vannak tévelygő lelkek, akik azt sem tudják, miért vannak itt, és előbb-utóbb széttépik őket. Ők nem sok vizet zavarnak, mert még hozzánk sem szólhatnak. Vagy ha igen, akkor majd jól széttépik őket... gondolom. És vannak azok a brutális, nagy, fekete monstrumok, amikre még ránézni sem szabad, mert akkor üldözőbe vesznek, és rájuk legfeljebb csak periférikus látással szabad pillantani, mert azt vagy nem érzékelik, vagy nem veszik annyira rossz néven. Van ezenkívül még valami, amit tudnom kellene ahhoz, hogy eljussunk a liftig, és megpróbáljunk kijutni innen?

– Gyorsan tanulsz! – bólintott a lány elismerően. – Igazából nem tudom, hogy van-e más. Ha arról lenne szó, hogy évekig éljünk itt, akkor sok mindent elmesélnék, hogy mire vigyázz, mire hogyan reagálj, de végül is, ha csak arra van szükség, hogy sietősen menjünk oda, és vigyünk véghez valamit, akkor talán én is azt mondom, hogy ha az általad felsorolt alapszabályokat betartod, abban az esetben már ennyivel is boldogulhatsz.

– Rendben! Nekem ez elég. Akkor viszont húzzunk el innen a francba! Be kell vallanom valamit, Anne: Mindig is utáltam a várótermeket!

Tizenhatodik fejezet:
Liftes játék

Megindultunk lefelé a tartály tetejéről. Anne ment elöl, azaz alattam. Időnként lenéztem, hogy ő hogyan boldogul. Ekkor vettem észre, hogy a különleges képességet vagy mit, amit állítólag itt fejlesztett ki, már olyan természetesnek veszi, hogy a legáltalánosabb mozgáshoz is használja:

Ahogy mászott lefelé a létrán, időnként megnyújtotta egyszer az egyik, majd a másik lábát. Négyesével szedte a fokokat, míg én hozzá képest egy hetvenéves ember tempójában kecmeregtem lefelé. Vagy mint egy gyerek, aki életében először merészkedett fel egy mászókára, de aztán fogalma sincs, hogy hogyan kéne lejönni róla.

Elképesztő ez a lány! – gondoltam magamban. Néztem, ahogy mozog – talán részben ezért is haladtam olyan lassan, mert közben őt bámultam –, és egyszerűen nem hittem a szememnek. Volt benne valami nem e világi. Mármint földi értelemben „nem e világi". Én is megjártam korábban a poklot. Kétszer is. Mégsem fejlődtek ki különleges érzékeim vagy képességeim. El sem tudtam képzelni, hogy ő miért és hogyan képes minderre. Az volt a fura, hogy amennyire elsőre megrémisztett a fizika törvényeit meghazudtoló módon hosszúra nyúló karja, ezúttal már inkább csodálattal tekintettem rá. Volt valami kecsesség abban, ahogy csinálta. Először polipkarnak vagy póklábnak gondoltam azt a megnyúlt végtagot, ami kiszabadított a tartályból, de ahogy a szemem láttára mászott lefelé olyan gyorsan és hatékonyan, mint aki arra született, hogy egész életében létrán másszon, már inkább olyan érdekesnek, sőt talán szépnek is láttam azokat a hosszú, vékony végtagokat, ahogy nyúlnak, aztán összehúzódnak, akár egy flamingó hosszú nyaka. Arra is csak egy marslakó mondaná, hogy „undorító". Az emberek inkább szépnek tartják, pedig valóban fura, és kissé nehéz megérteni, hogy egy állatnak miért van szüksége olyasmire. A zsiráfokat sem tartjuk „undinak", ahogy Anne mondaná, pedig első látásra elég szürreális ahogy kinéznek. Pláne élőben, az állatkertben.

Ott valahogy mindig nagyobbnak tűnnek, mint a természetfilmekben, mert a TV-ben látva az ember mindent elsőre elhisz és természetesnek vesz, azonban a valóságban már szembesülnie kell azzal, hogy az a teremtmény valóban létezik, és hogy élőben látni egy korábban szeretnivalónak, „aranyosnak" tartott állatot néha kissé sokkoló, amikor előttünk áll, és akkora hozzánk képest, mint egy ház.

Ahogy leértünk, meglepetten konstatáltam, hogy a talaj mennyire kemény. Én valamiért süppedős homokra számítottam, de ehelyett inkább olyan volt, mint egy poros betonút, olyan vastagon borítva kosszal – mert homoknak azért nem igazán volt nevezhető –, hogy nem látni tőle a valódi anyagát és színét. *Vajon mi lehet a koszréteg alatt?* – merült fel bennem. *Mi lenne, ha az ember ásni kezdene itt? Valóban betonba ütközne? Vagy egyszerű anyaföld van alatta, amibe akár gödröt is áshatna valaki?* – Nem tudom, miért foglalkoztattak ilyen gondolatok, mert amúgy sem akartam ezen a helyen maradni pár percnél tovább, de azért azt akkor sem tudtam figyelmen kívül hagyni, hogy egy olyan világban járok, ahol előttem – tudomásom szerint – csak egyetlen élő ember járt korábban: Anne Levinsky. A Földön senki sem tudott a „Váróterem" létezéséről, vagy arról, hogy milyen itt lenni. Kicsit úgy éreztem magam, mint Neil Armstrong, amikor első emberként a Holdra lépett: *Kis lépés ez nekem* – mondtam magamban kissé elvigyorodva, amint felidéztem Armstrong híres, Holdra lépő szavait – *de hatalmas ugrás lesz az, amikor bevetem magam a liftbe[11]!*

---

[11] Az eredeti, Neil Armstrong-féle mondat az első Holdra lépésekor úgy szólt: „Kis lépés ez egy embernek, de hatalmas ugrás az emberiségnek."

Anne a fejével intett, hogy merre megyünk. Követtem. Tudtam, hogy nem szólhat, és én sem válaszolhatok neki. Odalent már meghallhattak volna minket, és arra az „őrök" – vagy ki tudja, mik azok a valamik, amik egymás után tépnek szét mindenkit a Váróteremben – azonnal ugrottak volna, hogy üldözőbe vegyenek. Engem valószínűleg nem kellett volna sokáig hajszolniuk, mert arról, hogy „mennyire futok jól", annyit kell tudni, hogy „rövidtávon *röviden* futok", azaz *le sem tudom futni* még a rövidtávot *sem!* Úgyhogy én nem keltem volna versenyre velük. Inkább megpróbáltam volna elvegyülni a tömegben, mert elég sok árnyalak ténfergett mindenfelé, és számtalan épületnek tűnő képződmény is sorakozott látszólag koncepció nélkül, szétszórva, ami szintén arra engedett következtetni, hogy a természet hozta őket létre valamiért.

Egyenesen haladtunk valamilyen irányba. Nap hiányában még annyit sem tudtam volna megmondani, hogy merre. Ezen a helyen nem volt sem észak, sem dél, sőt árnyékok sem, ami alapján tájékozódni lehetett volna. Ráadásul a rengeteg sötét, füstszerű alak, akik körülöttünk tolongtak – de valóban nem igazán vettek rólunk tudomást –, továbbá az épületek is annyira egyformák voltak, hogy egy pillanatra megijedtem a gondolattól, hogy mi lenne, ha Anne hirtelen magamra hagyna vagy elmaradnék mögötte, ugyanis tájékozódási pontok nélkül számomra olyan volt az a pusztaság – akármilyen abszurdan is hangzik –, mint egy dzsungel: nem létezett előre és hátra, sem balra vagy jobbra. Elsőre azt sem tudtam volna megmondani, hogy merre vannak a tartályok, ha nem lettek volna olyan magasak, hogy messziről látsszon a tetejük. Egy pillanatra visszafordultam, hogy azokhoz képest merre megyünk, és akkor egy kicsit megnyugodtam, hogy mégis találtam legalább egyetlen tájékozódási pontot, ami alapján talán beérném a lányt, ha lemaradnék. Hátrapillantás közben véletlenül majdnem összetalálkozott a tekintetem egy őrével. Azonnal elkaptam róla a szemem, és mereven magam elé nézve mentem tovább, követtem a lányt. Közben hevesen verni kezdett a szívem. Egyre hevesebben. *Mi lesz, ha emiatt most rám támad? Szóljak erről Annénak? De hogyan, ha egyszer nem is beszélhetek hozzá?! A francba! Lehet, hogy tényleg egy kicsit túl korán vágtunk bele ebbe az egész küldetésbe? Már megint?! Én tényleg a mestere vagyok – Anne szerint a vakmerőségnek, szerintem pedig – a meggondolatlan hülyeségeknek!* – Nyakamon dübörgő pulzussal, általa fojtogató érzéssel követtem Annét, és vártam, hogy bármelyik pillanatban a hátamra ugorjon valami, aminek a mérete és súlya is akkora lehet, hogy ha letepert volna, valószínűleg már abba belehalok. Nem is beszélve a monstrum agyarairól! Igaz, hogy nem volt szabad rájuk nézni... *De azok az agancsok, agyarak vagy mik!* – Azokat nem lehetett nem észrevenni. Az volt a külsejükben talán a legfurább: óriási, körülbelül két és fél-háromméteres testükhöz képest is irreálisan nagy szarvakat hordtak az irdatlan fejükön. Azért nem tudtam a pontos kifejezést arra, hogy mik azok, mert olyan ívük volt, és akkorának tűntek a fejükhöz képest, mint a legnagyobb szarvasok agancsai: Nem előre, hanem oldalra, kétfelé álltak. Emiatt inkább agancsnak tűntek, azonban csak egy-egy águk volt mindkét irányban, és hegyes végük, amelyekről el sem tudtam képzelni, hogy mire lehetnek képesek velük. Nem is nagyon mertem.

A másik, amit a víztároló tetejéről még nem láttam – mivel ezek a lények is részben füstszerű árnyalakok voltak, és onnan nehéz lett volna kivenni a külsejük minden részletét – hogy úgy tűnt, mintha mindegyiküknek valami – Anne tépett, megviselt ruházatához hasonló – rongyszerű dologgal lenne bekötve a szeme!

De vajon miért? És mi a jó nekik ebben? Jesszus! Ezek akkor tulajdonképpen vakon közlekednek? – tudatosult bennem. – *De akkor hogyan érzékelik azt, ha valaki rájuk néz? Hogyan látják? Vagy nem látják, hanem csak megérzik? És miért hordanak szemkötőt? Lehet, hogy ezek a pokolbeli teremtmények talán mégsem erre a világra lettek teremtve, nem ez az eredeti rendeltetésük, ugyanis a szemük nem bírja ezt a borzasztó erős, még* *az én szememet is bántó fényáradatot? Talán a fénytől próbálják megóvni a látásukat? Vagy...* – Egy fura gondolat futott át az agyamon: *Lehet, hogy egyszerűen csak „nem bírják elviselni a látványt"? Ennyire undorodnának ezektől a lelkektől, hogy képtelenek rájuk nézni? Mint amikor a Földön egy embernek például pókiszonya van, és még attól is rosszul lesz, ha megpillant egyet? Lehet, hogy ennyire undorodnak az emberek és más, intelligens élőlények látványától?* – Mert valóban járt köztük több olyan teremtmény is, amik nem voltak teljesen emberszerűek. *Talán erről lehet szó* – jöttem rá –, *mert ez magyarázatot adna arra, hogy miért támadnak azonnal, ha valaki rájuk néz. Lehet, hogy nem tartják rá méltónak az embereket és a többiek holt lelkét, hogy egyáltalán rájuk pillantsanak. Mint ahogy egykoron, a középkorban, amikor még királyok uralták az országokat. Eléjük is csak úgy lehetett járulni, hogy az ember letérdelt, és az egyszerű ember többnyire – legalábbis az arrogánsabb, vadabb, primitívebb népek uralkodói esetében – még rá sem nézhetett a királyra, csak akkor, ha az erre szólította fel az elé járuló alattvalót. A két dolog között elképzelhető, hogy van összefüggés. Talán ez az egész nem is a fényről, hanem a hatalomról és az elnyomásról szól!*

Szívesen beszéltem volna erről Annénak, hogy az őrök szerintem miért viselnek szemkötőt, bár az is lehet, hogy ő már amúgy is tudta. Megkérdeztem volna erről őt is, de ugyebár arról szó sem lehetett: nem szólhattunk egymáshoz.

Miközben gondolkoztam, nagy kő esett le a szívemről, ugyanis végül nem ugrott rám senki hátulról, nem tepertek le, nem téptek szét. *Ezek szerint az, hogy egy pillanatra átfutott a tekintetem azon a dögön, még nem minősült halálos bűnnek* – gondoltam –, *vagy egyszerűen csak nem vette észre.* – De azért meglehetősen hülyén éreztem magam, hogy már az első visszapillantásra ekkora hibát követtem el. *Az életembe kerülhetett volna!*

Amint lassulni kezdett a pulzusom, hogy „*Ezt megúsztam!*", váratlanul mégis történt valami:

Valaki hátulról fellökött, azaz inkább arrébb taszított. Azt hittem, az egyik agancsos őr az, de ahogy az árnyalak elsuhant mellettem, periférikus látással megállapítottam, hogy szerencsére nem. Valamelyik árnyembernek igen sietős dolga akadhatott a semmi közepén, egy végtelen váróteremben, hogy ennyire durván félrelökött. Ahogy elkezdtem volna gondolkozni azon, hogy mi lehetett ennek az oka, már meg is láttam rá a választ:

Üldözőbe vették!

Az menekülő először még csak sietősen félrelökdösött mindenkit, és próbált előbbre jutni, utána pedig megint elvegyülni a tömegben, de szemmel láthatóan ez a taktika nem igazán vált be a számára, mert közben már több őr is elsuhant mellettem. Akkorák voltak, hogy még az elhaladásuk szele is majdnem ledöntött a lábamról.

Az üldözött, amikor látta, hogy előző ötlete nem vált be, gyorsabb tempóra váltott, kivált a tömegből, és futásnak eredt. Vagy inkább még gyorsabban *siklott* a levegőben, mert ezeknek az emberi – és egyéb – árnyaknak nem igazán voltak valódi lábai. Az őröknek azonban igen. Azok sokkal inkább materializálódott, létező lényeknek tűntek, mint a lelkek. A monstrumok úgy nyargaltak utána izmos lábaikon, mint a bikák, amik arra készülnek, hogy felökleljék az áldozatukat. *Vajon erre szolgál az agancsuk? Öklelésre?* – Ilyen értelemben már sokkal inkább szarvaknak tűntek, mint agancsoknak, mert azokat a szarvasok inkább összeakasztani szokták harc közben, és nem arra használják, hogy átszúrjanak vele valakit vagy valamit, aztán a levegőbe repítsék, mint a bikák, amikor dühöngenek.

Nem tartott sokáig, hogy utolérjék. Azért sem, mert sokkal gyorsabbak voltak nála. Körülbelül annyira mozogtak szélsebesen, mint egy futásra teremtett vadállat a Földön, akár egy gepárd. És azért is érték utol olyan hamar, mert a menekülő olyannyira megzavarodott a pániktól, hogy az összevissza való rohangálás közben többször irányt váltott, és végül gyakorlatilag önként beleszaladt a karjaikba. Azaz tette volna, hogyha azok tárt karokkal várják: Ehelyett leszegett fejjel az egyik pontosan úgy öklelte fel, ahogy gondoltam: mint egy őrjöngő bika. Mivel az őr szarvai oldalirányban nőttek, ezért félre kellett fordítania a fejét ahhoz, hogy a szerencsétlen belerohanjon az óriási, hegyes „karóba", aztán az őr fejének egyetlen rándításával visszafordította a tekintetét előre, és azzal a mozdulattal úgy vágta földhöz a félig áttetsző, félig kézzelfoghatóan létező teremtményt, mint a rongyot.

Ekkor érte be az áldozatot a többi monstrum. Ami ekkor következett, arra még én sem számítottam. Még Anne elmondásai alapján sem:

Azok a vadállatok úgy estek neki szerencsétlennek... hogy arra szinte nincsenek szavak. Állatokként vetették rá magukat, mégsem úgy tépték szét, ösztönszerűen, éhesen, akár egy falka oroszlán. Nem, ebben kimondottan érezhető emberi – azaz inkább intelligens – gonoszság és szándékosság volt megfigyelhető. Látszott rajtuk, hogy élvezik, amit csinálnak. Nem a túlélésért, éhségükben tépték szét az illetőt, hanem mert meg akarták büntetni, amit a lehető legnagyobb örömmel végeztek el:

Ahogy körbevették, már nem a szarvaikkal döfködték – bár némelyik azért adott neki azzal is –, hanem az óriási, hosszú, karmokban végződő ujjaikkal tépték, ütlegelték a nyomorultat. Először azt hittem, hogy egyszerűen halálra verik, de még ennél is többet tettek: Megragadták a „bűnelkövetőt", és feltépték a hasát olyan könnyedséggel, mint egy becsomagolt ajándékot karácsonykor. Meglepetésemre – annyira megundorodva, hogy majdnem elhánytam magam – a pórul járt árnyember haldoklása közben időnként úgy tűnt, visszavált eredeti külsejére. Haláltusája közben láthatóvá lettek emberi arcvonásai – ő egykor valóban emberi lény volt, egy ötven körüli, ősz hajú, jó külsejűnek mondható férfi –, és amikor hozzáértek, azokon a pontokon a teste is füstszerű árnyék helyett emberi bőrszínűre váltott, aztán mintha köd oszlana el róla, az árnykülső alól előtűntek a valódi testrészei: Jelen esetben a hasa, ami azonnal felszakadt, és – sokkoló meglepetésként – vér kezdett ömleni belőle, ahogy szinte szálanként, élvezettel húzták ki karmaikkal a beleit. Nem tudtam, hogy ezek az árnyemberek, azaz lelkek képesek egyáltalán vérezni. Én addig azt hittem, hogy csak holt lelkek, amiknek nincs fizikai testük. Bár az, hogy a haldokló lény vérzett, még nem jelentette azt, hogy élne is. Lehet, hogy nem volt valódi, hanem csupán egy földi életre utaló jelenség, miszerint egykor olyan formában és alakban élte le az életét. Talán annak volt egyfajta visszhangja, kivetülése itt, a túlvilágon.

Mindenesetre az áldozat szemmel láthatóan vérzett. Nem úgy, mint egy meglőtt ember, hanem mint akit szó szerint darabokra tépnek. Fröcsögött a vére mindenfelé: minden körülötte lévő, mellette elhaladó árnyemberre. Azokról azonban valamiért lepergett a borzalmas, vörös testnedv. Nem tapadt meg rajtuk, nem „szívódott bele a ruhájukba", egyszerűen úgy hullott le róluk, szinte darabokban, mintha kukoricával dobálták volna meg őket.

Tehát az a vér tényleg nem biztos, hogy valós volt. „Valós"? – kérdeztem magamtól. Mi az, ami itt egyáltalán annak nevezhető? Miután kiontották a beleit, és szétteregették őket a poros talajon, rögtön szinte szálanként, egyenként végigtrappoltak rajtuk, mint az orrszarvúk. Aztán visszamentek az áldozathoz, és a fejét kezdték el tiporni! Az pedig egyetlen reccsenéssel – ami ismét nem arra utalt, hogy csak „füstlény" lett volna – összetört, és véres agyvelő ömlött, aztán már fröcsögni is kezdett több irányba.

Hiába próbáltam meg egyre gyorsabban és gyorsabban távolabb kerülni a borzalmas büntetés helyszínétől, még engem is utolért egy kisebb adag a messzire szálló testnedvekből, ám érdekes módon rólam ugyanúgy lepergett, mint a többiekről, pedig én valódi, hús-vér ember voltam a túlvilágon is.

Annét úgy tűnt, hogy az egész jelenség nem hatotta meg. Vagy csak már teljesen hozzászokott, hogy itt ez mindennapos esemény. Én időnként még hátranéztem – úgy, hogy közben a lányt se tévesszem szem elől – ügyelve arra, hogy még véletlenül se tekintsek az őrökre, hanem csak az áldozatra vetettem néhány utolsó pillantást. Az, miután a fejét is teljesen széttaposták, elkezdett visszaváltozni sötét árnyalakká, aztán halványodni kezdett. Amit a legmegrázóbbnak éreztem, hogy eközben végig, annak ellenére, hogy *fej nélkül már szája sem lehetett többé*(!), mégis valahogy képes volt *sikoltani*. Magából kikelve, élő embereket meghazudtoló módon *ordított* fájdalmában. Tehát nagyon is tudtak beszélni ezek a teremtmények, csak nem mertek. *Aki ordítani tud, és egykor intelligens emberként élt, az valószínűleg beszélhetne is, ha hagynák* – gondoltam. A sikoltozás és a halálhörgések egy idő után elhalkultak, miközben maga a férfi – mert az volt: egy egykori, földi ember lelke – is egyre inkább eltűnt, megszűnt létezni ezen a világon.

Végül egy vakító villanást követően egy szempillantás alatt nyoma veszett. Semmi sem maradt utána: még a vére, és a kiontott agyveleje sem.

Az őrök egy pillanatig még örömmel nézték áldozatuk hűlt helyét. Nem szóltak semmit. Morgásszerű hangokat adtak ki magukból. Szerintem nem voltak képesek emberi beszédre. *Még az is lehet tehát, hogy valójában állatok? Akkor is, ha részben emberi vonásokkal rendelkeznek?* – Morgásaik, vakkantásaik nem tűntek még egymás számára sem érthetőnek, inkább ösztönszerűen előtörő hangok lehettek, ami az elégedettségük jele volt.

Amikor múlni kezdett a pecekig tartó, szinte leküzdhetetlen hányingerem – sőt percek óta kitörni készülő sírásom, amit szintén alig tudtam visszafogni –, az első gondolatom az volt: *Még hogy „börtönbolygó”! Ez a hely rosszabb, mint egy náci haláltábor! Ott is embertelen kegyetlenséggel irtották a foglyokat, de ott emberek voltak az őrök, nem pedig állatok, akik bárkit szétmarcangoltak, ha kedvet kaptak hozzá. Habár időnként a nácik is öldököltek ok nélkül, szórakozásból, de ez, amit az imént láttam, valahogy szörnyűbbnek tűnt még annál is. A következő okból: Mert annak ellenére, hogy ezek a mocskok állatnak tűntek, mégis szemmel láthatóan örömüket lelték a kínzásban és a gyilkolásban. Ettől volt annyira megrázó és kegyetlen az egész. Ugyanis gonosz emberről már hallottam, de gonosz állatról még soha! Az oroszlán sem aljasságból veti rá magát a menekülő antilopra, hanem azért, mert éhes. Nincs benne rosszindulat, nem akar bosszút állni rajta, és miután végzett az áldozattal, nem nézi elégedetten mormogva a saját művét, hanem egyszerűen csak enni kezd belőle, mert az számára csupán étel, amire nem haragszik, és nem gyűlöli. Egy valódi ragadozó állat ugyanúgy tekint a levadászandó prédára, mint egy növényevő egy gyümölcsre, azzal a különbséggel, hogy a gyümölcs nem fut el. Ezekből a gyilkos monstrumokból viszont állatias hangjuk és viselkedésük ellenére emberi gonoszság áradt, kéjes örömöt leltek a gyilkolásban.*

Ha valaha igazán félelmet éreztem valamik vagy valakik iránt, akkor azok, mondhatom, hogy ezek az őrök voltak. A gonoszságuk, vadságuk mindent felülmúlt, amit a Földön valaha is tapasztaltam. Legfeljebb a fantázia által szült horrorfilmekben láttam otthon olyasmit, ami itt a saját szemem előtt zajlott le.

Lassan elhagytuk azt a szörnyű helyet, és Anne bevárt engem, majd óvatosan megérintette a karomat, és egy bizonyos irányba bicentett a fejével.

Akkor már én is láttam:

Egészen idáig egy, a többihez hasonló épület felé közeledtünk, aminek az oldalába valóban egy fémajtószerű valami volt beágyazódva. Úgy nézett ki, mintha beleolvadt volna.

„Az lenne ott a lift?" – kérdeztem volna, ha nem jár halálbüntetés azért, ha megszólalok. Feltételeztem, hogy igen, ezért inkább nem kockáztattam, csak követtem Annét, aki időközben ismét elindult a célunk felé.

Az a tudat, hogy a lift valóban ebben a világban volt, azaz itt is létezett ajtaja – ezáltal pedig elképzelhető, hogy lehívható, áthívható ide is – részben megnyugvással töltött el, mert ekkor már tudtam, hogy Anne nem a bolondját járatja velem, hanem valóban ki akar jutni innen, és egy olyan helyre hozott, amivel kapcsolatban nem beszélt mellé.

Ugyanakkor meg is rémisztett a falba olvadt liftajtó látványa. Nem azért, mert nem tudtam, hogy beleolvadva hogyan fog egyáltalán kinyílni – az a túlvilágon még nem tűnt leküzdhetetlen akadálynak –, hanem mert a liftajtó előtt azokból a teremtményekből, amelyek négy példánya épp az imént tépett darabokra halálsikolyok közepette egy egykori, talán ártatlan embert, most a felvonó ajtaja előtt – ha jól számoltam – *nyolc* őrködött.

Nyolc?! – rökönyödtem meg, és megtorpantam. *Nem, Anne, ez nem jó ötlet! A halálunkba sétálunk éppen! Forduljunk vissza, mielőtt még nem késő! Ezen a „csatárláncon" mi át nem jutunk! Hisz épp az előbb láttam, hogy ezekből a lényekből már csak fele ennyi is mire képes!* – mondtam volna a lánynak, ha módomban áll megszólalni.

Anne valószínűleg megsejtette, hogy mi játszódik le bennem, mert rám nézett, és olyan arckifejezéssel forgatta a szemét, ami azt sugallta:

„Á! Nem annyira vészes, mint gondolod!". Szinte „legyintett" a szemével, hogy „Ne törődj velük!".

Ne törődjek velük?! – ordítottam magamban frusztráltan, tele halálfélelemmel. *De hisz épp most taposták össze valakinek az arcát! Te szeretnél lenni a következő? Vagy azt akarod, hogy én legyek? Képes lennél végignézni? Mondd, neked teljesen elszállt a maradék józan eszed ezen az őrült helyen?!*

Anne nem felelt, mivel nem is lett volna mire. Csak ment tovább, egyenesen az őrök felé. *Honnan ered nála ez a fene nagy magabiztosság? Ennyire hatalmas képességekkel bír, hogy már szinte egyáltalán nem tart tőlük?!* – kérdeztem magamban elképedve, miközben figyeltem, ahogy ruganyos léptekkel haladt a lift irányába. *Vagy csak előttem akar felvágni, és emiatt mindjárt ő lesz „felvágva"? Konkrétan a hasán, ahonnan az ő beleit is egyenként húzzák majd ki, hogy szétterítsék és megtiporják? És mi van akkor* – merült fel bennem mind közül a legszörnyűbb eshetőség –, *ha ez a lány egyszerűen megőrült? Nem lehet, hogy...* – végül is nem tudhattam – *valójában már hónapok vagy akár évek óta a víztároló tetején kuporgott viszonylagos biztonságban, engem várva, és közben teljesen eszét vesztette? Talán depressziós, és valamilyen mániás állapotban valahogy meggyőzte magát arról, hogy képes velük felvenni a harcot, pedig erre fikarcnyi esélye sincs!*

Legszívesebben karon ragadtam volna, hogy megállítsam, és rákényszerítsem – akár minden fizikai erőmet bevetve –, hogy visszaforduljunk, és tűnjünk onnan minél messzebb.

De valahol, legbelül valami megállított abban, hogy megtegyem. Talán az, hogy amiket eddig elmondott, az mind igaznak bizonyult. Valóban láttam, hogy meg tudja nyújtani a végtagjait, sőt azt is, miszerint ezáltal nagyon gyorsan képes még mászni is. *Akkor valószínűleg még gyorsabban futhat azokkal a hosszú lábakkal, óriásiakat lépve közben.* – Sőt, annak is szemtanúja voltam, hogy tényleg képes közlekedni nemhogy az árnyemberek, de még az őrök között is úgy, hogy ne bántsák, és a tanácsai alapján ez még nekem is sikerült. Tehát bíztam abban, hogy tudja, mit csinál.

Ekkorra már egészen közel értünk hozzájuk. Anne lelassított, majd megállt. Követtem a példáját, bár nem tudtam, mire készül. Korábban azt mondta, el akarja csalni őket.

De vajon hogyan? Szidalmazni kezdi őket, vagy mi? Valóban meg meri tenni? Azok után, ami az imént történt, és amit elmondása szerint ő napi rendszerességgel lát errefelé?

Aztán kiderült, hogy Anne mit tervezett. Végül is nem volt a dologban semmi bonyolult, csak *eszement módon veszélyes*! Nem ment közelebb hozzájuk, nem szólt egy szót sem, egyszerűen csak nyíltan szembe fordult velük, és merően, provokatív módon bámulni kezdte őket, amit valószínűleg ezen az egész világon senki sem mert volna megtenni rajta kívül. A lány mindeközben a háta mögött – mivel én mögé húzódtam félelmemben, hogy mi lesz ebből – „megállj"-t mutatott a kezével, hogy maradjak hátul, és aztán „nemet" mutatva legyezett egyet, ami gondolom, azt jelentette, hogy eszembe ne jusson követni példáját, mert ő tudja, mit csinál, nekem viszont fogalmam sincs, hogy mit kapnék azért, ha ugyanazt tenném, mint ő.

Hallgattam is rá: Még véletlenül sem néztem az őrökre. Kb. kilencven fokban az ellenkező irányba tekintettem látszólag bamba, ártalmatlan arckifejezéssel, és a történéseket csak a szemem sarkából mertem követni, amennyire olyan módon lehetséges.

Az őrök Anne viselkedésének láttán felmordultak. Körülbelül fél másodperc választott el minket attól, hogy rátámadjanak.

Ez nem normális! – kiabáltam magamban pánikba esve. *Most tényleg kivárja, hogy nyolcan felökleljék? Hogyan akar elfutni előlük? Ráadásul ekkora tömegben? Ezek olyanok, mint a hókotrók: bármit elsöpörnek az útjukból. A tömeg nekik semmilyen problémát nem jelent, ha közéjük csörtetnek, de Anne akármilyen erős is nő létére, akkor sem fog tudni a rengeteg árnyember között akadálytalanul menekülni előlük, még akkor sem, ha valóban olyan gyors, ahogy korábban mondta!*

Az őrök közül az egyik máris megindult felénk. Azaz már csak felé, mert én tettem előre néhány lépést, hogy kikerüljek a roham útjából, amitől szerintem már csak egy-két másodperc választott el minket. Anne ezáltal egyedül nézett szembe velük. *Igen, szembe!* –

tudatosult bennem, ugyanis a lány nemhogy csak feléjük pillantott, de életveszélyesen vakmerő módon, egyenesen a ronggyal bekötött szemükbe nézett határozott, sőt szemtelen arckifejezéssel, ők pedig ezt a szemkötők ellenére nagyon is képesek voltak érzékelni. Talán a maguk módján „látták" is, hogy mit csinál.

És ez volt az a pillanat, amikor elszabadult a pokol!

Az őrök mind a nyolcan *egyszerre* lendültek támadásba! Semmit sem „beszéltek meg", nem egyeztették, hogy „mi a terv". Ösztönből cselekedtek, mint ahogy már korábban is láttam tőlük. Amit ők szemtelenségnek, rendbontásnak, tiszteletlenségnek vettek, azt azonnal megtorolták. Parancsra sem volt szükségük hozzá. Olyan szédítő sebességgel kezdtek rohanni Anne felé, hogy ekkor már értettem, miért nem ment hozzájuk ennél közelebb. Így maradt még néhány másodperce addig, amíg futva elérik.

Mielőtt azonban ez megtörténhetett volna, valami olyat láttam, amit még sem ebből a világból, sem az őrökből, de leginkább Annéból nem nézte volna ki:

Igen, futni kezdett előlük, mint ahogy mondta korábban, de *nem úgy*, ahogy gondoltam!

Szinte egy másodperc ezredrésze alatt villámként iramodott meg úgy, hogy a tekintetemmel még követni sem tudtam. Megnyújtotta egyszerre több végtagját. Amennyire a hirtelen támadt káoszban még láttam – mert az árnyemberek pánikszerűen rebbentek szét körülötte, és egymást taposva menekülni kezdtek minden létező irányba az őrök elől –, Anne megnyújtotta a karjait és a lábait, de meglepetésemre ezúttal nemcsak vékonyak és hosszúak lettek, mint ami „nyúlik", hanem *vaskosabbá*, sokkal izmosabbá is váltak a végtagjai! Én ezt már nem „nyúlásnak" neveztem volna, amit produkált, és mint ahogy ő beszélt róla, hanem... ezúttal inkább „nagyobbra nőtt": erősebbre, hatalmasabbra, akár egy óriás, aki nemcsak vékonyan, törékenyen „hosszú", hanem inkább házméretűre nő!

Anne a szemem láttára vált egyfajta óriásamazonná, aki már valóban képes lehet... ha harcba szállni – talán – nem is, de hatékonyan elmenekülni a szintén villámgyors, vérszomjas üldözői elől.

A lány ekkor kezdett el *valóban* futni. Még a közelébe sem értek, még fel sem fogtam, hogy indulni készül, de már száguldott is a tömegben. *A tömegben?!* – kiabáltam magamban elképedve. *Az nem kifejezés! Anne gyakorlatilag nem közöttük rohan, hanem át, a fejük felett!* – Úgy száguldott, mint egy gepárd. A lábai valóban nemcsak vékonyan megnyúltak, de vaskosabbá is váltak. Ráadásul olyan mértékben meghosszabbodtak, hogy egyszerűen *átlépdelt* az árnylények feje felett, mint amikor az embernek csak bokáig ér a fű: Egy hangyának az lehet, hogy felér egy áthatolhatatlan dzsungellel, de egy átlagos ember olyankor úgy sétál, hogy számára a fű ugyanúgy nem akadály, mintha sima betonon sétálna. Anne is így rohant a tömegben: a fejük felett futott át úgy, hogy csak fűszálaknak kezelte az ott téblábló, rohangáló, előle félre ugrani próbáló lényeket. Volt, amelyiket talán el is taposta közben. Ebben nem lehettem biztos, mert én nem voltam magasabb a tömegnél, és még a fejvesztett menekülésük ellenére is voltak olyan sokan, hogy nem láttam át köztük, hogy mi történik azokon a helyeken, ahol Anne jókora lábfejei egymás után, döngve földet érnek. Már értettem, hogy miért volt végig mezítláb! Azokon az óriási lábfejeken – mert közben azok is megnőttek – semmilyen cipő nem maradt volna egyben.

A lány olyan sebességgel távolodott, hogy az utána hiénákként vetődő, nyolc szörnyeteg gyakorlatilag csak „cammogó, totyogó gyereknek látszott", akiknek esélyük sincs utolérni a „nénit, aki ellopta a cukorkájukat".

Elképesztő ez a lány! – mondtam ki magamban néhány percen belül már másodszor. *Ezt még én sem néztem volna ki belőle! Pedig ez csak az nehéz felfogásomnak köszönhető! Ő végig erről beszélt, többször is elmondta, hogy miket csinál, csak talán én voltam az, aki egyszerűen nem tudta elhinni, hogy lehetségesek lennének olyasmik, amiket magáról állított.* De nagyon is valóságos volt. Egy pillanat alatt kereket oldott!

Az őrök pedig – meglepő módon – annak ellenére, hogy esélyük sem volt utolérni, vérszomjas morgások, üvöltések közepette követték, és egyre messzebbre kerültek tőlem. A végén már olyan távolra, hogy elvesztettem őket szem elől.

Óvatosan körülnéztem. Az árnyemberek nagy része addigra szétrebbent, szanaszét rohantak minden irányba. Majdhogynem egyedül álltam azon a helyen. Csak egy-két téblábóló maradt körülöttem, de azok annyira bambának tűntek, hogy szerintem nemhogy az nem érdekelte őket, hogy ki vagyok, és mit keresek ott, közöttük, de még valószínűleg azt sem fogták fel, amit az imént a saját szemükkel láttak.

Így hát megtettem azt – *mivel én sem vagyok gyáva, csupán nem szeretek nyolc, végletekig felbaszott orrszarvút szánt szándékkal magamra engedni(!)* –, amit Annéval korábban megbeszéltünk:

Odamentem a liftajtóhoz.

Siettem, mert fogalmam sem volt, mennyi időm van cselekedni, továbbá, hogy meddig tart, amíg a lift ideér akár egy másik emeletről – *ha van itt egyáltalán olyan(?)* –, vagy egy másik világból, mely utóbbi nyilván nagyon mesze lehet.

Amint karnyújtásnyira értem a felvonó ajtajához – igen, úgy közelről már valóban liftajtónak tűnt –, gondolkodás nélkül megnyomtam a hívógombot. Az nem tudom, hogy reagált-e, mert nem villant fel a háttérvilágítása. Talán azért nem, mert mégsem működött, vagy azért, mert én nem nyomtam meg elég határozottan. Ekkor erőből, ököllel rávertem a gombra négyszer egymás után, hogy hátha végre „veszi már az adást". Vette. „Az erőszak nyelvét mindenki beszéli" – ahogy szoktam néha mondani. Ez erre a szituációra is igaznak bizonyult.

Lehet, hogy a felvonó ajtaja nagyon régóta nem volt használatban, és vagy berozsdásodott, vagy az összes rése eltömődött azzal a rengeteg porral, ami ezen a helyen mindent beborít, és ezért nem reagált az első nyomásra, de a nagyobb ütések hatására mégis világítani kezdett zöld fénnyel a gomb körüli kör, amely a működését, sőt közeledését jelzi, és abban a pillanatban valami fentről – *egészen biztos, hogy „fentről"(?)* – mintha megindulni hallatszott volna.

Basszus, ez működik! Annénak igaza volt! Lehet, hogy tényleg kijutunk innen? – ébredt fel bennem az első reménysugár, mert addig nem igazán hittem a terv lehetséges sikerében, vagy abban, hogy épeszű ember valaha is végrehajthatna itt ilyesmit anélkül, hogy halálra taposnák érte.

A felvonó tényleg üzemképes volt. Távoli, csikorgó hang hallatszott, ahogy valahol, a messzeségben haladni kezdett, abban a túlvilági liftaknában, amiről el sem tudtam képzelni, hogy tulajdonképpen mi lehet: *Egy fekete lyuk? Egy dimenziók és csillagok közötti alagút?* – Fogalmam sem volt, de én már annak is örültem, hogy egyáltalán megindult felém valamilyen irányból.

Egyre közelebbről hallottam a csikorgó zakatolást. Ekkor már biztos voltam abban, hogy ez valóban a lift, és el fog jutni hozzám, csak azt nem tudtam: *Vajon mennyi idő alatt? Gyerünk, gyerünk!* – drukkoltam magamban, mintha ezzel kicsit is gyorsítani tudnám a pokoli, valószínűleg ősidők óta létező szerelvényt. *Told már ide a segged, te csotrogány! Nehogy ledögölj nekem valahol félúton, mert akkor itt halunk meg mindketten! Sőt, ezek a bestiák, ha már belekezdtek, talán dühükben minden itt téblábológ szerencsétlennel végezni fognak egyszerre.*

Közben folyamatosan kapkodtam a fejem, hogy megpillantom-e a távolból közeledő óriást. Mármint nem az őrök egyikét, hanem – abszurd módon – azt a lányt, akit pár hónappal korábban még tizenhárom éves, átlagos kislányként tartottam számon.

Továbbá azt is figyeltem, hogy az őrök elindulnak-e visszafelé, hogy meglássák, ahogy az általuk védett, tiltott lift előtt állok a szerelvényre várakozva, aminek működésbe hozataláért és elhívásáért szerintem nem a fejemet taposták volna szét, hanem lehet, hogy annál valami sokkal rosszabbat is... például... *Na de inkább hagyjuk az „n" betűs szavakat!*

Ekkor tűnt fel a távolban az első őr.

És a lift még mindig nincs sehol! – gondoltam pánikba esve. *Itt fogok megdögleni: egy liftre várakozva!* – Hogy őszinte legyek, sosem szerettem túlzottan lifttel utazni, de arra, hogy egy felvonó előtt ácsorogva ér majd a halál, tényleg nem számítottam volna.

Gyerünk! Talán már csak pár méter! Haladj, te rozsdás ócskavas, hogy az isten verjen meg! – Az őr még közelebb ért, és szerintem meglátott. *Atyaisten! Szerintem tényleg engem néz! Most mit csináljak? Kezdjek el én is rohanni? Vagyok én ahhoz elég gyors? Vagy várjak tovább egy csigalassú felvonóra, vagy ami talán csak három órával később érne ide, azután, hogy a fejemet már péppé tiporták?*

A kérdéseimen végül nem kellett tovább töprengenem, mert egyszer csak nyikorogva, fémes hangon visítva – mint amikor rozsdás fém súrlódik rozsdás felületen, és vörös fémpor hullik miatta mindenfelé – nyílni kezdett a lift ajtaja.

Az őr közben egyre közelebb ért, és egyre nagyobb tempóra váltott. Észrevettem, hogy már többen is követik. *Ezek szerint felhagytak a lány üldözésével, és elindultak visszakullogni az őrhelyükre, ahol csak most pillantották meg, hogy megvezették őket, mert amíg ők az egyiket üldözték, addig a másik szépen kezelésbe vette a féltve őrzött szerkezetüket!*

Az ajtó tovább nyílt, az őr pedig még közelebb ért. Csupán másodperceim voltak hátra ahhoz, hogy elérjen, és már tépjen is ketté a karmaival.

Ekkor nyílt ki annyira az az átkozott, rozsdás ajtó, hogy valahogy átpréselhessem rajta magam!

Azonnal mozdultam is volna, hogy beszálljak, még akár abban a tudatban is, hogy Anne nem ért vissza időben. Arra gondoltam: *Ő amúgy is meg tudja itt védeni magát. Ha egyedül megyek vissza, ő valószínűleg akkor is túléli. Később még visszajöhetek újrapróbálkozni! Vagy mivel ő sokkal gyorsabb, mint ők, lehet, hogy lefutja őket a lifthez vezető távon, és az utolsó pillanatban összehúzva magát becsusszan mellém a fülkébe!*

Ám mielőtt elsőnek beszálltam volna, benéztem, hogy egyáltalán mi vár rám odabent, mert ha csak egy üres liftakna tátongott volna előttem, akkor nem volt kedvem beleugrani, hogy esetleg több évszázadnyi zuhanás után végül a pokolban kössek ki.

A szerelvény azonban látszólag rendben megérkezett: szerencsére nem egy tátongó liftaknára nyílt ki az ajtaja. Azonban amit abban a fülkében láttam, az minden eddig, ezen a világon velem történt eseményt megkérdőjelezett:

Ugyanis *volt valaki* a liftben. És *már nem élt.*

...Nem hittem a szememnek, amikor megláttam, hogy ki van benne:

Anne volt az!

És nem megnyúlt, vagy akár normálméretű, huszonéves külsővel, hanem *pontosan olyan* kinézettel, ahogy egykor utoljára láttam: Egy tizenhárom éves kislányt pillantottam meg sárga esőkabátban, fekete, hosszú hajjal.

Holtan feküdt a lift padlóján kitekeredett végtagokkal, jól láthatóan összeverve, megcsonkítva és – fura szögben álló mivoltából kiindulva – kitört nyakkal. A holttest nem mozdult. Nem élőholtként jött erre az árnyemberek lakta világra, nem szellem volt, nem is egy padlón, kitekeredő végtagokkal mászkáló, démon által megszállt emberi lény, hanem egy egyszerű, ártatlan halott kislány, semmi több.

Azt hittem, elsírom magam a látványától.

– Anne! – kiabáltam már azzal sem törődve, hogy az őrök úgyis elérnek, mert eszem ágában sem volt beszállni a halott gyermek mellé. Nem tudtam, hogy ki vagy mi végzett vele, de számomra nyilvánvaló volt, hogy ha ő így járt, akkor szinte teljesen biztos, hogy én sem végezném másképp, ha utazni akarnék ezzel a felvonóval. – Istenem, Anne! Mi történt veled?! – kiabáltam visszafojthatatlan haraggal és keserűséggel.

Ekkor ért oda hozzám a – felém gyorsvonatként robogó – óriási őr. Igaz, elsőre még csak a kabátom ujját érte el az egyik hatalmas karma, de azt azonnal végig is hasította vele, és irdatlan keze máris lendült az következő csapásra.

Tizenhetedik fejezet:
Ki vagy te, Anne?

Nem törődtem a bőrdzsekim ujját felhasító karommal, sem azzal a ténnyel, hogy az őr újabb csapásra lendíti a karját: valószínűleg az *utolsóra*, ami által már halálomat lelem, akkor is kitört belőlem ugyanaz a kérdés újra és újra, ahogy a lift padlóján heverő gyerek kitekeredett, meggyalázott testét bámultam:

– Anne! Mi történt veled?! Anne!

– Semmi! – jött hirtelen egy válasz a közvetlen közelemből.

Annyira gyorsan történt minden, hogy nem értettem, hogyan képesek az őrök mégis beszélni, és hogy az az ormótlan fenevad, ami állat módjára gyilkol és morog, miért akarna egyáltalán válaszolni bármilyen kérdésemre is, mielőtt agyonvág vagy kettétép.

Nem volt időm felfogni, hogy nem az őr válaszolt, hanem valaki más, mert az illető olyan erővel ragadt el, mint amikor a sas lecsap a gyanútlan egérre, annak pedig ideje sincs gondolkozni azon, hogy van-e még esélye elfutni előle. Bár a lökés, amit éreztem – miközben elkaptak és felemeltek – nem felülről érkezett, mint a ragadozó madarak esetében történik, hanem oldalról.

Próbáltam erőnek erejével összeszedni magam, hogy tisztábban gondolkozzam, valahogy szabadulni akartam a liftben fekvő, apró holttest szörnyű látványától, de csak nagyon lassan tértem magamhoz.

Egyelőre annyit fogtam fel, hogy valami felemelt, és elhurcolt a lifttől. Mivel hátulról kapott el, és a hónom alatt átnyúlva a mellkasomat fogta át, így nem láttam magam mögött, hogy ki vagy mi az. Igazából még időm sem lett volna arra, hogy hátranézzek, csupán annyit láttam, hogy rohamosan távolodunk a lifttől, amelynek közben lassan visszazáródott az ajtaja – benne Anne Levinsky tizenhárom éves, *valódi* holttestével –, és hogy meglepő módon az őr, aki nekem támadt, azóta még mindig a liftnél áll, és a levegőben éppen a hűlt helyem felé mér egy halálos erejű csapást.

Olyan villámgyorsan rántottak el onnan, hogy a monstrumnak ideje sem volt agyonütni engem. Mire a karmai célba értek volna, az engem magával rántó lény máris olyan messzire hurcolt tőle, hogy alig láttam a liftet és az őrt a messzeségben.

Ekkor jutott eszembe száguldás közben, hogy azt sem tudom, mi az, ami magával cipel, és hová visz egyáltalán: *A liftben a valódi Anne holtteste feküdt! Megölték! De ez akármilyen sokkoló, szívbe markoló látvány is volt, akkor is a kislány ugyanúgy nézett ki, mint amikor én utoljára láttam, gyerekkorában. Szerintem már abban a pillanatban megölhették, amikor én kiszálltam mellőle a felvonóból, és aztán egy másik emeleten valaki beszállt hozzá. Anne Levinsky tehát SOSEM járt a pokolban, mert oda sem ért! –* döbbentem rá. *Feleslegesen mentem akkoriban vissza érte, és ami még annál is rosszabb: Feleslegesen jöttem erre a helyre is, hiszen sem Mary, sem Anne Levinsky nem él már! Egyikük sincs életben, hogy hazavihessem őket!*

Erre a gondolatra olyan mérhetetlen düh lett úrrá rajtam, hogy már az sem érdekelt, hogy mi cipel és hová, egyszerűen csak ordítani kezdtem mérgemben, mert mást úgysem tehettem:

– Az a kurva! Az a büdös, pokolbeli ribanc! Átvert! Átejtett! Nem ő volt az! Ő sosem volt az! Nem lehetett! Láttam! Láttam, ahogy ott fekszik!

És ekkor váratlanul ismét megszólalt valaki a közvetlen közelemből. Először azt hittem, hogy ismét az őr az, aztán a félig sokkos, haragtól elborult elmém nagy nehezen felidézte, hogy már az előbb sem az beszélt hozzám, mert nem a monstrum irányából jött a hang. Valaki azt kérdezte most a hátam mögül:

– Te kiről beszélsz? Ki vert át téged? Mi fenéért nem szálltál be?! Hiszen kinyílt az ajtó! Miért tetted ezt, Dallas? Mindkettőnkkel kicsesztél! Most itt ragadtunk talán az örökkévalóságig!

Nagy nehezen – mivel közben még mindig rohantak velem, és szorosan tartottak – megfordítottam a fejem, és ekkor vettem észre, hogy a korábban Annénak gondolt, óriássá változott, pokolbeli teremtény „mentett meg" végül az őr elől, ami valószínűleg az ismerőse volt, vagy akár még partnere is abban, hogy engem a szellemdobozzal idecsaljanak.

– „Ánne"?! – kérdeztem az óriási lénytől olyan haraggal, éles hangon, hogy azzal a szóval acélt lehetett volna vágni. – Te büdös ribanc! Te átkozott pokolfattyú! Végig Anne-nek adtad ki magad. Sőt, először még Marynek is! Aztán előadtad itt nekem azt a baromságot, hogy egy tizenhárom éves kislány pár hónap alatt képes felnőni, ráadásul akkorára, mint egy óriás. Közben meg még kelletted is magad előttem a szakadt ruhádban azért, hogy vonzalmat ébressz bennem! Miközben nagyon jól tudod, hogy özvegy vagyok, és nem érdekelnek Maryn kívül más nők! Állandóan szinte az orrom alá dugtad a melleidet, annyira igyekeztél úgy helyezkedni, hogy elcsavard egy nyomorult, alaposan átvert férfi fejét. Miféle szerzet vagy te egyáltalán? Valami szukkubusz? Egy hímek vágyain élősködő, energiájukat egészen a halálukig elszívó, abból táplálkozó nősténydémon?

– Dallas, te teljesen megőrültél? – kérdezte az óriásnő őszintének tűnő meglepettséggel az arcán. – Miket hordasz itt össze?! Miért gondolod, hogy én ne a valódi Anne lennék? És miért mondod ismét „enn"-ként a nevemet? Már elmeséltem, hogy lengyel kiejtés szerint „ánne".

– A francokat! Ja igen, a pokolban talán úgy mondják, de nem a való világban, baszd meg! Annak a kislánynak Anne volt a neve: „ENN", nem pedig valami általad kitalált, a beteges, pokoli ízlésednek jobban tetsző baromság!

– Milyen „annak a kislánynak"? Te mégis kiről beszélsz, az isten szerelmére? Dallas, mondd már el, hogy mi történt! Miért nem szálltál be a liftbe? Én visszajöttem időben, ahogy ígértem. Simán beugorhattunk volna, nem érted?! Elcseszted az egészet, és még azt sem értem, hogy mi az oka. Valamiért teljesen meghibbantál, és még csak fel sem ismersz. Mi ütött beléd? Meg is védtelek az őrtől! Amikor láttam, hogy nem szállsz be, felkaptalak, mielőtt elérhetett volna!

– Tegyél le, és elmondom, te hazug démonkurva!

– Nem tehetem, és kérlek, hogy fejezd be a sértegetésemet, mert akármennyire is megkedveltelek, Mayweather, esküszöm, hogy ha még egyszer ilyet merészelsz mondani rám, úgy földhöz csaplak, mint megcsalt feleség a tányért, amikor a férje elszólja magát! Aztán amikor ideérnek az őrök, hagyom, hogy csináljanak veled, amit akarnak, mert engem onnantól már nem fog érdekelni.

Világos?! Fogd vissza magad, add meg a tiszteletet és felelj értelmesen! Mi történt?

– Tegyél le! – erősködtem, de már nem mertem sértegetni azok után, amiket mondott. Sajnos a nőnek valóban volt akkora ereje, hogy valószínűleg önmagában már a földhöz csapásba belepusztultam volna. Az őrök csupán az összetört hullámat tudták volna tovább tiporni.

– Mondom, hogy nem tehetlek le! – erősködött ő is. – Nézz már oda! Szerinted ők majd megvárják, hogy kellemesen elbeszélgessünk egy tea mellett? – mutatott a távoli lift felé.

Ekkor láttam meg, hogy azóta már mind a nyolc őr visszaérkezett, és folyamatosan a nyomunkban vannak. Annyira nem gyorsan, mint ahogy az engem elragadó démonnő futott, de mivel egy felnőtt férfit is kellett cipelnie, így már nem volt hozzájuk képest olyan fölényesen gyors, mint korábban. Épp csak egy kicsivel futott sebesebben, mint ahogy az őrök üldöztek bennünket. Sajnos komoly esély volt arra, hogy ha az óriásnő elfárad, akkor nekünk befellegzett!

– Meddig fognak üldözni? – kérdeztem most már visszatérve a valóságba, a jelen pillanatba, amiben éppen életveszélyben voltunk mind a ketten. – Mikor lesz alkalmunk végre értelmesen szót váltani?

– Nem tudom, Dallas. Egyelőre azon vagyok, hogy ne tépjenek szét bennünket – felelte egyre nehezebben érthető, lihegő hangon. – Úgyhogy megtennéd, hogy nem ficánkolsz úgy, mintha bántani akarnálak? Épp a seggedet próbálom megmenteni a biztos haláltól! Felfogod?

Azt hiszem, *ekkor már felfogtam*, és abbahagytam a kapálózást, hogy ne nehezítsem tovább a dolgát. Akárki is volt ez a lény, akármennyire is vert át, és bármely okból is rángatott ide a Földről Marynek hazudva magát, de tény, hogy az utolsó pillanatban, mielőtt az őr halálra sújtott volna, elragadt előle, és az életemet mentette meg.

– Miért tetted? Minek mentettél meg? – kérdeztem kissé már megenyhülve. – Hiszen úgysem az vagy, akinek mondtad magad.

– Miért ismételgeted állandóan ezt a hülyeséget? És miért nevezel démonnak meg ilyeneknek? Ennyire lesokkolt, hogy megnőttem? De hisz mondtam, hogy ez lesz! Előre szóltam, hogy

– 220 –

fel fog kavarni a látványa! Akkor meg min vagy ennyire kiakadva?! – lihegte a lény. Még mindig keményen bírta a tempót. Az őrök nem jutottak sokkal közelebb hozzánk, de félő volt, hogy a magát Anne-nek kiadó szukkubusz nem fogja tudni a végtelenségig tartani ezt a sebességet. *Engem cipelve biztos nem. Lehet, hogy előbb-utóbb egyszerűen csak ledob, és továbbáll* – gondoltam.

– Azért hívlak démonnak – feleltem neki –, mert te nem Anne vagy! – Kiabáltam neki száguldás közben.

– Dehogynem! Ki más lennék? Hiszen végig erről beszéltünk, amióta itt tartózkodsz, nem? Eddig nem úgy tűnt, mintha nem hinnél nekem. Mi van veled? Miért viselkedsz így? Történt valami, amiről nem tudok?

– Igen! Az, hogy *láttalak*! Azaz láttam *őt*!

– Ki a rossebet?! – kérdezte a nőstrénydémon egyre ingerültebben. Abban a pillanatban elég jó esélyt láttam arra, hogy teljes erejéből földhöz fog vágni, és még meg is tapos utána, úgyhogy inkább kifejtettem, hogy konkrétan mi a problémám:

– Láttam a valód Anne Levinsky holttestét a liftben! Te nem ő vagy! Ugyanazt a kislányt láttam, azzal a kinézettel, amilyen utoljára, még életében volt: Egy tizenhárom éves, fekete hajú kislány kitekeredett, összevert, halálra fojtogatott, kitört nyakú teste hevert a liftben: a *valódi* Anne Levinsky!

– Micsodaa?! – lepődött meg a nő. Aztán úgy tűnt, eszébe jutott valami, mert egyből el is hallgatott. – ...Akkor már értem, min akadtál ki! Most azt hiszed, „láttad a valódi lányt", én pedig csak egy imposztor vagyok. És hogy most „marha okos vagy, mert lebuktattál"! Ebben az esetben jeleznem, hogy nagyon messze jársz a valóságtól, *kis* barátom! –nevetett fel. Úgy tűnt, valamiért megkönnyebbült. Még viccelődni is képes volt a méretbeli különbségünkön.

– Kifejtenéd ezt bővebben? – kérdeztem. – Miben tévedek? Vagy tudod, mit? Inkább tartsd meg magadnak! Engem már nem érdekel. Túl sok hazugságot hallottam eddig is. Főleg tőled! Nem érdekelnek többé elméletek, sem okfejtések. Egyiket sem veszem be! Végeztem veled. Tegyél majd le, ahol akarsz! Kösz szépen, hogy megmentettél az őröktől, de ha leraksz, utána húzz el a francba, ha megkérhetnélek, mert nekem elegem van ebből! Már egy árva szavadat sem tudom elhinni.

– Nem is kell – mondta a nő fittyet hányva mindarra, amit az imént mondtam –, mert meg fogom mutatni azt, ami bebizonyítja, hogy tévedsz. A saját szemeddel fogod látni! Úgyhogy én sem győzködnélek már egy ilyen helyzetben szavakkal, mert elhiszem, hogy összezavarodtál. Helyette inkább szembesítelek az igazsággal! Adj nekem pár percet, hogy lerázzam ezeket a szemeteket, utána pedig odaviszlek, és megmutatom, hogy mindenben igazat mondtam, amióta ideérkeztél. Hinni fogsz nekem.

– Fogok a francot!

– Nem érdekel a véleményed, Dallas, ne haragudj! Úgyis én vagyok az erősebb, úgyhogy odaviszlek, és kész! – közölte velem kíméletlenül, mint egy gyerekkel. – Ott pedig látni fogod, hogy őszinte vagyok, és hogy amit láttál, valójában *semmit* sem jelent. Érted? *Semmit!*

– Mit akarsz mutatni? – Kezdtem már kíváncsi lenni arra, amire célozgat. – *Ezek után* szerinted még mivel tudnál meggyőzni arról, hogy kettő darab Anne létezett, és az, amelyik pontosan úgy nézett ki, mint akit én Anne-ként ismertem, de már meghalt, az pusztán utánzat volt, és te viszont, aki *egyálalán nem vagy olyan, mint ő*, és többször is hazudtál nekem, valódi lennél?

– Inkább nem lövöm le a poént. Úgysem hinnéd el. ...Ezt sem – tette hozzá sértődötten. – Ezt látnod kell.

– Rendben – mentem bele. – Nekem már oly mindegy, basszus, hogy azt el nem tudom mondani! Fussunk még néhány kört, hátha az alatt még nagyobb hülyét csinálsz belőlem! Én már annyira belefáradtam ebbe az egészbe, hogy részemről teljesen mindegy, hogy mi fog történni.

– Ja, amúgy én is ki vagyok készülve. Mert közben még futnom is kell, ha nem vetted volna észre. Tudod te egyáltalán, hogy milyen nehéz vagy? – kérdezte panaszkodva. – Eddig még soha nem cipeltem magammal senkit az elölük való menekülés közben. Pláne nem egy hús-vér, élő embert, aki ráadásul egy jól megtermett férfi. Mondd csak, Dallas, nincs rajtad egy enyhe kis túlsúly, már ne is haragudj? Tényleg állati nehéz vagy!

– Hiába gúnyolódsz! A hasamon, ha fél centi zsír van, akkor sokat mondok! És amúgy is tudom, hogy csak panaszkodsz. Úgy kaptál fel, mint egy kavicsot a földről. Ne játszd már meg magad, hogy annyira szenvedsz! Nem vagyok kíváncsi több színjátékra!

– Te pedig fejezd be a sértegetést! – perlekedett velem úgy, mintha már évek óta házasok lennénk. Kezdett kissé abszurddá válni a szituáció. – Ha meglátod, amit mutatni akarok, onnantól sajnálni fogod, hogy ilyeneket mondtál rám! Amúgy meg attól még, hogy könnyen felkaptalak, ne hidd, hogy nem váltál dögnehézzé ennyi futás után. Ráadásul nekem nagyon nagy erőfeszítésembe kerül az is, hogy ilyen nagyméretű maradjon a testem. Mint ahogy mondtam is, olyan érzés, mintha amúgy is folyamatosan súlyt tartanék: minden izmom feszül ilyenkor. Ez nem alakváltás, hanem erőből nyújtom magam ekkorára. Már ez önmagában teljesen kifáraszt. És még cipelnem is kell egy engem sértegető pimasz kis frátert. Úgyhogy megköszönném, ha nem vonnád kétségbe, hogy nincs könnyű dolgom.

– Oké! – vágtam rá, hogy végre már befogja. *Még az is lehet, hogy igazat mond!* – merült fel bennem. *Nála sosem lehetett tudni eddig sem. Én már rég elvesztettem fonalat.*

Közben rengeteg kanyart megtettünk erre-arra, sok épület mögött megbújtunk egy pillanatra, aztán irányt váltva, a nő teljesen másfelé folytatta velem a rohanást. Azt sem tudtam, merre járhatunk. Lehet, hogy ez a világ kicsi – már ha *az* igaz lehetett egyáltalán a sok hazugsága közül –, de nekem fogalmam sem volt, hogy hol vagyunk.

– Még mindig nem ráztuk le őket? – kérdeztem. – Én nem látok egyet sem közülük. Miért futsz még mindig?

– Nem tudom... – vallotta be lihegve. – Lehet, hogy már csak a lendület hajt. Én is berezeltem ám, ne hidd, hogy nem! Azt hittem, ott halunk meg mindketten. Úgy álltál ott a liftnél, és hagytad volna, hogy halálra sújtsanak, mint egy félkegyelmű birka a vágóhídon! Ja, bocs! Szörnyű lehetett az a látvány, amiről beszámoltál, de *akkor is!* Mentened kellett volna magad azonnal! Nagyon megijedtem, hogy megölnek téged... és azáltal talán engem is, ha közbeavatkozom.

– Féltettél, vagy mi? – kérdeztem elképedve.

– Persze – felelte megvonva a vállát, ami által egy pillanatra még jobban felemelkedtem, mint amikor egy anya a karjaiban viszi a gyerekét, és közben ringatva emelgeti, hogy abbahagyja végre a sírást, és esetleg nevetésre késztesse. Fura érzés volt. Mintha újra csecsemő lettem volna, akit ide-oda lóbálnak. – Féltettelek – folytatta –, de tudom, hogy úgysem hiszed el. Majd ha meglátod, amit mutatni fogok, akkor talán végre eljut az agyadig, hogy *kedvellek* és aggódom érted!

Furán hatottak számomra ezek a szavak a szájából, mert legnagyobb meglepetésemre *őszintének tűntek.* Ráadásul felfedeztem a hangjában valamit, ami arra utalt, mintha elhallgatna előlem egy fontos dolgot, de nem olyan értelemben, hogy hazudna, hanem mintha többet érezne irántam, mint amit nyíltan be mer vallani.

Mibe keveredtem már megint?! – gondoltam magamban. *Belém szeretett egy óriás nősténydémon, vagy mi? Ó! Szóval „megkedvelt"! Hű, de jó most nekem! És mégis mihez kezdjek ezzel? Házasodjak össze a szukkubusszal a tartály tetején, aztán hallgassam egy életen át a hazugságait arról, hogy ki ő? Nem értem én már ezt az egészet! Egyáltalán hogyan tudna megkedvelni, pláne megszeretni olyasvalakit, akit idáig is megállás nélkül átvert, és még ki tudja, mit készül művelni velem ezek után?*

Az óriásnő ekkor állt végre meg velem, és óvatosan lerakott a földre. Én arra számítottam, hogy ha földhöz talán nem is vág, de egyszerűen csak elejt majd, aztán érjek földet úgy, ahogy akarok. De nem. Ehelyett nagyon óvatosan tett le, tényleg, mint egy gyermekét féltő anya.

– Ugye biztos, hogy te sem láttál az őrök közül egyet sem percek óta? – kérdezte ijedten.

– Nem. Ebben teljesen biztos vagyok. Te futás közben előre, én viszont végig hátrafelé néztem. Már nagyon régóta elhagytuk őket.

– Akkor jó. – És amint ezt a démonnő kimondta, azonnal zsugorodni kezdett, és másodpercek alatt összement akkorára, amekkorának megismertem: a hazug, huszonéves lánynak látszó akármivé, amiről még mindig nem tudtam, hogy kicsoda vagy micsoda, de legalább már nem frusztrált annyira a fizikai erőfölénye, és az, hogy úgy hurcol ide-oda, mintha a démoni porontya lennék.

– Nézd... – kezdtem bele kissé lehiggadva. – Mutasd meg, amit szeretnél. Ennyibe belemegyek azért cserébe, hogy elhoztál onnan. De utána elválnak útjaink, most szólok. Megértetted?

– Meg. De utána nem fogsz akarni külön utakon járni, mert be fogod látni, hogy semmi okod kételkedni bennem.

– Oké. Bár nem hiszek neked, de a játék kedvéért tegyünk úgy, hogy igen. Lássuk akkor! Hol van az a csoda?

– Ott! – mutatott legnagyobb meglepetésemre *a víztárolókra*, ugyanis addig körözött, fordult jobbra-balra, rejtőzött el, aztán futott tovább minden lehetséges búvóhelyet kihasználva, amíg végül visszajutottunk pontosan oda, ahonnan elindultunk.

– Azta! Te aztán tényleg jól ismered ezt a helyet! – mondtam elismerően. Akármennyire is haragudtam rá, ezt nem tudtam magamban tartani. – Nem semmi, hogy ennyi kanyar, kitérő és rohangálás után visszataláltál ide! Én azt hittem, hogy a víztárolókhoz képest ennek a világnak most éppen a legtávolabbi pontján vagyunk. Teljesen elvesztettem menet közben a tájékozódási képességemet. Hogyan csináltad?

– Gyakorlat kérdése... – vonta mega vállát nem túl büszkén. Helyette inkább szomorúnak tűnt.

Most az bántja, hogy nem hiszek neki? – Nem értettem az egész szituációt. *Ki ez a lény? És mit akar tőlem valójában? Miért hazudik ennyit, és miért hülyít állandóan, ha esetleg valóban kedvel, és rosszul érinti, ha sértegetem és nem hiszek neki?*

– Menjünk! – mondta a tárolókra mutatva. – De csak lassan! Tudod... ezt még korábban nem említettem... ezeknek az őröknek nagyon rövid a memóriája. Ha látnak, ha a szemük előtt vagy, akkor képesek hónapokon át üldözni. Így jártam meg annak idején én is, hogy ezt sajnos nem tudtam. Mert csak el kellett volna bújnom újra és újra eredményesen, és akkor kihasználhattam volna, hogy milyen sík hülyék. Szóval a lényeg, hogy nagyon gyorsan felejtenek. Ha éppen nem vagyunk a látóterükben, és eltelt már néhány perc, akkor kisétálhatunk közéjük ugyanúgy, mint amikor elindultunk a lifthez. Nem fognak többé emlékezni arra, hogy mi történt az előbb. Azóta valószínűleg visszaálltak a lift elé, és azt hiszik, hogy minden rendben van.

– Komolyan mondod? – Ebben az egy dologban kivételesen hittem neki, mert ha nem tartott volna tőlük, akkor ő sem menekült volna el onnan úgy, hogy magával ragad közben. *Tehát az őrökkel kapcsolatban nyilván nem hazudna olyasmit, amivel aztán egyből a nyakunkra is hozza őket* – gondoltam.

– Majd figyeld csak meg! Ránk sem fognak bagózni. Viszont továbbra is vigyázz! Ne nézz rájuk! Azok a szabályok most is érvényesek!

– Gondoltam, persze. És rendben, vigyázni fogok! – hallgattam rá... jelenleg csupán ebben az egy dologban. – Hová akarsz menni? Hol van az a megmutatni való dolog?

– Ugyanott – intett a tartályok felé.

– Mi?! Ugyanabban a tartályban?

– Én azt nem mondtam. Úgy értettem, hogy a tartályoknál. Majd meglátod!

Kiléptünk egy több épület között húzódó, szűk, utcaszerű járatból a tömegbe, vissza a nyílt területre, ahol akár el is kaphattak volna minket. Ám ebben a dologban valóban igazat mondott. Láttam magunk körül több őrt is, de azok ügyet sem vetettek ránk. Úgyhogy betartottam a nő utasításait, és nem néztem rájuk. Követtem őt, és kíváncsian vártam, hogy ebből ezúttal mi fog kisülni.

Amikor elért a tartályokhoz, azonnal mászni kezdett, de meglepetésemre nem arra, amelyikből engem kiengedett.

– Miért pont ez? – kérdeztem, és lassan araszolva, kissé aggódva követtem felfelé. – Én nem ebbe érkeztem, ugye tudod?

– Hogyne tudnám! Pont ez a lényeg.

– Mármint mi? Nem értem az egészet.

– Na jó, annyit elárulok, hogy nem az a fontos, hogy melyik tartályba érkeztél, hanem az, hogy mi van konkrétan ebben a tartályban, amire most felmászunk! Ezt akarom megmutatni. Csak gyere fel velem, és nézd meg magad!

– Nem fogsz lelökni a tetejéről? – kérdeztem gyanakodva.

– Szerinted futottam volna veled vagy húsz földi kilométert körülbelül nyolcvan kanyart és kerülőt téve, hogy megmentsem az életedet, ha most le akarnálak lökni innen? Eddig démonnak tituláltál. Szerinted nemcsak az vagyok, de még hülye is?

– Nem – mondtam kissé olyan hangsúllyal, mint aki bocsánatot akar kérni. – Ebben valóban nem lenne semmi logika.

– Akkor csak gyere, és nézd meg! Nem állítom, hogy tetszeni fog a látvány. Ezért sem mutattam meg eddig, de most már sajnos nincs más választásom. Ha nem mutatom meg, akkor sosem fogsz többé hinni nekem. Azonban szükségem van a szövetségedre és az együttműködésedre ahhoz, hogy valahogy kijussunk innen. Úgyhogy meg akarlak győzni arról, hogy én valóban Anne Levinsky vagyok. Akkor is, ha láttál valamit, ami nagyon meggyőzött az ellenkezőjéről. Elhiszem, hogy teljesen összezavart, de akkor sem hazudok neked. Én az vagyok, akinek mondom magam.

– Tudod, mit? – kérdeztem. – Nézzünk akkor bele a tartályba, és majd eldöntöm, hogy valóban annyira meggyőző bizonyíték van-e benne, mint ahogy állítod. Előre még ne latolgassuk az esélyeket! Én nem hinném, hogy bármivel is meg tudnál győzni azok után, amit láttam.

– Szerintem menni fog az – mondta kissé viccelődve, de ugyanakkor némi aggodalommal is az arcán, amikor már fent álltunk a tartály tetején, és egy pillanatra megálltunk egymással szemben. *Ugyanolyan szép, mint amikor először megláttam* – jutott eszembe ez a bugyuta gondolat. *Marhaság! Hiszen nyilván ez is csak a manipulációjának, módszerének a része. Mint ahogy hatalmasra is meg tud nőni, valószínűleg alakváltó is egyben. Biztos, hogy nem ez a szép nő az igazi külseje. Egyszerűen csak ha vonzódom hozzá, akkor nyilván jobban elhiszek neki bármit, amit mond.* – És tény, hogy gyönyörű volt. Még akkor is, ha elvesztettem benne a bizalmam. – Most meg miért bámulsz így rám? – kérdezte a lány (vagy démon) meglepetten.

– Ja, semmi! – legyintettem. – Csak eltűnődtem valamin. De ez már nem olyan téma, ami innentől kezdve számítana. Úgyhogy nyissuk ki azt a tartályt, és nézzünk bele! De előtte megkérhetnélek arra, hogy ne lökj bele aljas módon?

– Hahó! Fejezd már be! – szólt rám. – Ilyenkor, amikor rád jön ez a paranoia, próbálj, kérlek, arra a tényre fókuszálni, miszerint milyen sokat rohantam veled azért, hogy megmentselek! Le is dobhattalak volna útközben, ha azt akarnám, hogy meghalj. Miért löknélek most bele a tartályba, te bolond?

– Mi tudom én? Például azért, mert ez a pokol, és azt sem tudom, hogy ki vagy – mondtam ki nyíltan, amit éppen gondoltam. Már belefáradtam az udvariaskodásba.

– Ez nem a pokol – rázta meg a fejét. – Ezt te is tudod. És azt is, hogy ki vagyok, csak túlzottan lesokkolt az, amit láttál. *Ez is* kissé le fog, amit mutatni fogok, előre szólok, de nem tud ártani neked, nem esik bántódásod, ezt megígérem! És ismét hinni fogsz nekem, mert bebizonyítom, hogy az vagyok, akinek mondom magam.

– Nos, rendben! Akkor kinyitom!

– Tudod, mit? – kérdezte. – Ezt inkább bízd rám. Én jobb erőben vagyok.

– Oké, ahogy akarod. A világért sem tartanálak fel az ügyetlenkedésemmel – mondtam kissé sértődötten. *Egy férfinak azért nem könnyű megemészteni azt* – panaszkodtam magamban –, *hogy egy nő ennyivel erősebb nála. Kissé frusztráló.* – Ráadásul az jutott eszembe, hogy ha én nyitnám ki a tartályt, sokkal könnyebben bele tudna lökni váratlanul. *Úgyhogy nyissa csak ki ő! Majd ÉN jól beletaszítom, ha olyasmit látok a benne, ami még nagyobb bizonyíték arra, hogy végig hazudott nekem. És én nem kinyitni fogom neki bárhol is a fedelét, hanem szépen rázárni! Örökre. Majd meglátjuk, hol köt ki akkor, a világ melyik túloldalán!*

A lány iszonyatos erejével játszi könnyedséggel pördítette meg a tároló tetejének rozsdás kerekét, majd lassan elkezdte felnyitni.

– Készülj fel! – szólt oda nekem. – Nem lesz könnyű ezt látnod, de mondom: szükséges! És ne aggódj, mert semmilyen szempontból nem árthat neked az, ami odabent van. Legfeljebb csak kicsit megijedsz majd tőle, de nem esik miatta bántódásod.

– Oké! – vontam meg vállam. Én már mindenre kész voltam. Akár arra is, hogy még három, újabb Anne Levinsky ugrik majd ki a tartályból, akik még nála is kétszer nagyobbak lesznek. – Jöjjön, aminek jönnie kell! – mondtam kissé megfáradtan, többé félelem nélkül.

És akkor kinyitotta.

Először, amikor belenéztem, nem láttam semmit, mert annyira sötét volt benne. Közelebb kellett, hogy hajoljak ahhoz, hogy a szemem hozzászokjon az odabent uralkodó feketeséghez. Közben persze attól rettegtem, hogy ha még közelebb hajolok, akkor esetleg alattomos módon egyből beletaszít, de a lány szándékosan hátrébb lépett, hogy mutassa: nem kíván közbeavatkozni, hagyni fogja, hogy nézzem meg, amit mutatni akar.

Ahogy tovább meresztettem a szemem, az alattam tátongó sötétségben elkezdett kirajzolódni valaminek a körvonala. Valami világos dologé.

– Mi az ott? – kérdeztem.

– Tényleg nem ismered fel? – kérdezte teljesen meglepődve.

– Még nem látom tisztán – magyaráztam. – Nagyon megszokta a szemem ezt a borzalmasan erős fényt. Nem látok túl sokat a tartály tartalmából, csak azt, hogy valami világos van benne.

– Az lesz az – bólintott. – Szoktasd csak hozzá a szemed! Adj magadnak időt! Hidd el, érdemes megnézni!

Egyelőre megnyugtatott az a tudat, hogy bármi is van odabent, egyelőre *nem mozdult meg(!)*, és nem is készült belőle kiugrani, hogy rám támadjon, tehát a lány valóban csak mutatni akart valamit, ami benne volt. *De vajon mi a fene az ott, lent?* – erőltettem egyre jobban a szemem...

Aztán lassan kitisztult már annyira az elém táruló látvány, hogy felismerjek egy alapvető részletet:

– Az ott egy holttest? – kérdeztem ijedten. – Egy *újabb* holttest?

– Sajnos igen – felelte.

– *Te* ölted meg?

– Dehogyis! Miért tettem volna? *Fejezd már be* ezt a gyanúsítgatást! Így érkezett ide, ebben az állapotban! Ne sértegess tovább, inkább csak nézd meg alaposan, és fel fogod ismerni, hogy ki az.

– Miért, ki a fene ez?! – kérdeztem, még mindig csak annyit látva, hogy egy ember lebeg a víz felszínén. A kilétéről fogalmam sem volt. Aztán amikor rájöttem, hogy hunyorogva kicsit jobban ki tudom venni a részleteket: – Te jóisten! – ijedtem halálra a látványtól.

– Nyugalom! És kicsit halkabban, mert ha kiabálsz, azt már odalent is meghallhatják! – szólt rám aggódó arccal.

– Te jóisten! – ismételtem meg halkabban. – Az ott *én* vagyok?! Az a meztelen, felpuffadt vízihulla, ami már kifehéredett, mert olyan régóta lebeg a víz felszínén, valóban *én* lennék?! Úgy néz ki, mint én!

– Ahogy mondod! – tette Anne csípőre a kezét. – Pontosan úgy, ahogy te is láttál engem a liftben, azaz a még fiatalabbik énemet.

Még egyszer alaposan megnéztem magamnak a holttestet, még közelebb hajolva a tartályhoz, aztán amikor megcsapott a belőle áradó, átható hullaszag, azonnal hátrahőköltem, és egyetlen mozdulattal rácsaptam a tartály fedelét.

– Eleget láttál? – kérdezte a lány.

– Eleget ahhoz, hogy tizenhárom évig ne egyek – mondtam öklendezve. – De hát *hogyan* lehetséges ez? *Ki* az az ember odalent?! Miért olyan a hullája, mint a szakasztott másom? És ha *ő* én vagyok, akkor *én* ki az isten vagyok?! – kérdeztem szinte az eszemet vesztve zavarodottságomban.

– Meg ne őrülj itt nekem, Dallas! – mosolyodott el a lány egy pillanatra, aztán a vidámsága aggodalomba ment át. – Szedd össze magad! Ennyire nem vészes a helyzet. Te az vagy, akinek hiszed magad. *Ugyanúgy*, ahogy *én is*! Nem őrültél meg, nem vagy más, mint aminek hiszed magad. Nem vagy sem klón, sem alakváltó, és „pokolbeli démonstrici sem”, mint aminek a női megfelelőjét te mondtad rám legutóbb, meg még tudom is én, hogy mi mindennel ócsároltál alaptalanul!

– Kérlek, ne haragudj! – fakadt ki belőlem. Rájöttem, hogy: *Ha nekem is van egy egy az egyben rám hasonlító holttesthasonmásom ezen a helyen, akkor ő mitől lenne hazugabb vagy démonibb, mint én? Akkor hát egy cipőben járunk! Ilyen elven ő is kételkedhetne abban, hogy nem az vagyok, akinek mondom magam, mégsem teszi. Akkor viszont többet tud nálam, és valószínűleg őszinte volt velem az egész ittlétem alatt.* – Ne haragudj, Anne! – ejtettem ismét „ánnénak” a nevét „enn” helyett, mert beláttam, hogy valószínűleg, bármily hihetetlen is, de vagy ő az igazi Anne Levinsky, vagy én is csak egy démoni imposztor vagyok, hiszen azok után, hogy a saját holttestem van odalent a tartályban, én sem számítok semmivel sem valódibbnak, mint ő.

– Fátylat rá! – vont vállat. – Na jó, egy kicsit azért haragszom.

– Ne csináld már! – És ekkor valami olyat tettem, amire sem ő, sem én nem számítottunk volna. Valami önkéntelen reakció lehetett, mint amikor valaki békíteni próbálja a másikat: egy nőt, akit ráadásul kedvel.

Odaléptem hozzá, és átöleltem.

– Mi a...?! – lepődött meg teljesen. De aztán végül nem mondta végig, amit akart, hanem helyette meglepően kedvesen visszaölelt. Olyan szorosan, mint amikor megérkeztem erre a helyre. És aztán egyből sírva is fakadt: – Tudod, milyen érzés volt, hogy olyanokat mondasz rólam? El tudod képzelni, *mennyire* rosszul esett?

– Sajnálom, kicsi Anne! – próbáltam vigasztalni, mint egy gyereket. Őszintén bántam, hogy olyan gorombán, trágár módon beszéltem vele. Tényleg nem volt jogom úgy verbálisan nekitámadni, hiszen én sem láttam több terhelőt ránézve, mint amit ő már amúgy is látott rólam korábban. Ő előbb szembesült az én holttestem ittlétével ezen a helyen, mint én az övével, mégsem kételkedett abban, hogy valódi vagyok. – Sajnálom, kicsim! – ismételtem meg szándékosan egy nagyon kedves szót használva őrá, hogy enyhítsek valamennyit a korábban elhangzott, ocsmány, trágár szavak súlyán. Őszintén próbáltam valahogy jóvá tenni, hogy ennyire ok nélkül bizalmatlanná váltam vele szemben. Úgy, mint amikor a szülő ok nélkül kever le a gyereknek egy hatalmas pofont, mert kiderül, hogy a vázát nem is a kisfiú verte le, hanem a kutyájuk a farkával, miközben örömében csóválta. Úgy sajnáltam Annét, mint egy gyereket. Megsimogattam a haját, aztán a kis arcát is. – Ugye meg tudsz nekem bocsátani, szépségem?

Hoppá! – kaptam észbe. *Miket hordok itt össze? „Szépségeeem?!" Ilyet az ember nem mond a kisfiának, akit pofán vágott egy váza miatt, amit nem ő vert le. A „kicsim" az még úgy-ahogy oké volt, de hogy „szépségem"?! Ez most honnan jött?*

Láttam, hogy Anne is kérdőn néz rám... kiismerhetetlen tekintettel.

– „Szépségem"? – kérdezett vissza. Nem is mondott semmi egyebet, csak ezt az egy szót. Ennyit is elegendőnek érzett, mert szerinte is elég sok minden rejlett e mögött az egyetlen szó mögött.

Nem tudtam, hirtelen mit feleljek rá.

– Bocsánat! – bukott ki belőlem jobb híján, ügyefogyott módon, mert hitelen nem jutott más eszembe.

– Miért kérsz bocsánatot? – mosolyodott el zavartan. Szemmel láthatóan szórakoztatta a szituáció, amibe véletlenül kevertem magam.

– Azért, ha esetleg rosszul érintett ez a szó. Nem akartalak ismét megbántani – magyarázkodtam, mint egy idióta tinédzser, aki zavarában azt sem tudja, mit beszél.

– Miért bántana az, hogy „szépségem"? Ilyen kedveset még *soha senki* nem mondott nekem! – mosolyodott el szélesen, minden fehér fogát kivillantva, csillogó szemekkel. – Dallas! – szólt rám a szemöldökét összehúzva. – Ne süketelj már! Tudom, hogy a mellébeszélést te sem szereted! Egész úton ezzel szekáltál, hogy nem bírod elviselni, ha valaki nem őszinte veled. Akkor viszont *te is légy az*, mert én is utálom ezt!

– Oké, jó! Igazad van! Nem félrevezetés céljából beszélek így, összevissza, csak zavarba jöttem. Kimondtam valamit, amit nem terveztem, ennyi az egész.

– Hogyhogy „nem tervezted"? *Még nem tervezted,* vagy *egyáltalán nem?*

– Hát, amikor azt gondoltam, hogy valamiféle démon vagy, akkor egyáltalán nem, de előtte, amikor még minden rendben volt köztünk, én egyelőre korainak gondoltam beszélni erről minden szempontból.

– Miről, Mayweather?! Nyögd már ki, hogy mit akarsz mondani! Te vagy a férfi! Komolyan nem értem, miről van szó! Tudod, hogy én tizenhárom éves korom óta nem találkoztam emberekkel. Nem tudok kiigazodni az ilyen fura célozgatásokon, mint amit most csinálsz. Egyszerűen csak mondd ki, és kész! Mit éreztél korainak? Miről van itt szó?! Most már én sem értek semmit! – kezdett a lány dühbe gurulni. És én nem szerettem volna, hogy azzal a bivalyerős karjával felcsapja a tartály tetejét, és egy csuklómozdulattal, kitört nyakkal bevágjon a saját hullám mellé, hogy onnantól már ketten lebegjünk odabent a „haverommal", úgyhogy inkább sietve kimondtam, mielőtt még nagyobb haragra gerjed:

– *Tetszel nekem,* Anne! Csak ennyi! Nyugi! Oké? Ne idegeskedj! Minden rendben van! Nem kell óriásira nőnöd! Sem kettétépned engem. A tartályba se dobj be, ha megkérhetlek, jó? Csak tetszel nekem mint nő! Tudod... mint ahogy a felnőtteknél szokott lenni: Helyesnek tartalak, meg ilyenek. Úgyhogy nem kell megölnöd! Ugye nem fogsz most meggyilkolni?

A lány erre őszintén, szinte kamaszos módon kacagni kezdett. Annyira jól szórakozott az ijedtségemen és az előtte történő zavarba jövésemen, hogy már olyan hangosan nevetett, hogy szinte lehallatszott egészen az őrökig!

Gyorsan a szám elé kaptam az ujjam, hogy mutassam: jó lenne, ha azért ezt odalent nem hallaná meg az összes őr, úgy, hogy még a liftig is elhallatszik.

Erre az ijedt reakciómra még jobban nevetni kezdett. Nem tudom, miért. Lehet, hogy már neki is sok volt ez az egész. Talán így vezette le a feszültséget. Nem nevetett azért hangosabban, nem akart bajba keverni mindkettőnket, de már csorogtak a könnyei, és törölgetnie kellett őket, mert alig látott tőlük.

– Ez nagyon tetszett! – mondta végül nagy nehezen, amikor újra levegőhöz jutott. – Főleg ez a „Nem kell megölnöd!" szöveg a végén! Esküszöm, ezzel felléphetnél valahol! Te *tényleg* vicces fickó vagy!

– Pedig nem annak szántam – mondtam sértődötten. – Csak láttam, hogy dühös vagy, és tudom, mire vagy képes. Bocs, ha kissé aggódom amiatt, hogy felbőszítek egy nőt, akinek olyan ereje van, hogy még talán a tömör acélt is meghajlítja.

– Jó, jó! – csillapodott le végre. – Vettem az adást. Értem, miért ijedtél meg. De térjünk csak vissza egy kicsit arra másik dologra! – mondta csillogó szemekkel. – Mi az, hogy tetszem? Nem értem.

– *Mit* nem értesz rajta? – kezdtem most már én dühös lenni az értetlenségén. – Nem ismered ezt a szót? Odahaza, tizenhárom évesen nem hallottad soha?

– Dehogynem, ne hülyéskedj! Csak azt nem értem, mi tetszhetne neked rajtam. Te egy jó külsejű férfi vagy. Én meg egy merő mocsok vagyok! Nézz csak rám! És úgy nyúlnak a lábaim, mint egy póknak! Miféle nő az ilyen? Már ha az egyáltalán. Tisztára gusztustalan vagyok, vagy nem?

– Nem. Kicsit sem – emeltem fel a kezem megadóan, hogy most már innentől kezdve én tényleg őszinte leszek vele, és kimondom nyíltan a véleményemet.

– Ja, már értem! – legyintett Anne. – Akkor hát ezért mondtad azokat a fura dolgokat, amikor vádaskodtál, hogy a mellemet az orrod alá toltam, és hogy kellettem magam? Mert mivel ezek szerint vonzónak találsz, azt hitted, hogy én visszaélek ezzel? – jött rá végre nagyon is felnőttesen. – Ugye tisztában vagy azzal, Dallas Mayweather, hogy én a büdös életben sohasem tettem ilyet? Eszembe sem jutott. Azt sem tudom, hogyan kellene „kelletni magam", ha azt akarnám! Tizenhárom évesen szerinted ki tesz olyat?! Én még ott tartok az udvarlásban, ezt ne feledd! Te tényleg azt hitted, hogy én ilyesmiket csinálok? Hogy húzom az agyadat, és még jobban tetszeni akarok neked?

– Tényleg nem volt benne ilyen szándék?

– Dehogyis! Egyáltalán nem. Szerintem ezt te totál bemesélted magadnak, mert nem tudtál más magyarázatot találni arra, hogy... hogy...

– Mire?

– Arra, hogy *nem bírod levenni rólam a szemed*! Mert ezt azért észrevettem ám, ne hidd, hogy nem! Csak az okát nem értettem. Azt hitted, én manipulállak erre? Pedig ebben részemről semmilyen szándékosság nem volt. Nem tehetek róla, hogy ilyen vagyok. Így nézek ki. Ráadásul nagyon nem vagyok ám jó formában. Még nem is láttál így, felnőttként például megfürödve, csinosan felöltözve, megfésülködve, parfümillatot árasztva és kisminkelve. Úgy még talán szép is lennék.

– Jesszus! – gondoltam bele, és mondtam ki hangosan is azt, amilyen érzést az általa felvázolt kép kiváltott belőlem. – Te már így is *elképesztően* gyönyörű vagy! – közöltem vele félredobva a kamaszos bénáskodást, és végre ismét felnőttként viselkedtem. Egyszerűen csak kimondtam, amit valóban éreztem.

– Ó, tehát így látod? – kérdezte hamiskás mosollyal.

– Így. Odavagyok érted! Az első pillanattól kezdve!

– Akkor meg miért nem csókolsz meg? – kérdezte váratlanul.

– *Itt*?! Jézusom, Anne! Éppen most? A történtek után? Nemrég olyan ordenáré dolgokat mondtam rád, amiket még soha senkinek életemben! Előtte pedig a holttested látványától kaptam sokkot, utána óriásként végigrohantál velem majdnem az egész világon, akármilyen kicsi is ez az itteni. Aztán meg megmutattad a saját vízihullaverziómat. Szerinted *ez*... a megfelelő pillanat egy első csókra?

– Fogalmam sincs – vallotta be ő is teljesen őszintén. – Még sohasem csókolt meg senki. Tudod, hogy az egész felnőttkoromat itt töltöttem. Úgyhogy rendben, akkor mondd meg te, hogy melyik lenne a megfelelő pillanat erre!

– Ez! – vágtam rá, és magamhoz rántottam, majd olyan hevesen megcsókoltam, hogy még azt is elfelejtettem, hogy neki ez az első ilyen élménye, és talán ez a vadság nem kelt majd túl jó benyomást benne. *A végén még elijesztem!* – futott át az agyamon. De aztán amikor észrevettem, hogy nem ellenkezik, hanem ha lehet, akkor ő még szenvedélyesebben csókol vissza, akkor már nem aggódtam tovább.

Sokáig álltunk úgy a tartály tetején...
Az alattunk tolongó *árnyemberek tömege* felett...
Az *alattunk járőröző*, ránk már nem emlékező *őrök* felett...
Az *alattunk lebegő vízihulla* felett, aki *én magam* voltam...
Sokáig álltunk úgy a tartály tetején...
Boldogan.
Még ha csak egy percig is tartott, de mi kiélveztük minden egyes másodpercét.

– FOLYTATÁSA KÖVETKEZIK –

Epilógus

– Anne, kérlek, árulj el valamit! Honnan a fenéből tudtad, hogy az az izé itt lebeg alattunk, ebben a tartályban? És miért nem szóltál róla nekem soha?

– Mi értelme lett volna? Nem akartalak feleslegesen felzaklatni vele. Látod, téged is kiborított, amikor engem láttál meg holtan. Pontosan ettől akartalak én is megkímélni téged. Nem hittem volna, hogy egyszer bizonyítékként leszek kénytelen felhasználni ezt a holttestet, úgyhogy inkább nem is szóltam róla. Szerintem egyébként sincs jelentősége, hogy itt van. A mi kettőnk életére nincs hatással. Felejtsd el!

– De egyáltalán mikor került ez ide? Te mikor fedezted fel?

– Hát... ez egy érdekes és szomorú történet – kezdte Anne. – Két órával előtted érkezett. Mint ahogy mondtam is, nem voltam biztos abban, hogy melyik tartályban jelensz meg, ezért végigpróbáltam az összeset. Azt nyitottam ki másodikként, amiben őt megtaláltam. Ugyanilyen állapotban volt: nemcsak nem élt, de régóta halott lehetett, mert már akkor is felpuffadva, rothadó hullaként lebegett a víz színén. Fogalmam sincs, honnan jött, és hogyan lehetséges ez, hogy itt van, de tény, hogy ő került ide először.

– És honnan tudtad, hogy utána majd én is jönni fogok? Azazhogy „még egyszer" jövök? Ráadásul élve?!

– Sehonnan. Pont ez a baj! Azt hittem, hogy rosszul sült el a próbálkozás, és belehaltál – mondta Anne egy pillanatra könnybe lábadó szemekkel. – Talán nem hinnéd, de még meg is gyászoltalak. Két órán keresztül sírtam. Aztán valahogy támadt egy olyan érzésem, hogy „Nem érhet így véget!", sem a te életed, sem az enyém, mivel nélküled sosem jutnék ki élve erről a helyről. Ezért lehet, hogy csak kétségbeesett voltam, vagy előre megéreztem, hogy találok még valakit, de végül kinyitottam a harmadik tartályt is. És *abban* voltál te. Amikor megláttalak, szinte el sem hittem, hogy sikerült, annyira megörültem! De inkább nem szóltam az előző esetről. Igazából idő sem nagyon volt arra, hogy töprengjünk azon, mi lehet a jelenség oka.

– Tehát szerinted az ott, lent *valóban én* lennék?

– Miért? Szerinted talán a liftben a halott kislány nem én voltam? Hidd el, mindkét holttest mi vagyunk – felelte Anne meglepően higgadtan és magabiztosan. – Úgy gondolom, hogy már annyiféle világba keveredtünk, annyi átjárót feszegettünk, mentünk rajtuk át, voltunk a közelükben, hogy talán megbolygattunk egyszerre több, párhuzamos dimenziót is, és az egyikben én meghaltam már ott, akkor a liftben: ezt láttad te; egy másik dimenzióban pedig te fulladtál bele a tartályba, és az a verziód tévesen ideérkezett meg a saját világában lévő Váróterem helyett. Tehát szerintem ne aggódj emiatt! Lehet, hogy mi vagyunk azok a holttestek, de nem a saját életünkben! Nem kell, hogy ez része legyen a mindennapjainknak, vagy akár a boldogságunknak, ha egyszer képesek leszünk a Földön azok lenni. Az, ahol ők meghaltak, egy másik élet lehetett *volna...* *ha* úgy alakul... De a miénk *nem így* alakult! Mi itt vagyunk épségben.

– Igazad lehet – hagytam rá, bár engem továbbra is aggasztottak a holttestek, és nem voltam biztos abban, hogy ez a jelenség tényleg sohasem lesz hatással a jövőnkre nézve...

Akár egyszer majd *végzetes* módon...

Epilógus II.

– Mondd csak, te hiszel az örök boldogságban? – kérdezte tőlem Anne, ahogy kicsivel később a víztároló tetején feküdtünk egymás mellett.

Végül a csóknál nem merészkedtem messzebb, mert neki mégiscsak ez volt első. Nem akartam rárontani, sőt inkább próbáltam emlékezetessé tenni számára a pillanatot azzal, ahogy romantikus módon nézzük utána a csillagos eget, és beszélgetünk.

Igaz, az a tény kissé lelombozóan hatott, hogy ezen a pokoli helyen egyáltalán nem voltak csillagok, sőt éjszaka sem, mert megállás nélkül tűzött a szemünkbe a fejfájdítóan erős fény, de ezt úgy próbáltuk meg kompenzálni, hogy becsuktuk a szemünket, és *csak elképzeltük*, hogy otthon vagyunk, a Földön, és odafent gyönyörű csillagok szikráznak az égen.

– Hogy hiszek-e az örök boldogságban? – kérdeztem vissza. – *Nem*. Sajnálom, de egyáltalán nem.

– Miért? – nyitotta ki a szemét Anne, és lebiggyesztett ajkakkal nézett rám. – Pedig az olyan romantikus!

– Az lehet, de sok minden más is romantikusan hangzik, ami nem létezik. Például a tökéletes házasság. Az is nagyon szép gondolat, csak a valóságban nem igazán működik. Én *abban* hiszek, hogy vannak az ember életében csúcspontok, amikért érdemes élni. Olyankor kell mindent megtenni, mindent beleadni, hogy sikerüljön. Meg kell ragadni az alkalmat, aztán pedig becsülni azt a pillanatot, amíg csak élünk, és mindig felidézni, amikor szükségünk rá.

– Tehát akkor szerinted igazi boldogság sem létezik? – kérdezte a lány csalódottan.

– Dehogynem. Csak nem „örökké". Figyelj, gondolj bele... Mióta is vagyunk itt együtt? Elég régóta. Rengeteg minden történt, és már elképesztően sok mindenen mentünk keresztül. Szerinted hány igazán boldog pillanat volt eddig az együtt átélt események között? Gondolj csak bele! Az itteni emlékeink kilencvennyolc százaléka mind borzalmas! Ha létezne örök boldogság, akkor egyetlen jóravaló embernek sem lennének ilyen korszakok az életében, mint amilyen nekünk ez a mostani.

– „Kilencvennyolc százalékban" borzalmas? – kérdezett vissza.

– Tehát akkor mégiscsak akadt azért *kettő* százalék, amikor tényleg nagyon boldognak érezted magad? Megkérdezhetem, hogy melyik volt az a pillanat vagy pillanatok, ha esetleg több is volt?

– Az első az volt, amikor az előbb megcsókoltalak. A második pedig ez – feleltem, és odahajoltam hozzá, hogy újra megtegyem.

Valóban ez volt a második pillanat, amikor azon a helyen boldogok lehettünk.

Utána azonban még rengeteg szörnyűség várt ránk...

Epilógus III.

– Dallas? – nézett rám Anne töprengve. – Mondd csak, ha már az örök boldogságban nem hiszel, akkor ezek szerint az örök életben sem?

– Hát, mivel a pokolról konkrétan tudom, hogy létezik, mert kétszer is jártam benne, ezért feltételezem, hogy a mennyországnak is léteznie kell. Ettől függetlenül... „Örök élet"? A felhők felett? Angyalként? Újra együtt a szeretteinkkel? Ne haragudj, de számomra ez kicsit úgy hangzik, mint egy idealizált *mese*. Kellemes belegondolni, de nekem ahhoz túl szép, hogy igaz legyen. Ehhez túlzottan realista vagyok.

– Értem. Nos, ha a mennybeli örök életben nem hiszel, akkor hadd meséljek valamit, amiről még régen... számomra legalábbis „régen", kamaszkoromban olvastam! Ez valami ősi nép hite volt, talán az inkáké vagy a majáké, de már nem emlékszem a kötet címére. Szóval az állt benne, hogy azoknak a törzseknek a varázslói mindenféle tudatmódosító gyógynövényekkel és varázsfőzetekkel képesek voltak kapcsolatba lépni a túlvilággal, sőt némelyiküknek még sikerült is ellátogatnia oda! És úgy tartották, hogy ha valaki háromszor is sikeresen, élve visszatér onnan... bár ez a könyv szerint soha egyiküknek sem sikerült, mert mind belehaltak a próbálkozásba... Szóval szerintük, ha valaki háromszor is visszatér a túlvilágról, az már többé nem kerülhet oda. A pontos okára, hogy miért nem, már nem emlékszem, de ők így hitték, hogy az ilyen személy nem képes még egyszer meghalni. Soha, *semmilyen* módon. Olyan volt ez nekik, mint ami az egykori alkimisták számára például az arany előállítása: A varázslók ezt tartották a legnagyobb megfejtendő, legértékesebb titoknak a világon. Egész életükben ezt kutatták, mert halhatatlanná akartak válni.

– Érdekes sztori – bólintottam rá. – De miről jutott ez most eszedbe?

– Arról, hogy ha nem hiszel az örök életben, akkor elárulom neked, Dallas Mayweather, hogy ha valaha, egyszer sikerül kijutunk innen vissza a Földre, akkor *neked* az lesz *már a harmadik* alkalom, csak szólok! Ugyanis kétszer jártál a pokolban. Ez itt pedig a harmadik túlvilági hely, ahová eljutottál. Ha valahogy innen is visszamész élve a Földre, akkor az ősi legenda szerint *halhatatlan leszel*, és örökké fogsz élni! Ehhez mit szólsz?

– Nahát! Akaratomon kívül, csak úgy megfejtettem volna az *örök élet titkát?* – kérdeztem mosolyogva.

– Azt majd meglátjuk... ha visszajutottunk a Földre!

Egyéb kiadványaink

Antológiák:
„Köztünk járnak" sci-fi antológia [hamarosan]
„Befolyás" horror-fantasy antológia [hamarosan]
„Egyetlen perc" versantológia VI.
„Ki nem látott szépet" versantológia V.
„Békevágy" versantológia IV.
„Karma" versantológia III.
„Könnyek tengere" versantológia II.
„Könnybe zárva" versantológia I.
„Új faj I." horrorantológia
„Új faj II." horrorantológia
„Új faj III." horrorantológia
„Új faj IV." horrorantológia
„Az utolsó III/1." sci-fi antológia
„Az utolsó III/2." sci-fi antológia
„Az utolsó III/3." sci-fi antológia
„Ami a csövön kifér" humorantológia
„Időzavar" sci-fi antológia
„Árnyemberek" horrorantológia
„Oberon álma" sci-fi antológia

Reményi Tamás
Szonettbe zárt érzelem (verseskötet)

Peter Rivet
Samuel Baldwin detektívtörténetei (detektívregény fantasy és sci-fi elemekkel)

Amirli Rüstem
Kislány a tűzben (verseskötet)

Richard Zane
T, mint Testvériség (történelmi akcióthriller)

Ian Pole
Oldások és kötések (urban fantasy horrorsorozat)
1. A Pribék
2. Megszegett esküvések

Frank J. R. Frank
A karibi fény (krimi)

Aurora Elain
A rózsabogarak nem sírnak (misztikus regény)

Kalmár Lajos Gábor
Merengések a lelkem poklából (verseskötet)
A fenevad (horrorregény)
Rose (ifjúsági fantasy regénysorozat)
1. Rose és az ezüst obulus
2. Rose és a sárkányverem
3. Rose és a Holtak könyve
1-3. Rose (három regény egy kötetben)

E. M. Marthacharles
Emguru (sci-fi regény)

Anne Grant & Robert L. Reed & Gabriel Wolf
Kényszer (thriller regény)

Gabriel Wolf & Anne Grant
Alfa és ómega (verseskötet)

Gabriel Wolf & Marosi Katalin
Bipolar: végletek között (verseskötet)

J. A. A. Donath
Az első szövetség (fantasy regény)

Sacheverell Black
A Hold cirkusza (misztikus regény)

Bálint Endre
A Programozó Könyve (sci-fi regény)
Az idő árnyéka (sci-fi regény)

Szemán Zoltán
A Link (sci-fi regény)
Múlt idő (sci-fi regény)

Anne Grant
Borcsa és Lalu tündérkirály (mesekönyv)
Az antialkimista szerelme (romantikus regény)
Lázadó rádió (drámai, pszichológiai regény romantikus elemekkel)
Mira vagyok (thrillersorozat)
1. Mira vagyok... és magányos

2. Mira vagyok... és veszélyes [hamarosan]
3. Mira vagyok... és menyasszony [hamarosan]

David Adamovsky
A halhatatlanság hullámhosszán (sci-fi sorozat)
1. Tudatküszöb (írta: David Adamovsky)
2. Túl a valóságon (írta: Gabriel Wolf és David Adamovsky)
3. A hazugok tévedése (írta: Gabriel Wolf)
1-3. A halhatatlanság hullámhosszán (teljes regény)

Gabriel Wolf

Tükörvilágban játszódó történetek:

Pszichopata apokalipszis (horrorsorozat)
1. Táncolj a holtakkal
2. Játék a holtakkal
3. Élet a holtakkal
4. Halál a Holtakkal
1-4. Pszichokalipszis (teljes regény)

Az erdő mélyén (horrorregény)

Mit üzen a sír? (horrorsorozat)
1. A sötétség mondja...
2. A fekete fák gyermekei
3. Suttog a fény
1-3. Mit üzen a sír? (teljes regény)

Kellünk a sötétségnek (horrorsorozat)
1. A legsötétebb szabadság ura
2. A hajléktalanok felemelkedése
3. Az elmúlás ősi fészke
4. Rothadás a csillagokon túlról
1-4. Kellünk a sötétségnek (teljes regény)
5. A feledés fátyla (a teljes regény újrakiadása új címmel és borítóval)

Gépisten (science fiction sorozat)
1. Egy robot naplója
2. Egy pszichiáter-szerelő naplója
3. Egy ember és egy isten naplója
1-3. Gépisten (teljes regény)

Hit (science fiction sorozat)
1. Soylentville
2. Isten-klón (Vallás 2.0) [hamarosan]
3. Jézus-merénylet (A Hazugok Harca) [hamarosan]
1-3. Hit (teljes regény) [hamarosan]

Valami betegesen más (thrillerparódia sorozat)
1. Az éjféli fojtogató!
2. A kibertéri gyilkos
3. A hegyi stoppos
4. A pap
1-4. Valami betegesen más (regény)
5. A Merénylő
6. Aki utoljára nevet
7. A szomszéd
8. A Jégtáncos
9. A Csöves
10. A fogorvosok
5-10. Valami nagyon súlyos (regény)
1-10. Jack (gyűjteményes kötet)

Egy élet a tükör mögött (dalszövegek és versek)

<u>**Tükörvilágtól független történetek:**</u>

Mayweather-krónikák
1. **Felvonó a pokolba** (horrorregény)
2. **Az örök élet titka** (horrorregény)
3. **Az örök halál átka** (horrorregény)
1-3. **Mayweather-krónikák I-III.** (teljes sorozat, regénytrilógia)

Beth, a szövődmény (horrorregény)

Robot / ember (sci-fi regény)

Pótjegy (sci-fi sorozat)
1. Az elnyomottak
2. Niog visszatér [hamarosan]
3. Százezer év bosszú [hamarosan]
1-3. Pótjegy (teljes regény) [hamarosan]

Lángoló sorok (paranormális thriller sorozat)
1. Harag
2. A Halál Angyala
3. Lisbeth ereje
1-3. Lángoló sorok (teljes regény)

Árnykeltő (paranormális thriller/horrorsorozat)
1. A halál nyomában
2. Az ördög jobb keze
3. Két testben ép lélek
1-3. Árnykeltő (teljes regény)

A napisten háborúja (fantasy/sci-fi sorozat)
1. Idegen mágia
2. A keselyűk hava
3. A jövő vándora
4. Jeges halál
5. Bolygótörés
1-5. A napisten háborúja (teljes regény)
1-5. A napisten háborúja illusztrált változat (a teljes regény újrakiadása magyar és külföldi grafikusok illusztrációival)

Ahová sose menj (horrorparódia sorozat)
1. A borzalmak szigete
2. A borzalmak városa

Odalent (young adult sci-fi sorozat)
1. A bunker
2. A titok
3. A búvóhely
1-3. Odalent (teljes regény)

Humor vagy szerelem (humoros romantikus sorozat)
1. Gyógymód: Szerelem
2. A kezelés [hamarosan]

www.artetenebrarum.hu

Gabriel Wolf

Az örök halál átka

Gabriel Wolf
Az örök halál átka
Mayweather-krónikák III.
(horrorregény)

HAMAROSAN!

Megvásárolható lesz e-könyvben és háromféle nyomtatott könyvben:
https://www.artetenebrarum.hu/termek/az-orok-halal-atka

Gabriel Wolf

Mayweather-krónikák I-III.

Gabriel Wolf
Mayweather-krónikák I-III.
(horrorregény-trilógia)

HAMAROSAN!

Megvásárolható lesz e-könyvben és háromféle nyomtatott könyvben:
https://www.artetenebrarum.hu/termek/mayweather-kronikak